Le patron des îles

*

Un mariage au paradis

AMY RUTTAN

Le patron des îles

Traduction française de
MARIEKE MERAND-SURTEL

BLANCHE

HARLEQUIN

Collection : Blanche

Titre original :
REUNITED WITH HER SURGEON BOSS

HARPERCOLLINS FRANCE
83-85, boulevard Vincent-Auriol, 75646 PARIS CEDEX 13
Service Lectrices — Tél. : 01 45 82 47 47 - www.harlequin.fr
ISBN 978-2-2804-7378-1 — ISSN 0223-5056

Composé et édité par HarperCollins France.
Imprimé en juillet 2022 par CPI Black Print (Barcelone)
en utilisant 100% d'électricité renouvelable.
Dépôt légal : août 2022.

FSC
www.fsc.org
MIXTE
Papier issu de
sources responsables
FSC® C159065

Pour limiter l'empreinte environnementale de ses livres, HarperCollins France s'engage à n'utiliser que du papier fabriqué à partir de bois provenant de forêts gérées durablement et de manière responsable.

1.

Le Dr Victoria Jensen rajusta sa blouse blanche devant le miroir des toilettes pour femmes et inspira profondément pour se donner du courage.

Elle avait les mains moites et n'avait guère dormi cette nuit, mais tant pis. Elle allait prouver aux responsables de cet hôpital qu'ils étaient sacrément chanceux d'accueillir l'un des meilleurs chirurgiens de sa génération. Pas question de montrer qu'elle était terrifiée. Tout allait bien se passer. Et qui ne voudrait pas travailler au paradis ? Voilà ce qu'elle devait garder en tête : il s'agissait d'une bonne chose, après tout.

Elle ferait face, elle avait l'habitude. Depuis son enfance ballottée d'une famille d'accueil à l'autre, elle cachait ses faiblesses. Personne n'avait jamais voulu l'adopter après la mort de sa mère l'année de ses dix ans, alors elle avait verrouillé son cœur. Plutôt que de subir la vie, elle avait choisi de se battre.

Comme elle avait choisi de sauver des vies.

Être chirurgienne lui permettait d'aider les autres tout en lui donnant l'excuse parfaite pour maintenir les gens à distance. Même s'il lui arrivait dans le secret de son cœur de rêver d'amour, de sécurité, de tendresse. De renouer avec ces émotions qu'elle n'avait plus connues depuis le décès de sa mère. Sa carrière l'occupait bien trop pour qu'elle envisage de s'engager dans une quelconque relation intime. Parce qu'elle s'efforçait de paraître déterminée, on la pensait froide et arrogante, mais tant qu'elle était un loup solitaire, son cœur était à l'abri.

Elle adorait son métier, mais hélas, elle ne pouvait pas toujours maîtriser l'issue d'une opération.

Ce qui la ramenait aux raisons de sa présence ici : elle avait perdu un patient. Un patient très important. Un ambassadeur étranger auprès des États-Unis.

Jamais elle n'aurait dû accepter de réaliser cette opération. Elle avait indiqué à ses supérieurs que le patient était trop instable pour subir une transplantation. Mais on ne l'avait pas écoutée, et l'ambassadeur était mort. Sur *sa* table.

Le conseil d'administration de l'hôpital avait suggéré qu'elle prenne un congé jusqu'à ce que les médias se calment, et elle y avait consenti bien malgré elle. Le hasard du calendrier avait été providentiel : son mentor, le Dr Paul Martin devait se rendre à St. Thomas, une des îles Vierges des Caraïbes, pour participer à une transplantation en domino, et il avait fait en sorte qu'elle y aille à sa place. Même sur une courte période, cela lui permettrait de se faire oublier des médias tout en continuant d'exercer.

Le plan parfait, en théorie.

Paul l'avait poussée à prendre confiance en elle alors qu'elle était son interne. Il était cool, détaché. Il ne s'occupait que de sa carrière et des quelques étudiants qu'il jugeait dignes de recevoir son enseignement. Elle avait été l'une d'entre eux et en avait été flattée. Pour la première fois de sa vie, elle se sentait *choisie* par quelqu'un.

Paul conseillait de ne pas s'encombrer d'une famille ou d'une histoire d'amour. « Sois un requin, c'est le seul moyen de survivre », disait-il. En raison de son histoire personnelle, cela lui avait paru judicieux, et depuis dix ans, elle consacrait toute son énergie à sa carrière.

Si elle avait dû fuir New York, elle était décidée à se rendre utile tant qu'elle séjournerait sur cette île paradisiaque.

L'hôpital local avait besoin d'aide pour réaliser une très complexe opération en domino sur plusieurs patients en attente de greffe de rein. Il s'agissait de dons d'organes croisés reposant sur des échanges entre différents couples de donneur et receveur incompatibles. Chaque patient était accompagné d'un donneur incompatible pour lui mais compatible pour un autre. Ils constituaient une chaîne, un peu comme un jeu de dominos.

Ce genre de procédé pouvait être un cauchemar logistique pour ceux qui n'en avaient pas l'habitude, car si une pièce tombait, tout s'écroulait, mais elle avait déjà réalisé des opérations de ce type.

Avant de commencer, cependant, elle devait rencontrer le remplaçant du chirurgien chef qui l'avait recrutée. Ce dernier, un ami de Paul, avait dû prendre une retraite anticipée pour des raisons personnelles. Elle espérait que le nouveau lui ferait confiance et qu'il n'aurait pas entendu parler de sa dernière opération à New York. Mais si c'était le cas et qu'il était sensé, il comprendrait qu'elle n'avait pas pu empêcher le drame. Elle était peut-être une chirurgienne talentueuse, mais elle n'était pas Dieu !

Elle lissa son chignon dont l'humidité faisait s'échapper quelques mèches. Puis après un dernier regard à son reflet, elle quitta les toilettes pour femmes.

Le bureau du chirurgien chef se trouvait au bout du couloir. Tandis que ses talons claquaient sur le sol au rythme de son cœur, elle essaya de ravaler la boule dans sa gorge.

Allons ! Elle *pouvait* le faire.

— Docteur Jensen ? lui demanda la secrétaire – nommée Yvonne, d'après son badge.

— C'est bien moi. J'ai rendez-vous avec le chef de la chirurgie.

— Un instant, dit Yvonne en se dirigeant vers le bureau attenant au sien. Je vérifie si le Dr Olesen est prêt à vous recevoir.

Victoria fronça les sourcils, alarmée.

Le Dr Olesen ?

Non, c'était sûrement un autre Dr Olesen. Il y avait beaucoup de Dr Olesen dans le monde. Le destin ne serait pas cruel au point de lui faire affronter son ancien rival ?

Matthew Olesen, le seul homme capable de la déstabiliser. Le seul interne de leur formation en chirurgie à représenter une menace pour elle.

Il l'avait rendue folle de désir. Il avait été son premier amant.

Il l'avait fait vibrer de plaisir… Tant et si bien qu'elle en était tombée amoureuse. Très amoureuse.

Trop. L'intensité de leur passion l'avait effrayée. Elle avait eu peur de mettre son cœur entre les mains de Matt. De lui faire confiance. Alors, elle l'avait sacrifié à sa carrière.

Il n'y avait qu'un seul poste pour travailler avec le Dr Martin en chirurgie de transplantation, et elle voulait ce poste. Rien ne devait se mettre en travers de son chemin.

Pas même l'homme qu'elle aimait.

— Tu veux vraiment que ça se termine comme ça entre nous ? lui avait demandé Matt, les mains sur ses épaules.

Non, elle ne voulait pas que ça se termine, cependant c'était mieux ainsi. Elle avait des projets, et Matt ne s'intégrait pas à ces projets. C'était difficile de rompre cette connexion alors qu'elle aurait voulu davantage, mais elle avait trop peur de risquer son cœur. Elle n'avait aucune chance d'avoir à la fois Matt et la carrière pour laquelle elle avait travaillé si dur. L'amour, c'était trop compliqué.

Elle avait essayé de se dégager de son étreinte.

— Oui. Je prends le poste. Il y a une seule place, et c'est la mienne.

Matt avait lâché ses épaules, et soudain elle avait eu froid.

— Tu me brises le cœur, Victoria. C'est toi que je veux !

Elle avait ravalé ses larmes car elle ne pleurait devant personne.

— Je ne te veux pas, Matt. Pour moi, il n'a toujours été question que du travail. C'est tout ce qui compte. Rien d'autre.

Sauf que c'était un mensonge. Elle voulait Matt.

Il s'était raidi.

— Très bien. Alors, je ne te dérangerai plus jamais.

Cela avait été douloureux, mais elle s'en était remise.

Enfin, à peu près.

Elle avait pensé que Matt resterait à New York, mais non. Il n'avait pas tenté de se battre pour elle. Elle avait compris le message. Elle était seule, et c'était très bien comme ça. Elle avait l'habitude qu'on la quitte, elle pouvait le gérer. Elle savait qu'elle ne pouvait compter que sur elle-même.

Matthew Olesen avait disparu de sa vie, et elle n'avait jamais pris la peine de le rechercher. Ça faisait trop mal, car elle avait beau se dire qu'elle avait tourné la page, c'était faux. Une partie d'elle se languissait de lui, alors même qu'elle avait détruit leur relation.

Elle avait connu d'autres hommes, mais aucun n'arrivait à la cheville de Matt. Aucun ne faisait battre son cœur aussi fort. Aucun ne la faisait trembler de désir d'un simple regard, ce regard si bleu. Pour toujours, une part de son cœur restait attachée à Matt Olesen.

— Vous pouvez venir, fit Yvonne. Il vous attend.

Du calme. Ce n'était pas Matt. Ça *ne pouvait pas* être lui.

Victoria la remercia d'un signe de tête et entra dans la pièce en retenant son souffle.

L'homme lui tournait le dos, occupé à taper sur son ordinateur. Elle reconnut tout de suite la couleur caramel de ses cheveux courts.

Elle attendit, figée, qu'il se retourne et qu'il la regarde, tandis que la tension emplissait la pièce.

— Tu as parcouru un long chemin, pas vrai ?

La voix était un peu plus grave que dans son souvenir, mais elle lui fit courir un frisson le long de l'échine.

C'était bien cette voix qui lui avait murmuré des mots doux à l'oreille autrefois.

Il se retourna, et le cœur de Victoria manqua un battement. Déjà, elle plongeait dans les yeux bleus cristallins du seul homme qu'elle ait aimé. L'homme qu'elle avait laissé partir. L'homme qui hantait encore ses rêves.

Elle ne croyait pas aux contes de fées, mais elle s'était souvent demandé si elle n'avait pas manqué en vivre un auprès de lui. Une chose était sûre, après tout ce temps, il lui faisait toujours autant d'effet. Quant à elle, elle était en enfer et punie.

— Docteur Olesen, dit-elle, plus sèchement qu'elle ne l'aurait voulu.

Il sourit, mais ce sourire n'atteignit pas ses yeux. Il était froid, détaché, peiné. Alors qu'elle tentait d'éviter son regard, elle remarqua l'alliance à son doigt.

Elle n'aurait pas dû en être surprise. Matt avait toujours voulu se marier et fonder une famille, et elle non.

Du moins, c'était ce qu'elle lui avait dit. Car elle en mourait d'envie dans le secret de son cœur, tout en sachant que c'était une chimère.

— Docteur Jensen, répliqua-t-il sur un ton glacial. Je n'avais jamais compté te revoir. Mais on dirait bien que nous voici réunis.

2.

Matthew serra les dents.

En fait, c'était un mensonge. Il avait voulu revoir Victoria. Durant des années, il s'était langui d'elle, même si elle lui avait clairement fait comprendre qu'elle ne voulait pas de lui. Elle lui avait préféré sa carrière, et il en souffrait encore.

Elle l'avait obsédé de nombreux mois. Pendant longtemps, dissiper les souvenirs d'elle avait été une lutte.

Il avait rencontré Kirsten deux ans après avoir quitté New York. Celle-ci lui avait apporté une bouffée d'air pur. Elle lui avait donné l'impression qu'il pouvait à nouveau ouvrir son cœur. Elle lui avait appris qu'il pouvait aimer, et il l'avait épousée en pensant qu'ils auraient ensemble une vie longue et heureuse. Mais le sort en avait décidé autrement : le cancer avait pointé son vilain nez, et la vie de Kirsten s'était interrompue trop tôt.

Il en avait eu de nouveau le cœur brisé. La seule chose qui lui importait maintenant, c'était son job. Depuis la mort de Kirsten, il s'était jeté tout entier dans son travail pour noyer son chagrin.

Ces cinq dernières années, il avait été tellement focalisé que ça avait fini par payer. Il était à présent chef du service de chirurgie au Ziese Memorial Hospital, et ce, juste au moment d'une transplantation en domino délicate et compliquée. Il avait prévu de trouver le meilleur chirurgien possible pour coordonner l'intervention, mais son prédécesseur en avait déjà choisi un avant de partir en retraite anticipée.

Et il s'agissait du seul chirurgien que lui, Matthew, ne voulait plus jamais revoir.

Son démon personnel. Le Dr Victoria Jensen.

Et la voir maintenant en personne, c'était comme si le temps ne l'avait pas touchée. C'était comme s'il regardait la même femme à qui appartenait son cœur et son âme dix ans plus tôt. Celle qui lui avait écrasé le cœur entre ses doigts manucurés.

Ses cheveux bruns étaient aujourd'hui ramenés en un chignon sévère, mais il se rappelait encore comme ils étaient souples quand elle les lâchait. Comme ils bouclaient naturellement autour de son visage en forme de cœur, et comme ils étaient soyeux quand il y plongeait les doigts. Ses lèvres étaient toujours pleines et roses – des lèvres faites pour embrasser, si jamais des lèvres n'existaient que pour embrasser. Et ses grands yeux bruns et expressifs qui pouvaient fondre de passion à un moment et l'instant d'après brûler d'un feu d'enfer…

Il aimait tant y guetter le plaisir lorsqu'il caressait son corps, qui tremblait au contact de ses mains !

Ces souvenirs qu'il avait bannis dix ans plus tôt lui embrasèrent le sang, et cela l'agaça.

Une partie de lui avait voulu empêcher la venue de Victoria et annuler le contrat signé pour le mois suivant, mais il savait qu'elle était un des meilleurs chirurgiens de transplantation d'Amérique du Nord et qu'elle serait un atout pour l'intervention.

Or, l'opération était mal partie, et il avait besoin d'aide.

Il y avait des patients et des donneurs, mais c'était tout. Il n'y avait aucune coordination. Peu d'analyses avaient été effectuées, aucune préparation. Rien n'était organisé. C'était le chaos.

Son prédécesseur avait fait le bon choix en embauchant Victoria. Lui-même avait fait une partie de son internat à New York, et il savait qu'on pratiquait souvent là-bas des opérations de ce genre. Et si elle était la Victoria dont il se souvenait, il savait qu'elle pouvait gérer ce domino toute seule. Mais ce qu'il n'arrivait pas à comprendre, c'était pourquoi elle avait quitté cette incroyable place à Manhattan pour venir à St. Thomas. Il était presque sûr que cela n'avait rien à voir avec l'opération.

Était-ce à cause de la mort de l'ambassadeur ?

Il savait mieux que quiconque que, quels que soient les efforts déployés pour sauver un patient, ce patient mourait parfois pendant l'opération. Cela arrivait.

Il avait sans doute parlé durement, mais il devait garder ses distances. Il devait être prudent. Il devait se montrer froid, détaché. Surtout ne pas retomber dans le même piège qu'avant, quand il était jeune et stupide.

— Désolée pour toi, dit Victoria avec raideur. Je n'ai pas non plus envie d'être ici à travailler avec toi.

— Ah non ? demanda-t-il à mi-voix.

Ses joues devinrent cramoisies, et il aurait juré voir les flammes de la colère danser dans ses yeux.

— Écoute, je ne veux pas revenir sur ce qu'il y a eu entre nous. Le passé est le passé, et je suis ici pour travailler. Enfin, si tu me le permets.

Il eut un sourire ironique et se cala dans son fauteuil.

— C'est en effet une perspective intéressante.

— Eh bien, tu es le chef, déclara-t-elle.

Il sut à son ton, à la froideur de sa voix, qu'il l'agaçait.

Peut-être qu'il l'avait poussée un peu trop loin. Il était un professionnel et il ne traitait pas les autres chirurgiens de cette façon, mais la situation était unique.

Et même si Victoria était la meilleure, il n'était pas sûr que la laisser rester à St. Thomas et travailler avec lui soit la chose la plus brillante à faire.

Mais ce n'était pas comme lors de leur internat. Ils n'étaient pas concurrents. Il était son patron.

Ce ne serait pas comme dix ans auparavant. Il avait couché avec une vipère et avait été mordu en tombant amoureux d'elle. Il ne laisserait pas cela se reproduire.

Sauf que Victoria n'était pas un serpent. Et ce n'était pas le fait de perdre le travail qui l'avait blessé. Loin de là. C'était de la perdre, elle. C'était qu'elle ait choisi sa carrière plutôt que lui, alors qu'il l'aurait toujours préférée à son travail.

Elle avait été si douce dans ses bras. Elle avait fondu, et il avait été consumé par elle. Il l'avait tellement aimée.

— Et pourquoi je ne te laisserais pas travailler ici ?

— Je n'ai pas le temps pour ces jeux puérils, Matthew.

— C'est « docteur Olesen », rectifia-t-il sévèrement.

La familiarité avec laquelle elle utilisait son nom était perturbante. Cela semblait juste et naturel, et il n'aimait pas ça du tout.

— Excuse-moi. « Docteur Olesen », alors.

— Tu as raison. Je suis puéril, et le passé appartient au passé. Tu as été embauchée par mon prédécesseur, et je suis prêt à honorer le contrat. Je suis reconnaissant que tu aies choisi de venir ici à ce moment.

Les yeux plissés, elle pencha la tête de côté.

— Je ne l'ai pas choisi. Tu ne sais pas pourquoi j'ai dû venir ? C'est partout dans les journaux.

— La mort de l'ambassadeur ? Et alors ? Je veux dire, c'est malheureux, mais ça n'a rien à voir avec mon domino.

Victoria soupira.

— Tu as raison. Mais je n'ai pas choisi de venir ici. J'y ai été obligée. J'ai besoin de me faire oublier un moment.

Elle savait qu'elle était mélodramatique, mais tout le monde l'était, et ça l'exaspérait. Que la presse et le reste du monde croient des mensonges à son sujet, cela la rendait folle. Les accidents à effet boule de neige qui s'étaient produits durant l'intervention n'étaient pas sa faute, mais y repenser lui tordait le ventre.

Et maintenant, Matthew était son nouveau patron.

Matthew.

— Dis-moi que tu ne m'aimes pas, avait-il exigé.

Elle avait détourné les yeux car elle ne pouvait pas le regarder en face. Son cœur se brisait, elle était terrifiée.

— Tu ne peux même pas me regarder, avait-il soufflé en lui relevant le menton du doigt. Dis-moi que tu ne m'aimes pas. Dis-moi que tu ne veux pas de moi.

— Je ne t'aime pas… Je ne veux pas de toi.

Elle avait menti alors, car elle aimait Matthew, mais le travail était plus important. C'était un mensonge pour se protéger. Elle ne compterait sur personne pour sa sécurité émotionnelle ou financière. Elle avait travaillé si dur pour réussir ses études, jusqu'à l'épuisement, jusqu'à l'inanition. Cela avait été une source de stress : certains jours, elle ne pouvait pas manger parce qu'elle devait acheter un livre, et elle s'était juré que plus jamais elle n'endurerait ça.

Même pour l'amour, parce qu'on pouvait perdre l'amour, tandis qu'on aurait toujours besoin de compétences chirurgicales.

Alors elle avait menti à Matthew, même si le temps de leur histoire à New York avait été une des seules périodes heureuses de sa vie, et si parfois, quand elle était seule, elle se demandait si elle avait pris la bonne décision.

Le mensonge avait causé des dégâts. Il était clair que Matthew la haïssait, mais elle ferait avec malgré le mal que ça lui faisait.

— Qu'est-ce qui s'est passé exactement ? demanda Matthew d'une voix calme.

Rien de négatif dans son ton, juste une curiosité professionnelle.

Elle soupira de soulagement.

— Un caillot sanguin.

— Explique-moi, dit-il gentiment.

Son cœur bondit.

C'était comme autrefois, lorsqu'ils travaillaient sur un cas ensemble et qu'elle était anéantie. En discuter avec lui l'aidait toujours. Ça la calmait.

— Je faisais une greffe de foie et d'intestin grêle, et il y a eu un enchaînement de complications. La tension du patient a commencé à monter. Son cœur s'est arrêté. On le stabilisait, et ensuite il s'emballait. L'hémorragie était excessive. J'ai réussi à la contrôler, mais une chose en entraînait une autre. Il est entré en défaillance multiviscérale, et un caillot est apparu sur sa ligne de suture. Je n'ai pas pu l'évacuer à temps. À ce stade, je n'avais aucune chance de le sauver… J'avais des doutes sur la faisabilité de l'opération dès le début. Il était trop faible pour supporter une intervention aussi lourde.

— Alors pourquoi l'as-tu réalisée ?

— Le patient m'a mis la pression. Il insistait pour que je la fasse. Je n'aurais pas dû.

— Oui, répliqua-t-il. Je suis d'accord. Tu n'aurais pas dû entreprendre cette opération si ton instinct te disait de ne pas le faire, mais il y a un truc que je ne comprends pas.

— Quoi ?

— Pourquoi dois-tu te faire oublier ?

— La presse s'est emparée de l'affaire, l'opinion a besoin d'un bouc émissaire. Ce qu'ils n'ont pas compris, c'est que l'ambassadeur était très malade et que l'opération était sans garantie. Si ça s'était bien passé, j'aurais été une héroïne, et comme ça n'a pas été le cas, j'ai été livrée au public comme un agneau mené au sacrifice. Le conseil d'administration a suggéré que je prenne ce poste temporaire ici jusqu'à ce que ça se calme, alors j'attends que les médias m'oublient.

Le visage de Matthew se détendit, et elle fut soulagée d'y voir plus de compassion que de critique, ou ce détachement froid qu'il affichait quand elle était entrée dans son bureau.

— Voilà donc pourquoi tu as quitté New York.

— Pour le moment. Profil bas, loin des yeux, loin du cœur. Avec un peu de chance, les médias passeront vite à autre chose.

Un sourire releva les lèvres de Matthew, amical cette fois.

— Et tu ne savais absolument pas que je venais d'être nommé chirurgien chef quand tu as accepté de venir ici ?

— En effet, admit-elle, relâchant son souffle.

— Eh bien, on est apparemment tous les deux dans une situation difficile. Je suis désolé que la presse te tienne pour responsable de la mort de l'ambassadeur. Étant donné la dangerosité des transplantations, je suis sûr que tu n'es coupable de rien. Notre hôpital a besoin de toi pour cette opération en domino. Je sais que ce n'est pas nouveau pour toi, mais ici, au Ziese Memorial, on fait peu d'interventions aussi complexes, et j'apprécierais ton expertise.

Elle n'en croyait pas ses oreilles.

— Alors, tu veux que je reste ?

— Oui. Comme tu dis, on peut laisser le passé dans le passé et juste travailler ensemble en tant que collègues, non ?

— Bien sûr.

— Parfait.

Le soulagement la submergea, et ses genoux semblèrent sur le point de la lâcher. Elle ne s'était pas rendu compte à quel point elle avait été à cran et stressée. Pour la première fois depuis deux semaines, elle était écoutée et acceptée.

Peut-être que Paul avait raison, et qu'elle pouvait disparaître un moment au paradis. Peut-être que c'était l'endroit où elle avait besoin d'être avant de retourner à Manhattan et à sa vie normale.

Sa vie solitaire et ennuyeuse.

Elle chassa cette pensée.

Pas question de se laisser aller à ce genre de réflexion. Elle avait choisi sa vie. Elle se jetterait dans le travail et dirigerait cette transplantation en domino. Durant le mois à venir, elle pourrait faire ce qu'elle aimait. Seul hic : devoir travailler avec, ou plutôt sous les ordres de Matthew Olesen. Son nouveau patron.

Ils n'étaient pas à égalité dans la hiérarchie, ici, et le mois prochain allait s'avérer une indéniable punition. Peut-être devait-elle faire amende honorable et expier le fait de lui avoir préféré sa propre carrière ?

Mais elle saurait garder ses distances. Dix ans, c'était suffisant pour se remettre d'une relation, non ?

— Je te suis reconnaissante de me permettre de travailler ici, et j'ai hâte de connaître le dossier et tous les patients.

— Eh bien, autant s'y mettre tout de suite, répliqua Matthew en se levant. Viens, je t'emmène dans la salle de réunion où on a rassemblé tous les éléments et les informations des médecins référents.

— Formidable, docteur Olesen.

— Non, fit Matthew en se renfrognant. Ça ne va pas.

— C'est toi qui m'as dit de t'appeler ainsi. Ou tu préfères que je t'appelle « chef » ?

— Non, je n'aime pas ça non plus.

— Alors, comment tu veux que je t'appelle ? Ducon ? Je t'appelais comme ça parfois, rétorqua-t-elle, moqueuse.

Une ombre de sourire éclaira son visage.

— Non. On est plutôt informels ici, et pardon d'avoir été un crétin en te forçant à t'adresser à moi avec le titre de docteur. Ça paraîtrait bizarre au reste de l'équipe. Ils se poseraient des questions, et j'aime garder ma vie privée pour moi.

— Pareil pour moi. Je préférerais ne pas dire pourquoi je suis ici. J'ai eu mon content de cancans.

Matthew sourit et ouvrit la porte du bureau.

Elle lui emboîta le pas, regrettant d'avoir opté pour des talons qui l'empêchaient de suivre son allure rapide.

Tandis qu'ils traversaient le Ziese Memorial, le personnel le saluait, et il souriait, avec un geste de la main, mais elle nota que le sourire n'atteignait pas ses yeux comme autrefois.

C'était un trait qu'elle avait toujours apprécié chez Matthew Olesen : il souriait de tout son être, ce qui vous donnait envie de sourire aussi. Il donnait l'impression d'être votre ami. Quelque chose qu'elle lui avait aussi envié.

Le contact chaleureux et attentionné de Matthew avec les patients était un aspect que tous les internes s'évertuaient à imiter, mais lui seul y parvenait.

Aujourd'hui, quelque chose avait changé chez l'homme qu'elle avait connu… Et puis, il était marié.

Son cœur se serra sans qu'elle en ait le droit.

Pourquoi ne serait-il pas marié ? C'était un homme trop bien pour ne pas faire tourner la tête d'une femme. Elle-même avait failli perdre la sienne avant de le rejeter.

Son manque de vivacité s'expliquait peut-être parce qu'il était à la fois au four et au moulin. Paul disait toujours qu'une famille était un frein au métier de chirurgien.

Matthew n'avait sûrement aucune envie de passer du temps à promener une nouvelle collègue dans les couloirs de l'hôpital. Il attendait sans doute de rentrer chez lui retrouver sa famille. Elle savait que les enfants avaient toujours fait partie de ses projets, contrairement à elle…

Menteuse.

Une part d'elle désirait terriblement des enfants, mais elle avait si peur. Grandir en famille d'accueil restait une blessure profonde et cuisante. Il était hors de question que ses enfants subissent cette souffrance s'il lui arrivait quelque chose.

Elle refoula cette pensée désagréable tandis qu'il ouvrait la porte d'une petite salle de réunion, où étaient disposés tous les dossiers à côté d'un tableau blanc vierge.

Cette vue lui noua l'estomac.

À cette heure-ci, les receveurs auraient dû être testés. La répartition des donneurs et le programme aurait déjà dû être discutés. Au lieu de quoi, elle fixait un tableau vierge et une pile de dossiers. Ils n'étaient vraiment pas avancés dans leur organisation de cette intervention, et elle n'avait qu'un mois pour résoudre tout ça ? Elle avait du pain sur la planche.

Pas étonnant qu'ils aient besoin d'aide.

Matthew détecta aussitôt l'inquiétude de Victoria.

Il avait ressenti la même chose en prenant la relève du chef de la chirurgie. Le domino était très en retard dans sa préparation. À ce stade, il n'était même pas sûr qu'ils puissent accomplir une procédure aussi complexe dans le temps imparti. Tout était au point mort, et il se doutait que chaque personne impliquée était frustrée.

Son propre frère, qui lui avait envoyé un de ses patients pour cette intervention, l'appelait sans cesse pour s'informer, et ça commençait à lui taper sur les nerfs.

Il comprenait combien c'était frustrant pour un médecin qui avait adressé un patient de devoir attendre.

En outre, il s'agissait de Marcus, son frère jumeau, et ils n'avaient pas exactement les meilleures relations de monde.

Marcus n'appelait que quand il voulait quelque chose… Et lui-même n'appelait pas non plus. Ils avaient beau être des jumeaux monozygotes, leurs similitudes s'arrêtaient à leurs traits physiques.

Marcus était plus jeune de vingt minutes, et c'était la quintessence du petit dernier dorloté. Ils avaient été mis en pension à l'âge de onze ans, et Matthew avait passé beaucoup de temps à élever Marcus plutôt qu'à être son frère. Quand ils étaient en fac de médecine, il devait l'aider à étudier car celui-ci préférait faire la fête. Même en tant que médecin, Marcus était nonchalant, il naviguait trop à vue.

Matthew aimait contrôler et prévoir – voilà pourquoi il était chirurgien. La salle d'opération était son paradis. Chaque chose à sa place, et tout en ordre. Raison pour laquelle il était maintenant chef de la chirurgie au Ziese Memorial Hospital, alors que son jumeau vivait sur un bateau au large de St. John. Il en était secrètement fier, même si une petite part de lui enviait le style de vie insouciant de Marcus.

Marcus ne s'engageait pas avec les femmes. Il se comportait avec elles de manière désinvolte. Matthew en était incapable. Cela n'avait jamais été son genre.

Leur relation d'autrefois, avant la puberté, lui manquait. Celle qu'ils avaient eue avant qu'ils deviennent des ados impétueux amoureux de la même fille. Cette fille avait été la partie émergée de l'iceberg après des années de frictions. Elle n'avait pas été la cause de leurs tensions, juste le catalyseur. Et même si aucun des deux n'avait eu la fille, leur relation avait empiré à partir de là. Au point qu'ils étaient devenus pratiquement des étrangers liés par le hasard de la biologie.

Il n'y avait aucune confiance de part et d'autre. Uniquement de la critique et de la peine.

Le retard du domino n'arrangeait pas les choses. Matthew voulait aider le patient de Marcus et tous les autres, mais il avait besoin d'assistance. C'était là qu'intervenait Victoria.

Il se passa une main sur le visage.

— Je sais que c'est un peu maigre. Mon prédécesseur n'était pas l'homme le mieux organisé.

Un euphémisme. Tous les gens sur cette liste manquaient de temps. L'intervention devait être préparée, et vite.

Victoria avait pris un des dossiers.

— On peut le dire. Tu sais qu'il faut faire beaucoup d'analyses pour s'assurer que les anticorps correspondent ? Ce n'est pas aussi simple que de dire « Je te donne un rein », sinon une opération en domino ne serait pas nécessaire.

— J'en suis bien conscient. C'est pourquoi je suis content que tu sois là. Si je n'avais pas pris le relais des fonctions de chirurgien chef, je m'en chargerais moi-même.

Elle haussa un de ses fins sourcils.

— Et tu as réalisé combien de dominos ?

— Qu'est-ce que tu veux dire par là ? demanda-t-il, froissé. Tu sous-entends que je suis incompétent en tant que chirurgien ?

— Comment tires-tu ça de ma question ?

— Je sais que le Dr Martin ne pense pas grand bien de notre hôpital. Puisqu'il est ton mentor, je suppose que tu penses la même chose, bougonna-t-il.

— Tu supposes mal, rétorqua Victoria. De plus, c'est le Dr Martin qui a conseillé que je vienne ici à sa place.

— Ah oui, vraiment ? Tu serais venue si tu avais su que j'étais le chef de la chirurgie ?

— Je ne sais pas, répondit-elle, rougissante.

— Tu devais savoir que j'étais revenu aux îles Vierges ! attaqua-t-il.

Après la façon dont elle l'avait blessé, il voulait comprendre pourquoi elle avait choisi de venir maintenant, tant d'années plus tard.

— Je n'ai pas suivi ta carrière depuis qu'on s'est quittés, donc j'ignore combien de dominos tu as réalisés.

Entendre ça lui fit mal mais confirma ce qu'il pensait : elle n'avait pas tenu à lui comme il avait tenu à elle.

— Après New York, je suis revenu ici, et j'ai participé à un domino. Ça remonte à quelque temps, mais je sais comment ça fonctionne, ajouta-t-il un peu nerveusement.

Victoria reposa le dossier.

— Je veux m'y mettre tout de suite, voir si nos patients ont des donneurs prêts à être testés et les faire venir.

— Je vais t'aider.

— Je risque d'être là jusqu'à tard, souligna-t-elle. Il y a beaucoup d'informations à passer en revue.

— Et ? demanda-t-il, perplexe.

Sans répondre, elle porta le regard sur son alliance.

Cela faisait cinq ans que Kirsten était morte, mais il ne pouvait se résoudre à enlever la bague. Et le regard de Victoria fit remonter à la surface tous les souvenirs joyeux de son mariage avec Kirsten qui s'étaient transformés en chagrin. Le fait qu'ils aient passé si peu de temps ensemble avant qu'elle tombe malade. Elle avait été comme une fugace étoile filante – entrée et sortie de sa vie trop vite.

— Tu es marié, dit-elle avec douceur. Ta femme voudrait que tu rentres pour dîner en famille, non ?

— Non, dit-il sèchement. Je n'ai ni femme ni famille.

— Excuse-moi. J'ai supposé que…

— J'avais une femme, mais elle est morte. Donc, elle ne verra aucun inconvénient à ce que je travaille tard ce soir. En fait, je préférerais travailler et mettre cette opération sur pied avant que le temps manque à nos patients. Parce que je sais mieux que quiconque à quel point le temps file.

3.

Victoria essayait de se concentrer sur les dossiers qu'elle parcourait, mais c'était difficile avec Matthew assis de l'autre côté de la table, et alors qu'elle assimilait encore la révélation de son veuvage.

Elle avait de la peine pour lui.

D'abord, elle avait été jalouse qu'il ait tourné la page, mais maintenant elle se sentait coupable, et son cœur saignait pour la perte qu'il avait subie, car il était évident qu'il aimait sa défunte épouse.

Si elle avait appris dès son très jeune âge qu'elle était la seule personne sur laquelle elle pouvait compter, Matthew était différent. Elle avait su cela à l'instant où elle l'avait rencontré, quand ils étaient internes et qu'ils travaillaient pour la place convoitée qu'elle avait fini par gagner.

La force de son envie de lui l'avait terrifiée. Ce qu'il lui avait fait ressentir durant le peu de temps qu'ils avaient passé ensemble. Elle avait eu si peur d'avoir le cœur brisé, c'était plus facile de le repousser. Cela valait mieux.

Vraiment ?

Son ventre se noua, et elle ne put s'empêcher de se demander comment aurait été sa vie si elle avait misé sur lui plutôt que sur sa carrière.

Mais c'était un étranger. Malgré leur passion, ni l'un ni l'autre ne parlaient trop de choses personnelles. Ils étaient concurrents, après tout. Elle avait fait ce qu'il fallait. L'amour était si incertain. Il suffisait de voir Matthew – il était veuf. Il avait eu le cœur brisé à la mort de sa femme.

Ce n'était pas sans raison qu'elle ne s'attachait pas aux gens.

Il y avait eu un moment dans sa vie où elle avait rêvé que le père ou les grands-parents paternels qu'elle n'avait jamais connus viennent la chercher, lui donnent une maison, une sécurité. Mais chaque année qui passait, elle était plus déçue. Alors c'était plus facile de se désengager.

Au moins Matthew avait eu une famille pour le soutenir. Des parents et une femme.

Comme s'il sentait qu'elle l'observait, il leva les yeux du dossier qu'il étudiait et haussa un sourcil.

— Quelque chose ne va pas ?

Mortifiée, elle s'éclaircit la gorge.

— Rien. Juste un peu de jet lag.

Un sourire perplexe s'étira sur son visage.

— Comment ça ? On est dans le même fuseau horaire.

Mince.

— Hé, c'est quand même fatigant de devoir quitter Manhattan et venir dans ce, ce…

— « Paradis tropical » ? suggéra-t-il, avec dans les yeux cette lueur d'amusement qui l'avait toujours fait fondre.

Elle ne put retenir un sourire.

Oui, elle était au paradis, ici. Elle pouvait se cacher et faire ce qu'elle aimait le plus : travailler.

— J'imagine.

— Écoute, je sais que ça représente une tâche énorme et que c'est bien plus désorganisé que ce à quoi tu t'attendais.

— Juste un peu, admit-elle avec un brin d'ironie. Mais je peux gérer ça. Je peux aider.

Et elle le ferait. Elle allait prouver à tous ces défaitistes qu'elle n'était pas une chirurgienne sans valeur.

Elle valait toujours quelque chose. C'était à ça qu'elle était bonne. Elle pouvait contrôler cette partie des procédures. Il lui suffisait de faire ce qu'elle faisait toujours, se jeter dans le travail et ignorer le reste.

Y compris les sentiments que Matthew éveillait à nouveau en elle.

Elle n'était pas là pour lui. Elle était là pour elle-même.

Sauf que cette constatation lui tordait le ventre. Quand était-elle devenue si égoïste ? Elle était chirurgienne, pas seulement pour la sécurité de l'emploi, mais pour aider les gens. Et vu la pile de dossiers de patients, beaucoup de gens ici avaient besoin d'elle.

Depuis combien de temps attendaient-ils ? Elle espérait qu'ils étaient tous capables de supporter l'opération. La chirurgie de transplantation était épuisante pour le corps, et tous ces patients seraient sous traitement antirejet le restant de leur vie. Même dans ce cas, les reins ne seraient pas éternels. Les organes donnés avaient une durée de vie moindre. Mais c'était leur meilleure chance.

Le téléphone de Matthew sonna. Il fronça les sourcils en lisant le message sur l'écran.

— Qu'est-ce qui se passe ? demanda-t-elle, saisie d'un mauvais pressentiment.

— Une des patientes qui devrait faire partie du domino. Mme Van Luven. Elle est aux urgences, et les médecins veulent que je vienne. Ça n'a pas l'air bon.

— Je peux être utile ?

— Oui. Suis-moi.

Soulagée qu'il ne lui dise pas de rester là avec les dossiers, elle prit dans la pile celui de la patiente et quitta la pièce sur les talons de Matthew.

Il lui donnait une chance ! Il n'y était pas obligé, et elle lui en était reconnaissante. C'était comme si le temps n'avait pas passé entre eux. C'était bon que quelqu'un lui fasse à nouveau confiance…

Son cœur fit un petit bond, et les larmes lui piquèrent les yeux.

Surtout, ne pas s'attacher. Elle ne resterait pas ici. Elle devait garder ça à l'esprit. Lorsque tout ce bazar se calmerait et que la presse l'oublierait, elle retournerait à New York. À son poste. Celui qu'elle avait gagné, et pas Matthew.

Ici, elle ne se sentait pas aussi victorieuse, mais elle était reconnaissante qu'il lui permette de s'impliquer. Elle était une bonne chirurgienne. Elle ne laisserait pas une complication rare et la presse dire le contraire.

Elle suivit Matthew le long des couloirs de l'hôpital jusqu'aux urgences. Il salua les médecins en entrant et se dirigea vers un espace vitré à l'écart des autres lits isolés par des rideaux.

Comme la patiente était fragile et sur liste d'attente de greffe, on l'avait séparée du reste de la salle afin qu'elle ne soit pas exposée à une bactérie quelconque dans l'air.

En traversant la salle des urgences, Victoria fut impressionnée par les équipements de l'hôpital, largement comparables à ceux du sien à Manhattan.

Le Ziese Memorial était flambant neuf, et situé dans l'environnement paradisiaque de la ville de Charlotte Amalie.

Quelle chance avait Matthew ! Elle s'était jusque-là focalisée sur New York, mais ici, au cœur de ce magnifique hôpital caribéen, elle était incapable de se rappeler pourquoi.

Matthew mit un masque et elle en fit autant, avant de pénétrer dans l'espace protégé.

— Madame Van Luven, je croyais vous avoir dit que je ne voulais pas vous voir de sitôt, lança Matthew sur le ton de la plaisanterie.

La femme s'esclaffa, ses yeux enfoncés pétillant un peu malgré son teint cireux.

— Désolée, docteur Olesen. Je ne peux pas m'en empêcher.

Au plissement de ses yeux au-dessus du masque, Victoria vit que Matthew souriait aussi.

— Je vous ai amené une spécialiste mondialement connue.

— Ah oui ? fit Mme Van Luven en fixant Victoria.

— Voici le Dr Jensen de New York. Elle est chirurgienne en transplantation. Une des meilleurs.

Victoria sentit ses joues s'empourprer au compliment et se réjouit que le masque dissimule sa réaction.

— Ravie de vous rencontrer, madame Van Luven.

— Vous allez aider à mettre ce domino sur pied ? demanda la patiente d'une voix pleine d'espoir. Ça fait un bout de temps que j'attends, et je suis trop malade pour quitter l'île.

— Je suis là pour ça.

— Ouf, tant mieux.

Mme Van Luven ferma les yeux et se laissa aller contre l'oreiller, manifestement épuisée.

Matthew s'adressa au médecin des urgences.

— Qu'est-ce qui l'amène ici aujourd'hui, Rob ?

— Elle faisait sa séance régulière de dialyse, et le service l'a envoyée ici parce qu'elle n'élimine pas assez de déchets et que ses marqueurs sont élevés.

Rob tendit à Matthew une tablette affichant toutes les analyses effectuées au centre de dialyse de l'hôpital ainsi qu'aux urgences, et Victoria se pencha par-dessus son épaule pour lire les chiffres.

Elle fronça les sourcils.

La dialyse ne fonctionnait pas. Mme Van Luven frisait l'insuffisance rénale rédhibitoire.

— Qu'est-ce que ça dit ? demanda faiblement la patiente.

Victoria échangea un regard avec Matthew.

Même si elle avait vécu cela un nombre incalculable de fois avec d'autres patients, elle avait toujours l'impression que son estomac s'emplissait de plomb.

— Je pense qu'on va vous hospitaliser, madame Van Luven, répondit Matthew en rendant la tablette au médecin.

— C'est nécessaire ? demanda celle-ci d'une voix triste.

— Je le crains. Vous allez devoir rester ici en attendant votre greffe, déclara-t-il gentiment.

— Vous voulez dire jusqu'à ce que j'obtienne une greffe… ou que je meure, répliqua-t-elle doucement.

— Ça nous permettra de surveiller votre état et de vous donner les médicaments dont vous avez besoin, souligna Victoria. Comme ça, je n'aurai pas à vous faire venir tout le temps pour effectuer les tests croisés de compatibilité dont j'ai besoin pour organiser l'intervention.

Ce n'était pas un mensonge, même si Mme Van Luven n'avait pas besoin qu'on lui dise que ses reins la lâchaient et qu'elle était en train de mourir. Victoria croyait fermement au pouvoir de la volonté de vivre du patient. Ce n'était jamais gagné d'avance, mais ça ne coûtait rien. Les patients devaient savoir qu'ils avaient une chance.

Tandis qu'elle parlait, une étincelle brilla dans les yeux de Mme Van Luven. Ses propos avaient donné à la patiente une touche de ce que Victoria estimait être le médicament le plus puissant du monde : l'espoir.

Matthew ne put s'empêcher de sourire alors que Victoria donnait à Mme Van Luven cette dose d'espoir, même si les marqueurs sur ses analyses n'étaient guère encourageants.

Mme Van Luven avait quarante-trois ans. Il savait qu'elle avait deux enfants adolescents et un mari aimant à la maison. Elle était trop jeune pour mourir. Mais cela dit, sa femme, Kirsten, l'avait été aussi.

C'était la partie de son travail qu'il détestait le plus, perdre un patient. Ça lui donnait le sentiment d'être un raté…

Mais Victoria avait insufflé de l'espoir à la patiente en ne promettant rien de plus que des soins hospitaliers classiques – ce que fournissait le Ziese Memorial – alors que lui n'arrivait pas à former les mots.

Cela le frappa de plein fouet.

Quand avait-il ressenti de l'espoir pour la dernière fois ?

Quand était-il devenu aussi désabusé et pleurnichard ?

Il l'ignorait, mais les propos de Victoria avaient porté leurs fruits. Les yeux de leur patiente s'éclairaient pendant que Victoria donnait des instructions pour son admission.

Il avait oublié à quel point elle était intelligente. À quel point elle s'y prenait bien avec les patients.

Elle ne l'avait jamais cru, mais elle se trompait. Elle essayait toujours de paraître froide et détachée, comme si elle n'avait besoin de personne. Sauf qu'il connaissait sa vraie nature compatissante, attentionnée, qu'elle s'efforçait tant de cacher.

C'était de cette femme qu'il était tombé amoureux. C'était aussi la femme qui lui avait brisé le cœur.

— Le Dr Tremblay va vous hospitaliser, et je viendrai vous voir plus tard. Où est Rick, votre mari ? demanda-t-il.

— Au travail, répondit Mme Van Luven. Il ne voulait pas me laisser, mais je pensais que j'irais bien aujourd'hui. Il va être dévasté de me savoir seule ici.

— Je l'appellerai personnellement pour l'informer.

— Merci à vous deux, docteurs Olesen et Jensen.

— Il n'y a pas de quoi, répliqua Victoria. Je vais bientôt effectuer vos tests de compatibilité. Reposez-vous.

Ils quittèrent le box et refermèrent la porte vitrée. Ils ôtèrent leur masque et se désinfectèrent les mains.

— Tu as été formidable, dit Matthew.

— Comment ça ? J'ai juste fait mon boulot.

— Oui, mais quand tu étais interne, je me souviens que tu disais ne pas avoir le meilleur contact avec les patients. Or, tu l'avais, et tu l'as toujours.

Victoria émit un son dédaigneux, et il sut qu'elle ne le croyait pas. Elle n'acceptait jamais un compliment.

— Mais non ! C'est une des principales plaintes que je reçois à New York.

— Tu as été géniale avec Mme Van Luven. Tu lui as donné de l'espoir.

Du rose colora ses joues, et elle s'éclaircit la gorge.

— C'est toi qui as le meilleur relationnel.

— Tu parles, grommela-t-il.

— Si. Je te l'ai toujours envié.

Il ne voyait pas de quoi elle parlait. Son jumeau était beaucoup plus charmant que lui.

— Oh ! allez ! protesta-t-il. Tu ne peux pas accepter un compliment ? Je sais que tu aimes paraître froide et détachée des patients, mais tu es tout le contraire, en réalité.

— Quand ai-je dit que j'aimais être détachée de mes patients ? demanda Victoria, les yeux plissés.

— Il y a dix ans, quand je t'ai connue.

Il se rappelait parfaitement ce jour. Dès qu'il l'avait rencontrée, il avait été attiré par elle, mais lorsqu'elle avait ouvert la bouche, elle l'avait énervé. Elle faisait semblant d'être réservée et factuelle, mais il voyait bien que derrière cette façade elle se sentait concernée. Ça l'agaçait qu'elle persiste à nier son côté gentil. Comme si ça lui faisait peur.

Il n'y avait rien de mal à avoir un côté gentil, vulnérable.

Et il était extrêmement conscient de ce côté-là chez elle.

— Hum, fit-elle, mal à l'aise. Peut-être, mais je ne pense pas être très fortiche dans ce domaine.

— Au moins, tu admets que tu te soucies de tes patients. Quand je t'ai connue, tu ne l'admettais même pas.

— C'est compliqué. Je m'en soucie, mais… Enfin, je veux dire… Peu importe.

— Peu importe ? répéta-t-il.

Pourquoi fallait-il toujours qu'elle soit aussi verrouillée ? Elle n'avait pas changé. Qu'est-ce qu'elle cachait ?

Elle fit une petite moue et rougit de nouveau.

— On est vraiment obligés de discuter de ça maintenant ?

— Pourquoi pas ?

— Parce qu'on est dans un service d'urgences bondé.

— Donc, tu es disposée à parler, mais pas ici ?

Victoria s'assombrit et lui lança son regard « Je vais te tuer ».

Elle n'avait pas changé d'un iota, et il savait qu'il l'asticotait, mais il ne pouvait s'en empêcher. Bien que ce soit inepte de sa part, il retombait dans leurs vieilles habitudes, même dix ans après.

— D'accord, lâcha-t-elle avec raideur. Mais pas ici, non.

— Très bien. Alors, si on dînait ensemble ce soir pour discuter ? Tu sais, comme au bon vieux temps. Un dîner de travail tout en planifiant l'opération.

— Quoi ? fit-elle en ouvrant de grands yeux.

Lui aussi était abasourdi de l'avoir invitée. Cela n'avait pas été son intention, ça lui avait échappé. Mais, pour être honnête, ce ne serait pas désagréable de dîner avec quelqu'un. D'ordinaire, ses repas étaient solitaires et tristes. Un dîner de travail, ce serait une chouette distraction.

— Un dîner. Un dîner de travail.

Il répéta qu'il s'agissait de travail, car cela ne pouvait rien être d'autre. Il n'en était pas question.

Qui tu crois leurrer ?

Il ignora cette pensée sournoise.

— Entendu, dit-elle, l'air un peu hébété. Où ? L'île ne m'est pas encore très familière.

— Je connais un endroit pas très loin de l'hôpital. Je t'emmènerai.

— D'accord.

Qu'est-ce qui lui prenait ? Il ne savait pas trop. Il ne voulait pas s'apitoyer sur son sort, ni que Victoria éprouve de la compassion pour lui. Il était las que tout le monde le considère comme un veuf. Même son frère jumeau, qui avait une aversion à peine contenue pour lui, lui lançait parfois un regard empathique qui le rendait fou.

Cinq ans que Kirsten était décédée. C'était toujours douloureux, mais il ne voulait pas de compassion. Il voulait redevenir Matthew, même s'il ne savait pas très bien comment être cette personne.

Par conséquent, il ne voulait pas ça d'elle. Pas de Victoria, la femme qui lui avait brisé le cœur.

Alors, pourquoi l'emmener dîner ?

La seule réponse qu'il trouva était qu'il avait de la peine pour elle. Sa carrière était en suspens. Pas la sienne. Elle se cachait, tandis que lui ne se cachait de rien.

Vraiment ?

— Donc, on se retrouve dans le hall d'entrée ? demanda Victoria, rompant le silence gêné entre eux.

— Oui.

— Parfait. Je vais retourner aux analyses et aux profils des patients.

— Tu veux que je te reconduise à la salle de réunion ?

Elle détourna les yeux, remettant derrière son oreille une mèche échappée de son chignon. Ce chignon qu'il avait toujours détesté. Il la préférait nettement les cheveux lâchés, mais il aimait bien aussi voir la courbe gracile de son cou. Et il se rappelait parfaitement comment elle réagissait quand il l'embrassait là…

Mais qu'est-ce qui lui prenait, bon sang ?

— Non, ça va aller. Je te retrouve en bas à 19 heures.

— Super.

Elle hocha la tête et partit.

Il la regarda s'éloigner, n'arrivant pas à détacher le regard d'elle et de ses courbes.

Il jura entre ses dents, horripilé par lui-même.

Même après tout ce temps, il était toujours attiré par elle ! Il la désirait encore ! Dîner avec elle était une mauvaise idée.

Il tourna les talons et entra de plein fouet dans quelqu'un.

— Pardon, marmonna-t-il en reprenant son équilibre.

— D'habitude, tu ne t'excuses jamais auprès de moi, ironisa la personne.

Matthew grogna. Son frère jumeau n'était pas quelqu'un qu'il avait envie de voir là, maintenant. N'avait-il pas été assez torturé aujourd'hui ?

— Je croyais que tu n'aimais pas venir à St. Thomas ? demanda-t-il sèchement.

— En effet. Je préfère de loin St. John, mais vu que tu ne réponds pas à mes appels…

— Je ne t'ignore pas, répliqua Matthew avec un soupir. J'ai été très occupé.

— Moi aussi je suis occupé. Mais je sors, je vois mes amis. Toi, tu ne fais que travailler.

— Le travail est important.

— Avoir une vie aussi.

— On attendait l'arrivée du chirurgien coordinateur. Lâche-moi un peu, Marcus. Je fais ce que je peux.

— Mon patient est en train de mourir, Matthew !

Matthew ressentit une pointe d'empathie. Il percevait la peine de son frère, et ce sentiment lui était familier.

— Je sais, et on a une chirurgienne qui connaît bien les dominos. Elle vient d'arriver de New York.

— De New York ? répéta Marcus, impressionné. Comment

vous avez réussi ça ? Tu sais quoi ? Ça n'a pas d'importance. C'est une excellente nouvelle.

— Donc, tu vas me lâcher les baskets, maintenant ?

— On verra, riposta Marcus avec un sourire moqueur.

Puis il passa devant lui.

— Hé, tu vas où, maintenant ?

— Plaider ma cause auprès de ta nouvelle chirurgienne.

Matthew secoua la tête et suivit son frère des yeux.

Marcus lui manquait parfois, mais aujourd'hui, il était à cran, et content de ne pas l'avoir dans les pattes.

Une fois dans son bureau, il se laissa tomber sur son siège et ferma les yeux, épuisé, avant de prendre conscience que Victoria ignorait qu'il avait un frère jumeau. Lorsqu'ils étaient ensemble à l'époque, soit ils étaient au lit, soit ils parlaient boulot. Rien de plus.

Sauf que ce « rien de plus » avait mené à l'amour. Victoria lui avait ravi son cœur. Or, il n'avait aucune envie que Marcus sache quoi que ce soit de sa vie amoureuse.

Ils avaient été amis autrefois. Jeunes, ils étaient inséparables, même si ça l'énervait que Marcus semble se moquer de tout et que leurs parents satisfassent tous ses caprices. L'amitié qu'ils partageaient avant que les hormones de l'adolescence prennent le dessus lui manquait.

Et même s'ils avaient été proches, il n'aurait pas voulu que Marcus connaisse son passé avec Victoria ou sache comment elle lui avait brisé le cœur. Il devait intervenir avant qu'une tuile survienne.

Victoria n'en revenait toujours pas d'avoir accepté de dîner avec Matthew. Elle n'était pas là pour ça.

Il fallait bien qu'elle mange, non ?

Certes, mais elle était capable de manger seule. En fait, elle préférait, même.

Qui tu crois leurrer ?

Bon, peut-être qu'elle n'aimait pas vraiment manger seule,

mais est-ce que dîner avec Matthew était une bonne idée ? Ça ne l'avait pas été cette première fois, dix ans plus tôt, quand elle avait pensé que ce ne serait pas grave de sortir avec un collègue et qu'ils avaient fini au lit. Elle s'était perdue dans ses yeux bleus, et rien que d'y repenser…

Honnêtement, tout ce qu'elle voulait, c'était l'embrasser à nouveau. Elle mourait d'envie qu'il la touche. Donc ce dîner était une mauvaise idée. Ça n'irait pas.

Mais de quoi aurait-elle l'air si elle reculait maintenant ? D'une grosse poule mouillée !

Elle devait se concentrer sur le fait que c'était un dîner de travail. Rien de plus. Juste deux collègues parlant boulot. Ils l'avaient fait des centaines de fois par le passé.

Bien sûr, ces discussions s'étaient presque toujours terminées au lit…

Une vague brûlante la traversa, et elle toucha ses joues.

On frappa à la porte, et elle tenta de se ressaisir.

— Oui ? lança-t-elle d'une voix un peu tremblante.

Elle se retourna et vit Matthew appuyé au montant de la porte, la regardant avec admiration.

Garder un ton formel l'aiderait à garder ses distances.

— Docteur Olesen, je peux quelque chose pour vous ?

Il marqua une brève surprise puis la dévora des yeux, suscitant chez elle un frisson d'excitation.

Elle se rappelait parfaitement la première fois qu'il l'avait regardée ainsi, et ce qui s'était passé ensuite. La seule fois de sa vie où elle n'avait pas eu envie qu'un moment romantique finisse. La seule fois où elle s'était sentie en sécurité dans les bras de quelqu'un.

Elle avait du mal à respirer quand il la regardait comme ça. Son ventre se crispa, la chair de poule lui recouvrit la peau. Elle détestait que son corps réagisse encore de cette manière après tout ce temps.

— Je suis venu parler de l'opération en domino.

— Oui. Enfin, je suis en train d'élaborer son organisation. On peut plutôt en discuter en dînant ?

Il lui sourit. Un sourire espiègle, accompagné d'un éclat sombre de promesse.

— Super. Bonne idée.

Avait-il oublié le dîner qu'il avait lui-même suggéré une demi-heure plus tôt ? Quelque chose clochait.

— C'est toi qui l'as proposé, déclara-t-elle, troublée.

— Je ne me rappelle pas avoir fait ça, répliqua-t-il en s'avançant.

Elle croisa les bras sur sa poitrine comme pour se protéger.

— Mais de quoi tu parles ? demanda-t-elle, agacée.

— Du dîner. Quelle heure ?

— 19 heures.

— Ça me paraît parfait. Et tu pensais aller où ?

— Je ne comprends pas, rétorqua-t-elle. Tu as dit que tu avais un endroit en tête.

— En fait, non.

— Tu fais exprès d'être énervant ?

— Oui, il fait exprès.

Une voix sèche provint du seuil de la pièce. Elle ouvrit de grands yeux en voyant Matthew là… tout en étant également planté devant elle.

— Matthew, fit le Matthew en face d'elle.

— Marcus, répondit le Matthew à la porte.

— Qu'est-ce qui se passe ? demanda-t-elle, irritée.

— Docteur Jensen, voici mon frère jumeau, le Dr Marcus Olesen. Marcus, le Dr Jensen est notre chirurgienne spécialiste en transplantation, et elle est « zone interdite ».

4.

— Tu as un frère jumeau ? demanda Victoria après que Marcus fut parti et qu'elle se fut remise de son embarras d'avoir pensé que Matthew la draguait et de sa façon d'y réagir.

Maintenant qu'elle y réfléchissait, elle voyait la différence entre eux deux. Ils étaient très semblables, mais elle se sentait stupide de ne pas avoir fait la distinction tout de suite.

Dans les yeux. Bien qu'ils aient tous deux les yeux bleus, ceux de Matthew faisaient battre son cœur plus vite. Quand il la regardait, elle avait les jambes en coton. Marcus n'avait pas cette étincelle qui la faisait frissonner.

— Oui, répondit Matthew avec un soupir exaspéré.

— Tu ne m'as jamais dit que tu avais un frère, encore moins un vrai jumeau.

Il haussa les épaules.

— Pourquoi je l'aurais fait ? Ça ne t'a jamais vraiment intéressée d'apprendre quoi que ce soit sur moi. Il ne s'agissait que de sexe et de travail avec toi, non ?

Cela lui fit l'effet d'un coup de poing.

Leur relation n'avait pas comporté beaucoup de discussions pour une raison essentielle : elle ne voulait pas que Matthew devienne trop proche pour qu'elle puisse se protéger. Elle ne pouvait pas établir de vrai lien. Quand elle était avec lui, elle ne parlait que du travail. C'était plus facile comme ça. Elle ne serait pas blessée quand ça se terminerait.

Parce qu'elle avait le sentiment que personne ne pourrait jamais l'aimer, bien sûr.

Elle refoula la pensée de cette peur secrète qu'elle gardait enfouie en elle.

— Ce n'est pas non plus comme si tu avais essayé de me connaître, riposta-t-elle.

— Touché, admit Matthew avec un petit sourire en coin.

— Bon, je vois la différence maintenant, marmonna-t-elle.

— Ah oui ? fit Matthew, haussant un sourcil. Et donc ?

— Eh bien, il a les cheveux un peu plus longs, et il est plus charmant. Moins rigide.

— Quoi ?

— Je plaisante. Bref, je suppose que je vais devoir faire encore plus attention dans mes relations ici. Je n'ai pas envie de vous confondre tous les deux.

— Marcus ne travaille pas ici. Il est médecin généraliste et travaille sur l'île de St. John.

— Vous vivez sur deux îles différentes ?

— Oui. C'est mieux comme ça, dit-il fermement.

— Vraiment ? J'aurais cru que, en tant que jumeaux, vous seriez très proches.

— Une idée fausse couramment répandue.

— Ce n'est pas une idée fausse. Les jumeaux sont proches.

— D'ordinaire, oui, trancha Matthew. Pas mon frère et moi, en tout cas. J'aimerais parfois qu'on le soit, mais il y a toujours eu une rivalité entre nous. On est comme le jour et la nuit. Bien qu'il y ait des choses admirables chez lui. Son contact avec les patients, par exemple. Ils l'adorent.

— Je te le répète, ton contact avec les patients est formidable, protesta-t-elle.

— Hum. Comme tu le supposes, il est moins rigide que moi.

— Peut-être, mais tu es aussi bon que lui. Tu lui as déjà dit que tu voulais un lien entre vous ?

— Tu es chirurgienne, Victoria, pas psy. Je n'ai pas envie de discuter de Marcus.

Elle comprenait. Il y avait des choses dont elle n'avait pas envie de discuter non plus, comme son passé. Sa triste enfance solitaire, traumatisante. Sa mère mourant quand elle avait dix ans et le temps passé dans des familles d'accueil. Cette souffrance de petite fille seule dans le noir sur un matelas élimé, rêvant de réconfort et de contact.

Mais pas question de penser à ça.

Elle s'éclaircit la gorge.

— En tant que chirurgienne, je dois m'assurer que mes patients sont mentalement prêts pour leur opération. Il ne doit y avoir aucun doute. Donc, j'imagine que vérifier cela implique un peu de psychologie.

— J'en suis conscient, admit Matthew.

À son ton, elle devina que le débat était clos.

— Si je comprends bien, ton frère a un patient qui est sur la liste ?

— Oui. Et il me harcèle au sujet du domino. Non que je le lui reproche.

— Je m'occupe de l'organiser.

— Je le sais, acquiesça Matthew en souriant.

Son cœur se gonfla devant sa confiance en elle.

Ça comptait tant ! Surtout après ce qui s'était passé à New York.

On frappa à la porte, et un jeune médecin apparut.

— Docteur Jensen ? Je suis le Dr Gainsbourg, et j'ai les nouveaux résultats d'analyses de Mme Van Luven.

Victoria prit le dossier et le parcourut.

Ce n'était pas bon.

— Quel type de dialyse suit-elle en ce moment ?

— Une hémodialyse, répondit le jeune homme.

L'hémodialyse épurait le sang, mais à l'évidence, ça ne fonctionnait plus pour Mme Van Luven. Elle avait besoin de dialyse péritonéale, ce qui signifiait une intervention.

— Il faut l'emmener au bloc opératoire pour que je puisse placer le cathéter et qu'elle ait le temps de cicatriser avant de commencer la dialyse péritonéale. Préparez-la pour l'opération quand elle aura terminé l'hémodialyse.

— Bien, docteur Jensen.

Le Dr Gainsbourg partit, et elle vit que Matthew la fixait.

— Quoi ?

— Tu n'as pas encore de prérogatives chirurgicales.

— Mais tu m'as laissée l'examiner aux urgences.

— Je sais, mais je suis tout à fait capable de décider moi-même et de la préparer pour une intervention.

— D'accord, alors fais-le. J'essaye juste d'aider, Matthew. Je veux faire mon travail.

— Tu as des privilèges ici. Mais la prochaine fois, essaye de t'en remettre à moi quand tu traites avec mes internes.

— Est-ce que tous tes chirurgiens s'en remettent à toi ? Ça me paraît inefficace.

— Non, admit Matthew.

— Alors pourquoi je dois le faire, moi ?

— Je connais mes autres chirurgiens. Je ne te connais pas.

Un instant, elle avait cru qu'il lui faisait confiance. Elle avait cru qu'elle pourrait faire efficacement son travail ici. Apparemment, elle s'était trompée.

Elle serra les poings.

— Si, tu me connais.

— Non, Victoria. Pas vraiment.

Elle s'adossa à son siège, contrariée.

Il avait raison, bien sûr. Ils ne se connaissaient pas. Plus. Et ils ne s'étaient jamais vraiment connus. Dix ans plus tôt, ils avaient eu des rapports sexuels torrides et avaient bien travaillé ensemble. Elle était tombée amoureuse de lui et lui d'elle, mais ils ne se connaissaient pas réellement. Elle n'avait pas su qu'il avait un frère jumeau, et il ne savait rien de son enfance. Ils étaient une force avec laquelle il fallait compter à l'hôpital, mais c'était tout.

Sur tous les autres plans, ils étaient des étrangers.

Elle était ici pour travailler, et reconnaissante de l'opportunité. Matthew était son patron, et elle devait marcher sur des œufs.

Matthew savait qu'il avait été mufle avec Victoria, mais il n'avait pas confiance en elle. En apprenant sa venue, il avait prévu de garder ses distances avec elle. Sauf que ça ne marchait pas très bien. Il retombait dans ses vieilles habitudes. Il n'arrêtait pas de penser à elle, et il détestait sa réaction de panique et de vulnérabilité quand il avait compris que Marcus allait la voir. Et lorsqu'il avait constaté comment Marcus la regardait, il avait perdu la tête.

Il était content que Marcus ne se soit pas incrusté et n'ait pas découvert son passé avec Victoria. Voilà un point qu'il n'avait aucune envie d'expliquer à son fouineur de frère.

Et cela lui revint brusquement à l'esprit – la manière dont son frère avait regardé Victoria. L'avait dévorée des yeux. Comme si elle était une mignardise savoureuse.

Il s'était soudain senti possessif. Et en colère.

Suffit. Affaire close. Il était évident que Victoria n'était pas intéressée par Marcus. Avec un peu de chance, ces deux-là ne se recroiseraient pas. Marcus était apaisé que le domino soit à nouveau sur les rails. Les patients et les donneurs avaient été prévenus que les tests débuteraient dès le lendemain, et il s'apprêtait à entrer au bloc avec Victoria pour une intervention simple afin que Mme Van Luven reste stable.

Il prit une grande inspiration et se dirigea vers la salle de lavage chirurgical où Victoria se désinfectait les mains.

Elle le regarda à peine, et il vit qu'elle était énervée. Il se demandait bien pourquoi.

— Docteur Olesen, le salua-t-elle du bout des lèvres.

— Docteur Jensen.

— Tu vas me cuisiner sur ma technique chirurgicale ?

— Non.

— Vraiment ? Alors que tu ne me connais pas et tout ça ?

— Excuse-moi pour ce que j'ai dit.

— Avec toi, c'est la douche écossaise ! Tu me rends folle. Je ne me souviens pas que tu aies été aussi agaçant quand on était internes.

D'abord, il crut qu'elle était folle de rage, puis il vit l'étincelle dans ses yeux.

Elle se moquait de lui.

— Je l'étais. Mais tu étais aveuglée par mes prouesses sexuelles, murmura-t-il en gloussant.

Puis il se figea, se demandant ce qui lui prenait.

Il venait de la taquiner comme autrefois ! L'espace d'un instant, il avait oublié que dix ans avaient passé. Pourvu qu'il ne l'ait pas offensée ou mise mal à l'aise !

— C'est ça, répliqua Victoria, en s'esclaffant.

Comme au bon vieux temps.

Il poussa un soupir de soulagement.

— Excuse-moi, répéta-t-il en se frictionnant les mains sous l'eau. La journée a été chargée en émotions.

— À qui le dis-tu ! On peut juste travailler ensemble et être professionnels ? Maintenant que je sais que tu as un sosie sur une autre île, je l'éviterai.

— Merci. C'est dommage, pourtant. St. John est également une île magnifique.

— Si seulement il n'y avait pas ton frère, c'est ça ?

— Voilà, admit-il en souriant.

— Eh bien, je ne comprends rien aux relations entre frères et sœurs, vu que je n'en ai pas, mais considère que c'est noté.

Il y avait une pointe de tristesse dans la voix de Victoria.

Il ne pouvait s'imaginer être triste d'être enfant unique. Il avait si souvent souhaité en être un lui-même…

Non, ce n'était pas vrai.

Une image de Marcus et lui dans leur ridicule cabane dans l'arbre sur St. John surgit dans son esprit. Quand ils étaient encore amis. Avant qu'ils soient expédiés en pension et qu'il endosse le rôle de parent de Marcus.

Il sourit intérieurement à ce souvenir. Cela faisait longtemps qu'il n'avait pas pensé à cette cabane.

Victoria avait fini de se frotter les mains. Il finit à son tour, enfila sa blouse de chirurgien avec l'aide des infirmières et la suivit dans la salle d'opération.

Mme Van Luven tremblait. Elle était visiblement terrifiée, et il ne pouvait pas lui en vouloir.

— Comment ça va ? demanda-t-il avec douceur.

— Je suis nerveuse, répondit-elle faiblement.

— Il n'y a pas de raison. Le Dr Jensen sait ce qu'elle fait, et c'est une intervention standard et simple.

Même si Victoria ne faisait que l'assister, il voulait s'assurer que sa patiente avait une confiance totale en ses compétences, car c'était le cas pour lui.

Mme Van Luven sourit, mais son sourire restait vacillant.

— D'accord.

Il rejoignit Victoria tandis que l'anesthésiste endormait la patiente.

— Pourquoi ne pas prendre la tête de l'intervention, docteur Jensen ?

— Tu es sûr ? chuchota Victoria, surprise.

— Absolument. Voyons ce que tu sais faire après tout ce temps.

Dès le début de l'intervention, il se demanda pourquoi il était là.

Victoria n'avait pas besoin de lui. Elle était talentueuse. La presse était dingue de douter d'elle, et l'hôpital de New York dingue de l'avoir forcée à prendre un congé. Mais tant mieux car, du coup, elle se trouvait ici et il pouvait la voir faire. Il avait oublié combien il aimait travailler avec elle.

Combien il l'admirait.

— Ça va ? demanda Victoria, levant les yeux de sa tâche.

— Bien. Tu as besoin de moi ?

— Pas vraiment.

— Je suis là pour observer et aider en cas de besoin.

Soudain, une alarme se déclencha, et un frisson d'appréhension lui parcourut l'échine.

— La saturation en oxygène baisse, dit l'anesthésiste.

— Punaise, jura Victoria entre ses dents.

— Qu'est-ce qu'il y a ?

— Un caillot sanguin, j'en suis presque sûre, murmura-t-elle, la voix teintée de panique.

Elle restait figée, les yeux ronds, comme si elle ne savait pas quoi faire.

Il avait enseigné un an ou deux à des internes, et il connaissait ce regard de peur.

Il s'avança pour lui prêter main forte.

— Hé, fit-il gentiment, on va gérer ça. Qu'est-ce qu'on fait ?

Elle leva vers lui des yeux emplis de terreur, ce qui ne ressemblait pas du tout à la Victoria qu'il connaissait.

— On évacue le caillot.

— Exact. Tu sais quel geste faire, maintenant.

Elle hocha la tête et revint à son travail comme si cette absence n'avait pas eu lieu.

C'était un côté d'elle qu'il n'avait jamais vu avant. Encore qu'il ne puisse pas lui reprocher ce moment de panique après ce qui s'était passé à New York. Elle avait beau être compétente, sa confiance en elle avait été ébranlée. Et en cet instant, il avait envie de la serrer dans ses bras.

— Épinéphrine, ordonna-t-elle, élargissant l'incision.

Il se focalisa sur la patiente.

Ce n'était pas le moment de paniquer. La seule fois où il avait laissé l'alarme du moniteur l'atteindre, cela avait été après la mort de Kirsten.

Puis ils apparurent. L'hémorragie et le caillot sanguin.

— Tu le vois ?

— Oui, répondit Victoria. Aspiration.

Elle nettoya la source du problème.

Dès l'élimination du caillot, les constantes de la patiente revinrent à la normale. Victoria poussa un discret soupir de soulagement et poursuivit l'intervention.

Il recula.

— Je vous laisse finir, docteur Jensen. Excellent boulot.

— Merci, répliqua-t-elle d'une voix tremblante. Et merci de ton aide. Je ne sais pas ce qui m'a pris.

— Je t'en prie, dit-il, souriant sous son masque.

Il quitta le bloc, se débarrassant de sa tenue chirurgicale.

Tandis qu'il se désinfectait les mains, il inspira à fond.

Une fois, juste après la mort de Kirsten, la peur l'avait presque paralysé, et il n'y avait eu personne pour le sortir de sa transe. Il avait dû se débrouiller seul. Il se réjouissait d'avoir été capable d'aider Victoria dans ce moment-là. Il se réjouissait d'avoir été là pour elle… Et cette pensée le rendait nerveux.

C'était inquiétant de constater à quelle vitesse il avait perdu le contrôle en présence de Victoria. Il allait falloir qu'il contienne fermement ses émotions.

5.

En descendant retrouver Matthew dans le hall du Ziese Memorial pour aller dîner, Victoria s'interrogeait sérieusement sur sa santé mentale.

Quelque chose d'étrange s'était produit avec lui durant l'opération, elle ne savait pas bien quoi. Quand le caillot avait surgi, elle s'était pétrifiée. Dans sa tête, elle n'entendait plus que l'alarme de tracé plat de New York. Ensuite elle avait vu Matthew, et elle s'était rappelé quoi faire. Il l'avait calmée. Elle était contente qu'il ait été là, mais le fait d'avoir dépendu à ce point de lui à cet instant la terrifiait.

Une partie d'elle espérait qu'il ne soit pas là à l'attendre pour qu'elle puisse rentrer passer une soirée tranquille dans le petit appartement qu'elle avait loué pour le mois.

Être seule avec ses pensées.

Mais en débouchant dans le hall, elle le vit près des portes, et elle sentit son cœur tressaillir.

À l'époque de leur internat, ils ne se souciaient guère de leur image. Ils passaient le plus clair de leur temps à l'hôpital. Là, il avait l'air si différent sans sa blouse blanche et son attirail de chirurgien, en tenue de ville décontractée – jean, veste marron, et chemise bleue faisant ressortir le bleu de ses yeux.

Son ventre se contracta au souvenir de la promesse que contenaient ces yeux quand il la regardait. Ce quelque chose qui lui faisait flageoler les genoux. Il ne la regardait plus ainsi, désormais, et c'était sa faute.

N'empêche qu'elle était nerveuse en avançant vers lui.

Du moins, elle espérait que c'était lui. Elle ne le saurait pas avant de le regarder dans les yeux.

— Matthew ? demanda-t-elle d'un ton prudent.

Un petit sourire étira le coin de sa bouche.

— Oui, c'est moi. Je croyais que tu pouvais nous distinguer ?

Elle sourit, soulagée.

— Je voulais en être sûre. Ton frère aurait pu se faire couper les cheveux, par exemple.

— Il est rentré à St. John, dit-il après un gloussement amusé. Je pense, en tout cas. Il va et vient à sa guise.

— Il a un avion ? Car les horaires de ferry sont fixes, non ?

— Il vit sur un bateau.

— Il t'exaspère, hein ?

— Un peu. Bon, tu es prête ?

— Oui. Allons-y pour ce dîner de travail.

— Quelle emphase sur le mot *travail*, fit-il remarquer. Que crois-tu qu'il va se passer ?

— Rien, c'est pourquoi j'ai mis l'accent dessus, rétorqua-t-elle, regrettant aussitôt son emportement.

Matthew se plaignait que Marcus l'énerve, mais elle se rappelait que Matthew et elle se tapaient mutuellement sur le système quand ils étaient internes. Soit ils s'asticotaient au travail, soit ils étaient dans les bras l'un de l'autre.

Cela avait été une des meilleures époques de sa vie. Elle aurait pu l'aimer, si elle n'avait pas eu tellement peur de sauter le pas.

Elle l'avait souvent regretté depuis…

Se hâtant de refouler cette pensée, elle suivit Matthew dans la brise tiède de la tombée du jour.

Le Ziese Memorial surplombait la ville et les eaux turquoise du port. La capitale de St. Thomas était bâtie contre la colline volcanique verdoyante de l'île. Alors que le soleil se couchait, les lumières de la ville s'allumaient, et elle voyait par-dessus les toits rouges caractéristiques de Charlotte Amalie les feux des grands bateaux de croisière amarrés dans le port.

C'était beau comme une photo de guide de voyage !

Les lumières qui scintillaient dans l'obscurité lui faisaient savoir qu'il y avait des vies là-bas. Elle n'était pas seule. C'était une idée réconfortante.

Matthew lui ouvrit la portière d'une voiture de luxe.

— C'est ta voiture ? demanda-t-elle, stupéfaite.

— Oui. Le restaurant est au bord de l'eau, et tes talons ne sont pas vraiment faits pour marcher.

— Je suis new-yorkaise, on a l'habitude de marcher. Même avec des talons.

— Sauf erreur, si je me souviens bien, New York est une ville assez plate. Charlotte Amalie est plus accidentée. Monte, insista-t-il gentiment. Tu me remercieras.

Elle se glissa sur le siège en cuir. Il referma la portière, et elle le regarda contourner la voiture et s'installer au volant.

— J'espère que tu aimes les fruits de mer. Il y a un petit bistrot à Frenchtown où j'aime bien aller.

Elle se fichait pas mal de l'endroit, tant qu'elle pouvait boire un verre de vin.

— Ça me va. Honnêtement, je ne pensais pas que tu m'emmènerais au château de Barbe-Bleue pour me couper la tête comme aux autres femmes.

— Quand même pas, répliqua Matthew en pouffant. Du moins, pas tant que tu n'auras pas fini le travail.

— Tu me rassures, dit-elle, éclatant de rire.

C'était chouette de rire avec lui et de se taquiner comme lorsqu'ils étaient internes. Ça lui avait manqué.

Ils traversèrent en silence Charlotte Amalie jusqu'à Frenchtown. Le bistrot était situé presque au bord de l'eau, avec vue sur tous les yachts de luxe ancrés dans le port.

Matthew se gara, sortit et vint lui ouvrir la portière.

Tandis qu'il verrouillait la voiture, il jura entre ses dents.

— Qu'est-ce qu'il y a ? demanda-t-elle.

— Mon frère est encore ici. Son bateau est amarré là.

Bouche bée, elle observa les bateaux luxueux qui se balançaient sur l'eau.

Ce n'était pas le genre d'embarcation qu'elle s'était figuré quand Matthew avait dit que son jumeau vivait sur un bateau !

— Je ne pensais pas que les médecins généralistes gagnaient autant d'argent.

— Ce n'est pas le cas, répliqua Matthew. Ce sont nos parents qui ont acheté ce bateau. Enfin, c'était le premier bateau de mon père, mais il a désormais un modèle plus gros et plus rapide, et Marcus a récupéré l'ancien.

— Tes parents vivent dans le coin ?

— Sur St. Croix, où j'ai grandi. C'est à environ une heure et demie de ferry d'ici.

Ils prirent la rue pavée en direction du bistrot, qui était animé et déjà empli de touristes. Elle s'inquiéta qu'ils ne puissent obtenir une table, mais le maître d'hôtel les fit entrer dès que Matthew s'approcha de lui. Ils traversèrent la salle bondée du rez-de-chaussée, puis un escalier étroit les mena à une ravissante terrasse avec vue sur la baie, beaucoup plus calme et fraîche.

— Cela vous convient, docteur Olesen ?

— Oui, merci.

Le maître d'hôtel sourit et tira la chaise de Victoria.

— Votre serveur sera là très vite. Entre-temps, désirez-vous un peu de notre cuvée maison ?

— Oui ! répondit Victoria avec un enthousiasme qui fit sourire Matthew.

Le maître d'hôtel hocha la tête.

— Je reviens dans un instant.

Ils se retrouvèrent seuls sous des guirlandes lumineuses. Au loin, on entendait de la musique, et, en bas, une rumeur de bavardages et de rires.

— Alors, si tes parents ont donné un yacht luxueux à ton frère, la voiture est aussi un cadeau de leur part ?

— Oui. Ça fait un moment que je l'ai. Un autre rebut de mon père. Non que cela me dérange le moins du monde.

— J'ignorais que tes parents étaient mégariches.

— Tu sais, les choses ne nous ont pas toujours été données sur un plateau d'argent. Notre père nous a rappelé sans cesse qu'il avait travaillé pour amasser sa fortune, et il nous a bien fait comprendre qu'on devait travailler pour vivre. Il ne paye pas pour nous.

— C'est normal. Au fait, je voulais te remercier pour ton aide pendant l'opération aujourd'hui.

Une étrange expression passa sur son visage.

— Pourquoi ? Je n'ai pas fait grand-chose.

— Tu as apaisé la patiente, et tu as été ma seconde paire d'yeux quand on cherchait ce caillot. Je suis contente que tu aies été là.

— Non, ce n'est pas vrai. Tu ne l'es pas.

— Tu vas contredire chacun de mes propos ?

— Non. Excuse-moi. Je n'ai peut-être pas l'habitude que tu fasses des compliments. Tu n'en faisais à personne quand on était internes. Tu étais plutôt redoutable.

— Étais ?

Il lui sourit, et elle sentit son cœur battre plus vite en revoyant dans ses yeux la lueur si familière.

Le maître d'hôtel revint avec le vin et les servit.

— À la réussite du domino ? suggéra Matthew en levant son verre.

— La question ne se pose pas. Tout se passera bien, dit-elle, faisant tinter son verre contre le sien.

Elle but une gorgée, et c'était pile ce dont elle avait besoin après une journée aussi épuisante. Elle était rincée.

— Je le sais, assura-t-il. Et aussi que tu auras bientôt son organisation en main. Ça m'agace que mon prédécesseur l'ait autant laissé traîner, et je suis content que tu sois venue nous aider.

— Je n'ai pas vraiment eu le choix, souviens-toi.

Elle s'efforça de ne pas repenser au cauchemar qui l'avait conduite dans ce paradis tropical. Sa vie à Manhattan lui manquait. Sa vie professionnelle, du moins, car elle n'avait pas réellement de vie sociale.

Son regard dériva sur les yachts qui se balançaient mollement sur l'eau en contrebas.

— Alors, lequel est celui de Marcus ?

— Pourquoi ? Mon jumeau t'intéresse ?

Elle le toisa d'un œil noir.

— Un seul de vous deux me suffit ! Mais tu as éveillé ma

curiosité. Tu dis que ton père l'a donné à Marcus parce que lui-même passait au niveau supérieur, et j'ai du mal à imaginer quel est le premier niveau.

— Le plus proche de la côte, répondit Matthew après un petit rire. Le plus petit. Il s'appelle *Tryphine*.

— C'est un nom inhabituel.

— En fait, il est lié au mythe de Barbe-Bleue.

— Je le connais mal. Je faisais la remarque uniquement à cause du site historique du château de Barbe-Bleue sur l'île. Alors, raconte-moi. Qui est Tryphine ?

— *Sainte* Tryphine, la patronne bretonne des enfants malades, précisa Matthew. On considère qu'elle est à l'origine de la légende de Barbe-Bleue. Elle avait été mariée à un homme affreux nommé Conomor afin d'empêcher que celui-ci envahisse les terres de son père. Un jour qu'il était parti, elle a découvert les corps de ses défuntes épouses, et alors qu'elle priait pour elles, elles l'ont avertie que Conomor la tuerait si elle tombait enceinte.

— Et elle était enceinte ?

— Oui. Selon une prophétie, il devait être tué par son fils, donc il décapitait ses femmes dès qu'elles étaient enceintes pour qu'aucun fils ne vienne au monde. Les épouses décédées ont aidé Tryphine à s'échapper. Elle a donné naissance à leur fils, mais Conomor l'a retrouvée et décapitée à son tour.

— Une raison charmante pour donner un nom à un bateau, fit remarquer Victoria avec une grimace.

— L'histoire se finit bien. Saint Gildas a trouvé Tryphine et l'a ressuscitée. En attendant, on ne sait pas très bien si son fils a réellement fini par tuer son père, car, d'après certains, Conomor est rentré chez lui après avoir coupé la tête de Tryphine, et son château s'est écroulé sur lui. La morale, c'est que Tryphine protège les enfants malades, et mon frère en soigne beaucoup. C'est sa passion. Alors, quand il a eu le bateau, il a changé le nom de *Freja* – celui de notre mère – pour *Tryphine*. Je pense qu'il a fait là une bonne chose. Ma femme le pensait aussi…

Elle vit Matthew se raidir.

Elle allait lui demander comment était sa femme et depuis combien de temps elle était morte, quand le serveur surgit avec les menus et se mit à énumérer les plats du jour.

Quand celui-ci les laissa pour qu'ils fassent leur choix, elle tenta de décider ce qu'elle voulait, en vain. Incapable de se concentrer, elle n'arrivait à penser qu'à la peine que ressentait Matthew à l'évocation de sa femme.

— Tu as des suggestions ?

— Pour manger ? demanda Matthew en levant les yeux.

— Oui. Si tu commandais pour nous deux ? Je ne suis pas difficile. Choisis-moi une spécialité de St. Thomas.

— C'est une sacrée dose de confiance que tu m'accordes !

— Je ne devrais pas ?

Il sourit jusqu'aux oreilles et fit un clin d'œil.

— À mon avis on devrait prendre du *conch and fungi*.

— Des coques et quoi ? demanda-t-elle.

— Du *fungi*, une sorte de polenta. C'est délicieux, je pense que tu vas adorer.

— D'accord. Ça me plaît bien.

Le serveur vint prendre leur commande et repartit.

— Alors, quand les gens viennent-ils faire les tests de compatibilité ? enchaîna Matthew.

— À partir de demain. Plus tôt ce sera fait et plus vite je pourrai les envoyer en consultation psychologique, mieux ce sera. On a six receveurs potentiels, et il me faut six donneurs.

— Et si on n'a pas assez de donneurs ?

— C'est ce qui m'inquiète. L'état de Mme Van Luven est très instable. Elle aurait eu besoin de dialyses péritonéales depuis longtemps. Ça fait un moment que l'hémodialyse ne fonctionne plus pour elle.

— Je sais, dit Matthew. Son médecin était l'ancien chef.

— Bon, le cathéter est posé maintenant, mais il faut qu'elle cicatrise. On va devoir la garder branchée pour l'hémodialyse et essayer de la maintenir stable. J'ai besoin qu'elle soit plus forte pour la transplantation.

— Elle est jeune et mère…

La voix de Matthew s'éteignit.

— Il y a combien de temps que ta femme est morte ? demanda doucement Victoria.

La question prit Matthew de court.

En évoquant Mme Van Luven qui risquait de mourir, il n'avait pu s'empêcher de penser aussi à Kirsten et au cancer qui lui avait ôté la vie. Ils avaient voulu des enfants, mais comme elle n'arrivait pas à tomber enceinte et avait des règles irrégulières, elle avait consulté. C'est là qu'ils avaient découvert l'inimaginable – un cancer cervical qui s'était propagé dans les ovaires.

Marcus avait nommé le bateau *Tryphine* parce que Kirsten souhaitait qu'il le nomme ainsi.

Marcus adorait Kirsten. Son amitié procurait du plaisir à celle-ci, et durant une courte période, Matthew avait été content de la présence de son frère, d'autant que Marcus voulait vraiment être près de lui. À cette période ils avaient uni leurs efforts pour soutenir Kirsten. Marcus savait à quel point elle voulait un enfant, et que ce n'était pas possible avec le cancer…

Matthew chassa ce souvenir.

Il n'avait aucun problème avec le bateau de son frère, mais les souvenirs qu'il faisait remonter… Ces moments durant lesquels Kirsten apportait la paix entre lui et Marcus lui manquaient. Elle était une belle lumière, et elle lui manquait.

Kirsten était toujours présente à l'arrière-plan de son esprit depuis sa mort cinq ans plus tôt, mais avec le retour de Victoria dans sa vie, sa femme décédée revenait soudain au cœur de ses pensées.

Quand il était avec Kirsten, il était hanté par les souvenirs de Victoria, et, apparemment, quand il était avec Victoria, il était hanté par les souvenirs de Kirsten. Les deux fois qu'il avait aimé, il avait perdu le fruit de son amour, et il en souffrait toujours. Il ne voulait plus jamais ressentir cela.

Pourtant, Victoria commençait à le faire craquer. Comme

autrefois. Or il ne pouvait se permettre de retomber amoureux d'elle. Ce serait trop douloureux.

Sauf qu'il s'avérait aussi dur de rester à distance.

— Elle est décédée il y a cinq ans, répondit-il.

Il n'aimait pas parler de Kirsten. Et, cependant, voilà qu'il le faisait avec Victoria. L'autre femme qui lui avait brisé le cœur, bien que de manière différente.

— Je suis tellement désolée, murmura-t-elle.

— Merci, mais je n'ai pas envie de faire mon Calimero. Quand je parle d'elle, les gens changent de comportement. Leur compassion me donne l'impression de sombrer dans un cycle infini de chagrin. Même si je la pleure et la pleurerai toujours, je ne veux pas me complaire dans le chagrin.

— Je comprends très bien.

— Vraiment ? demanda-t-il.

Victoria ne lui avait jamais parlé de sa famille. La seule chose qu'il savait d'elle, c'était qu'elle était de New York et n'avait ni frère ni sœur. Lorsqu'ils étaient ensemble, dix ans plus tôt, elle avait gardé pour elle cette partie d'elle-même.

Et il ne lui avait jamais non plus raconté sa vie. Ils étaient accaparés l'un par l'autre et ne voulaient rien laisser les distraire de cette passion.

Il tendit la main pour toucher la sienne, puis la retira quand le serveur apporta leurs plats. Après le départ de celui-ci, il tenta de changer de sujet, espérant qu'elle n'avait pas remarqué son geste, le geste du pauvre idiot qu'il était en sa présence.

— Dis-moi ce que tu en penses ?

— Ça sent divinement bon. Je n'ai jamais mangé de coques. La polenta, oui…

— Le *fungi*, c'est meilleur, crois-moi. Et en dessert, on prendra des *jonnycakes*.

Victoria prit une bouchée, et il vit qu'elle approuvait son choix.

Ils étaient loin du temps où ils mangeaient des hot dogs au stand devant l'hôpital. Repenser à toutes les fois où ils s'étaient rués dehors pour une brève pause le fit sourire.

— Pourquoi tu souris ? demanda Victoria.

— Je me rappelais comme on se serrait devant le stand de Jacob. Le vent mordant, glacial. Mais les hot dogs étaient fabuleux.

— C'est vrai. Jacob me manque.

— Il n'est plus là ?

— Il est mort, hélas. Un an après que tu es parti.

— Je suis navré d'apprendre ça.

— Maintenant, je vais surtout dans le delicatessen – celui où on allait quand on en avait marre des hot dogs. Il est toujours là.

— Oh ! Le deli existe encore ? C'est bon à savoir. Je regrette vraiment les sandwichs au pastrami. On n'en trouve pas de bons ici.

— Mais le paysage est bien plus beau, argua Victoria. Et c'est sans doute meilleur pour le cholestérol.

De nouveau, ils rirent ensemble. Puis il se lança.

— Alors, ta famille ne s'inquiète pas trop que tu sois si loin ?

— Quelle famille ? Je ne suis pas mariée.

— Je veux dire tes parents. Tu m'avais dit que tu n'avais pas de frères et sœurs, mais…

— Non, répliqua-t-elle très vite, le nez dans son assiette. Je ne manque à aucune famille.

— Oh ! Pardon.

— C'est comme ça, fit-elle en haussant les épaules. Je suis juste contente qu'on m'ait offert une opportunité de m'enfuir et de venir prêter main-forte.

— Il s'agit d'une fuite ? s'enquit-il gentiment.

— Oui. J'admets ouvertement m'être précipitée ici parce que c'était le seul endroit où je pouvais aller.

— Si tu avais su que j'étais là, tu serais venue quand même ?

Une rougeur envahit le cou gracile de Victoria et lui empourpra les joues.

Il s'attendait à ce qu'elle dise non. Il voulait une réaction, quelque chose qui lui indique qu'elle avait autant de mal que lui à retomber sur leur passé, mais au lieu de ça, le serveur s'approcha pour remplir leurs verres, emporter leurs assiettes et leur annoncer l'arrivée du dessert.

Il se fichait du vin ou du dessert, il voulait une réponse. Coûte que coûte.

Un silence gêné plana entre eux, qui le rendit nerveux. Il ne pouvait pas rester comme ça. Il devait faire quelque chose.

Percevant une musique agréable en arrière-plan, il se leva.

— Allez, viens, dit-il en tendant la main.

Il ne savait pas trop ce qu'il faisait. C'était peut-être le vin, ou cette soirée, ou cette journée en général, mais il ne pouvait pas rester planté ainsi.

— Hein ? fit Victoria, désorientée.

— On va danser.

Elle le considéra comme s'il était fou, mais elle ne protesta pas, prit sa main et se leva.

Il l'enlaça sans la tenir de trop près.

Il testait sa propre résistance pour voir à quel point il pouvait être proche d'elle, mais il avait beau essayer de se tenir à distance, son corps réagissait quand même.

Il se souvenait de ce que ça faisait de la tenir dans ses bras, de passer les mains sur ses courbes, de l'embrasser. La façon dont elle frémissait sous ses caresses.

Elle était si près.

— Tu es un idiot, murmura-t-elle sans le regarder.

— Comment ça ? demanda-t-il en riant.

— Qu'est-ce qui t'a pris de vouloir danser ?

— Ma foi, c'est une bonne chanson, et la soirée semblait parfaite. J'ai eu envie de danser. Ça ne t'arrive jamais ?

Elle le regarda, les yeux pétillants.

— Non, j'avoue.

— Quel dommage.

Il la fit tourner sur elle-même, lui arrachant un rire alors qu'il la ramenait vers lui d'une autre virevolte.

Sauf que, cette fois, elle vint plus près.

— Tu m'as demandé si je serais quand même venue en sachant que tu étais ici, et la réponse est oui : je l'aurais fait.

— Vraiment ?

— Si tu me l'avais demandé en tant que chef de la chirurgie, murmura-t-elle, piquant un nouveau fard.

Il s'enivra de son parfum, regarda ses lèvres et la sentit trembler entre ses bras. Sans réfléchir, il cessa de danser et se pencha pour se délecter de ces lèvres douces.

Le corps de Victoria s'amollit, et il l'entoura de ses bras, l'attira contre lui pour un baiser plus intense. Se noya dans sa douceur.

Cela faisait si longtemps qu'il n'avait pas été brûlé par ses baisers ! Il accueillit avec enthousiasme le brasier.

Qu'est-ce que tu fais ?

Victoria le repoussa, reculant d'un pas.

— On ne peut pas, Matthew.

— Je sais. Excuse-moi. Je ne sais pas ce qui m'a pris.

— Ce n'est pas grave, mais je pense qu'il vaut mieux sauter le dessert et qu'on rentre chacun chez soi.

— Oui. Je vais régler l'addition et je te raccompagne.

Victoria se rassit, et il descendit au rez-de-chaussée.

Quelle mouche l'avait piqué ? Il se conduisait comme un imbécile. Il fallait que ça reste professionnel entre eux. Il ne pouvait pas se perdre à nouveau dans les baisers de Victoria. Il ne le pouvait tout simplement pas.

6.

Victoria s'était jetée dans la mise au point de l'opération en domino. On lui avait assigné le Dr Gainsbourg : le jeune interne réalisait les analyses pendant qu'elle évaluait les donneurs potentiels et étudiait le résultat des tests croisés de compatibilité.

Matthew l'avait évitée toute la semaine, ce qui lui convenait très bien. Leur baiser avait été merveilleux mais aussi catastrophique. Vraiment catastrophique.

Après cela, elle avait eu du mal à trouver le sommeil.

Il lui manquait, mais elle savait qu'ils devaient garder leurs distances, car son passage ici était temporaire. Elle s'était déjà remise de lui une fois, elle pourrait s'en remettre une nouvelle fois. Même si une part d'elle ne le voulait pas, c'était mieux comme ça.

Matthew Olesen était l'homme le plus exaspérant qu'elle ait jamais connu, mais elle avait oublié comment c'était d'être avec lui, et comme il écartait facilement les barrières qu'elle érigeait pour se protéger. Même dix ans après, il était capable de les franchir.

Elle ignorait pourquoi il était le seul homme à y parvenir. Enfant, elle avait appris à ne faire confiance à personne d'autre qu'à elle-même. Elle gardait les gens à distance. Mais quand elle avait rencontré Matthew, elle n'avait pas su comment l'éloigner. Elle était totalement désarmée face à lui. Elle n'aimait pas être aussi impuissante. Envers personne.

De quoi avait-elle peur ?

Elle ignora cette question, tout comme elle essayait d'oublier la danse et le baiser de la semaine passée.

La seule solution était le travail. C'était ainsi qu'elle avait tourné la page la première fois.

Chaque receveur formait une paire avec un donneur incompatible, et la condition pour qu'un donneur non éligible puisse donner un rein à quelqu'un d'autre était que son protégé reçoive le rein d'un autre donneur en retour. Ça demandait beaucoup de travail préparatoire. Et beaucoup d'analyses. Il y avait de nombreuses pièces mouvantes dans cette opération, et comme elle n'avait aucune autre intervention normale prévue, elle s'y attaquait avec enthousiasme.

En outre, ça la distrayait et l'éloignait de Matthew, lui-même occupé avec sa propre pratique et la gestion du service de chirurgie.

C'était mieux comme ça. De cette façon, personne ne serait de nouveau blessé.

Une fois le domino réalisé, elle espérait pouvoir rentrer rapidement à Manhattan, mais elle n'avait encore eu aucune nouvelle de Paul ou de l'hôpital. Elle devait attendre que les choses se calment, mais elle était quand même inquiète que la tempête médiatique ne se soit pas apaisée durant la semaine…

Elle soupira et recommença à lire les rapports d'analyses. Sans succès.

Penser à New York lui rappelait également son moment d'absence quand Mme Van Luven avait fait un caillot sanguin.

Elle détestait l'hésitation et la terreur qu'elle avait ressenties. Elle était si sûre de ses compétences. Jamais les caillots ne l'avaient décontenancée auparavant. Sans Matthew… Elle ne voulait même pas y penser. Il valait mieux qu'elle fasse profil bas et qu'elle se tienne à l'écart.

Surtout à l'écart de Matthew.

Elle avait trouvé complètement absurde qu'il lui prenne la main pour la faire danser comme s'il essayait de tenter le diable, mais elle ne pouvait nier son ravissement à être de nouveau dans ses bras.

Le souvenir de leur baiser s'imposa dans son esprit, et ses joues devinrent brûlantes.

Agitée, nerveuse, elle reposa le rapport qu'elle lisait, se leva et marcha vers la fenêtre.

Les bâtiments aux toits rouges dégringolaient depuis les collines vers l'eau turquoise. Des palmiers se balançaient dans la brise.

Elle ne se rappelait pas la dernière fois qu'elle avait vu des arbres balayés ainsi par le vent, ni quand elle avait simplement pris le temps de les regarder. Ça détendait.

Un gros bateau de croisière entrait dans la rade.

L'espace d'un instant, elle souhaita pouvoir s'échapper. Monter à bord de ce bateau et partir ailleurs. Sans responsabilité. Sans le moindre souci au monde.

Sauf qu'elle adorait son métier. Elle vivait son rêve, et elle n'allait pas cesser à cause d'un contretemps temporaire.

On frappa à la porte, et elle se retourna pour voir le sosie de Matthew, ce qui fit tressaillir son cœur une fraction de seconde.

Au moins, elle pouvait les distinguer, maintenant. Quelle idiote de ne pas avoir remarqué les différences avant !

— Docteur Olesen… Marcus. Je peux vous aider ?

Marcus lui adressa un grand sourire.

— Vous ne nous confondez plus, alors ?

Elle s'éloigna de la fenêtre et lui fit signe d'entrer.

— Non, en effet. Qu'est-ce qui vous amène aujourd'hui ? Vous êtes rentré à St. John et revenu ? Matthew m'a montré votre bateau lorsqu'on est allés dîner sur le port.

Marcus haussa les sourcils, en une mimique amusée si semblable à celle de son frère.

— Vous avez passé la soirée avec lui ?

— Nous avions un dîner de travail le jour où je vous ai confondus tous les deux et où j'ai suggéré malencontreusement que vous et moi allions dîner ensemble.

— Ah oui, mais je ne pensais pas que vous choisiriez mon frère plutôt que moi. Je suis un bien meilleur convive que lui. Il est trop coincé.

Son large sourire charmait très probablement les gens, mais il n'avait aucun effet sur elle, alors que celui de Matthew faisait battre son cœur à tout rompre. Marcus jugeait peut-être Matthew coincé, mais pas elle.

Elle sourit malgré elle en pensant à lui, à ses bras autour d'elle pendant qu'ils dansaient.

Puis elle se souvint que Marcus attendait.

Vite. Trouver quelque chose à dire.

— C'était pour discuter de l'opération. Un dîner de travail, donc. Et il a vu votre bateau.

— Eh bien, j'ai fini par retourner à St. John, mais j'avais d'autres affaires à régler, et comme ça concerne l'opération, je suis revenu pour en discuter avec vous.

— Oh ? Et discuter de quoi ?

Marcus lui tendit une feuille de papier.

— C'est un résultat de test qui doit résoudre votre problème. Je sais que l'opération est retardée parce que vous avez du mal à trouver un donneur pour Mme Van Luven, car aucun des donneurs des autres paires n'est compatible avec elle.

C'était vrai. Mme Van Luven était la seule dans le domino qui n'ait pas encore de donneur, même si elle était celle qui en avait le plus besoin. Et elle se situait aussi loin sur la liste des patients en attente d'un rein de donneur décédé. Si son état empirait, elle remonterait dans la liste, mais rien ne garantissait qu'elle survive à l'opération à ce stade. Victoria jeta un coup d'œil au rapport et vit que les anticorps étaient compatibles.

C'était absolument parfait.

— Fantastique ! s'exclama-t-elle.

— Yep. C'est un donneur qui a un léger intérêt dans l'opération, puisqu'il est attaché à l'un des bénéficiaires.

— Quel patient ?

— Un garçon de quinze ans qui se trouve être le fils de mon meilleur ami et mon filleul.

Elle sentit son estomac se nouer.

— Oh non, Marcus ! Ne me dites pas que c'est vous ?

— Et si c'est moi ?

— On ne peut pas vous prendre, dit-elle en soupirant.

— Pourquoi pas ?

— Il y a conflit d'intérêts.

— Comment ça ? Je ne suis pas chirurgien dans ce dossier, et je ne suis pas le médecin de Mme Van Luven. Jonas est mon filleul, et son père est comme le frère aîné que je n'ai jamais eu.

— Vous avez un frère, Marcus. C'est mon patron.

— *Pff.* Biologiquement, oui, mais on n'a pas été proches depuis notre adolescence. Tout est rivalité, avec lui.

— C'est drôle. Il dit la même chose de vous.

Marcus plissa les yeux, et une étrange expression passa sur son visage, puis il secoua la tête, l'air exaspéré.

— Écoutez, Jonas compte énormément pour moi, et je veux donner un rein à Mme Van Luven afin que ce domino se fasse et que Jonas puisse bénéficier d'un rein.

Elle examina de nouveau le rapport.

Elle ne se souvenait pas s'il y avait des règles spécifiques contre cela. Marcus faisait ce don de son plein gré, comme tous les autres donneurs. Cela poserait-il vraiment un problème s'il faisait partie du domino ? Elle pourrait faire le prélèvement elle-même et demander à Matthew de s'occuper de Mme Van Luven jusqu'à ce qu'elle arrive avec le greffon.

C'était une solution.

Sauf que Marcus était le frère de Matthew. Elle ne voulait pas le mettre en danger.

Marcus s'assit sur une chaise et sourit.

— Vous y pensez, pas vrai ? demanda-t-il.

— Peut-être. Je ne sais pas, Marcus. Vous êtes le médecin de Jonas.

— Seulement parce qu'il n'y avait pas d'autre médecin sur l'île pour s'occuper de lui, mais je suis d'abord son parrain. Je l'ai toujours été. Je veux le faire. Il va mourir comme les autres si cette opération n'a pas lieu.

— Je vais devoir en parler à Matthew.

— Pourquoi ?

— C'est le chef de la chirurgie et votre frère.

— Je comprends, mais bon. Écoutez, je ne suis pas chirurgien et n'ai pas de privilèges hospitaliers ici. Je suis juste quelqu'un qui veut agir dans l'intérêt général.

Elle lui sourit, émue par un tel altruisme.

— Bien. Je vais en parler à Matthew, et s'il approuve, vous devrez quand même suivre les séances de consultation psychologique que j'ai mises en place.

— Une consultation psychologique ?

— Oui. C'est obligatoire pour tous les donneurs et receveurs. Donc vous êtes vraiment, vraiment, vraiment sûr de vous ? insista-t-elle en se levant.

— Je le suis, déclara Marcus en hochant la tête.

— Merci. Ça pourrait résoudre notre problème.

Il eut un sourire en coin qui aurait pu être celui de Matthew, sauf que sa bouche se retroussa de l'autre côté que celle de son jumeau.

— J'en serais heureux.

— Restez dans les parages. Je vais aller voir votre frère immédiatement.

— Ça marche.

Elle quitta la pièce et se dirigea vers le bureau de Matthew, le ventre noué d'angoisse.

Elle savait que cela allait poser un problème, mais ce n'était pas uniquement ce qui la préoccupait. Elle était nerveuse car elle ne l'avait pas revu depuis leur baiser, et qu'elle n'arrêtait pas d'y penser. Matthew l'évitait aussi, elle en était bien consciente. Il ne s'était pas déplacé en personne pour suivre les progrès du domino. Il lui avait envoyé des mails, rien de plus.

Pourvu que ce ne soit pas bizarre quand ils seraient face à face !

Regrettait-il ce baiser autant qu'elle ?

Mais elle ne le regrettait pas réellement. Il n'aurait pas dû se produire, mais une partie d'elle avait envie que cela continue. Cette partie d'elle qui voulait rester avec lui parce qu'elle l'aimait – il était le seul homme qu'elle ait jamais aimé. Cette partie d'elle qui aurait voulu envoyer son poste de Manhattan au diable et donner une chance à leur amour.

Mais elle savait que ce baiser était une erreur. Elle voulait que Matthew et elle soient amis et collègues, c'est tout. Ils ne pouvaient pas revenir en arrière. Il n'y avait aucun moyen de remonter le temps.

Et pourquoi pas ?

Refoulant cette pensée, elle frappa à la porte.

— Entrez, fit la voix de Matthew.

Il releva la tête en la voyant, ses yeux s'arrondirent, et il ouvrit la bouche, sans doute pour dire qu'il était occupé.

— Ça ne sera pas long, déclara-t-elle en refermant la porte. Inutile de prétendre que tu as un coup de fil ou une réunion imminente.

Il fronça les sourcils.

— Bon, d'accord. Je t'évitais, admit-il.

— Oh ! vraiment ? Je croyais que c'était moi qui t'évitais, ironisa-t-elle, ce qui le fit sourire.

— Qu'est-ce que tu veux, Victoria ?

— Un donneur s'est porté volontaire. Parfaitement compatible avec Mme Van Luven.

— C'est vrai ? demanda Matthew, tendant la main vers la feuille de papier.

— Il y a un os, dit-elle, le ventre tordu d'angoisse.

— Lequel ? s'enquit-il, étudiant le rapport.

— Il s'agit de Marcus.

— Quoi ?

Il lâcha la feuille comme si elle était en flammes.

— Apparemment, son filleul, Jonas, est un des receveurs. Marcus a réalisé ou fait réaliser un test de compatibilité, et s'il n'est pas compatible avec Jonas, il l'est avec Mme Van Luven. Je n'ai pas besoin de t'expliquer que le temps presse pour trouver un donneur compatible vivant ou même décédé pour Mme Van Luven. D'autres malades qui ne sont pas admissibles pour le domino figurent avant elle sur la liste d'attente. Si on attend que son état empire pour la remonter sur la liste, je crains qu'elle ne survive pas à l'opération. Elle doit faire partie du domino. C'est sa seule chance.

Matthew recula sur son siège et se frotta le visage, l'air fatigué et contrarié.

— Je sais.

— Je pensais que ça pourrait être un conflit d'intérêts potentiel, mais il ne connaît pas Mme Van Luven, et il n'est ni chirurgien ni médecin ici. Il est juste quelqu'un qui souhaite être un donneur vivant.

— Cependant, il connaît beaucoup des chirurgiens de cet hôpital. Qui va réaliser son opération ?

— Moi. Tu peux commencer sur Mme Van Luven pendant que je retire le rein de Marcus, et ensuite je continue l'intervention de Mme Van Luven.

— Tout en supervisant les autres ? insista-t-il, incrédule.

— Je l'ai déjà fait, rappelle-toi.

— Nom d'un chien, Marcus ! maugréa Matthew.

— J'ai le sentiment que tu le considères comme le jumeau maléfique et que tu te considères, toi, comme le bon jumeau. Je crois aussi que lui pense le contraire.

— Évidemment, grommela-t-il. Parce qu'il *est* le jumeau maléfique.

— Eh bien, que dois-je penser ? Tu le hais tellement ?

— Mais non, répliqua Matthew d'un ton las. Je déteste juste qu'il cherche toujours à marquer des points sur moi.

— À mon avis, là, l'objectif est plutôt d'aider son filleul.

L'expression de Matthew s'adoucit.

— Bien sûr. Je ne peux pas le lui reprocher, j'imagine.

— Si tu le fais, c'est clairement toi le jumeau maléfique.

Matthew pouffa à sa plaisanterie.

— D'accord, acquiesça-t-il.

— Alors, on est prêts pour faire cette opération ? demanda Victoria avec un sourire.

— Il a accepté la consultation psychologique ?

— Oui. Je lui ai dit que je ne le prendrais pas s'il ne suivait pas les séances.

— Bon, c'est déjà ça. Je suppose que je n'ai pas d'autre choix que d'accepter aussi. Je m'inquiète pour lui, cela dit.

— C'est normal, dit-elle doucement.

— Enfin, reprit-il dans un soupir. Je suis content qu'il se soit proposé. C'est bien, hein ?

— Oui. C'est une bonne nouvelle pour tout le monde. Je devenais folle à force de travailler là-dessus depuis une semaine sans rien faire d'autre. J'ai l'habitude d'entrer et sortir du bloc, et j'ai hâte de commencer l'intervention.

Matthew haussa un sourcil.

— Eh bien, j'ai autre chose que tu peux faire. Quelque chose que j'allais faire moi-même, mais je peux te le confier si ça t'intéresse.

— Dis voir.

— Il y a une transplantation de donneur vivant cet après-midi, dit-il en lui tendant un dossier. Une greffe de foie.

— Oui, génial. Je peux donner un coup de main.

— Je pensais bien que ça te plairait. C'est un enfant placé et son parent d'accueil. Le parent prévoit d'adopter l'enfant après cette opération, mais la petite fille a besoin d'une greffe de foie en raison d'une cholestase extra-hépatique. Elle a une tumeur qui a endommagé le canal biliaire.

Victoria n'écoutait plus. En entendant les mots « enfant placé » et « parent d'accueil », elle s'était figée intérieurement, et ses mains tremblaient tandis qu'elle parcourait le dossier.

Tous les parents d'accueil qu'elle avait eus avaient été affreux avec elle. Elle était incapable d'imaginer que quelqu'un fasse ça pour une orpheline.

Mais ce n'était pas parce que son expérience avait été atroce qu'elle l'était forcément pour tout le monde…

Elle se répéta ce mantra, et des larmes lui piquèrent les yeux. Elle était contente qu'il existe du positif dans ce monde.

— Ça va ? demanda Matthew.

— Pourquoi ça n'irait pas ?

— Tu paraissais pétrifiée, comme pendant l'opération de Mme Van Luven. Tu trembles.

— Ah ? fit-elle en regardant ses mains.

Matthew les prit dans les siennes. Elles étaient chaudes et fortes. Cela la calma.

Oh ! comme elle aurait voulu qu'il la prenne dans ses bras ! Mais non, qu'est-ce qui lui prenait ?

Elle retira ses mains. S'éclaircit la gorge.

— Ça va très bien. Je serai ravie de donner un coup de main, et je vais tout de suite me préparer pour l'intervention.

— Parfait. Je te vois tout à l'heure. L'opération est prévue à 17 heures. Sauf que cette fois, je dirigerai.

Elle hocha la tête.

— Tu vas annoncer à ton frère que tu valides son don ?

— Ben oui, grommela Matthew. Merci de faire tout ça.

Elle fit un autre signe de tête et quitta le bureau en agrippant le dossier, le cœur battant à tout rompre.

Elle *pouvait* le faire. Il lui suffisait d'enfouir toutes ses émotions. Elles ne serviraient pas dans cette situation.

Il existait donc des familles d'accueil correctes.

Elle enviait le départ dans la vie dont bénéficiait cette petite fille, le soutien dont elle, Victoria, n'avait pas bénéficié. Mais elle avait travaillé dur pour en arriver là, et elle allait faire son boulot.

Comme elle le faisait toujours.

7.

Matthew fixait le rapport que lui avait apporté Victoria, fulminant contre Marcus.

Que celui-ci s'insère dans le domino en se portant volontaire comme donneur vivant l'irritait au plus haut point.

Une greffe d'organe était une intervention majeure. Son frère l'avait harcelé à propos de l'opération, ce qui était déjà assez pénible, mais maintenant, ça ! Si Marcus devenait l'un des donneurs, il pouvait mourir. Et l'idée de perdre quelqu'un d'autre qu'il aimait lui était insupportable.

Il passa une main lasse sur son visage.

Quand sa vie était-elle devenue si compliquée ?

Cela avait commencé quand Kirsten était tombée malade et qu'elle avait mené sa courte bataille contre le cancer. Après son décès, il avait fonctionné comme un zombie. Il se contentait d'exister. Le travail était sa seule échappatoire.

Mais ce n'était pas la normalité. C'était la routine.

Il y avait environ un an, il avait essayé de sortir à nouveau avec quelqu'un, mais ça n'avait pas marché. Il n'avait pas persévéré et avait accepté le fait qu'il allait rester seul.

C'était très bien. Il avait l'habitude. Il ne voulait pas revivre ce chagrin.

Depuis qu'il avait été promu chef de service, sa vie était devenue de plus en plus stressante. Mais ce n'était pas tant la promotion ou le domino qui l'angoissaient, que la réapparition inattendue de Victoria dans sa vie. C'était déjà assez grave qu'il ait évité Victoria toute la semaine parce qu'il s'en voulait d'avoir eu un moment de faiblesse quand il l'avait prise dans ses bras et embrassée.

Ce moment auquel il pensait constamment depuis une semaine, surtout lorsqu'il s'aventurait dans les couloirs du Ziese Memorial, lui brûlait l'âme. Il avait rêvé de tenir de nouveau Victoria dans ses bras depuis leur rupture, et quand ils avaient dansé sur cette terrasse, c'était comme si le temps n'avait pas passé.

Cela lui avait semblé juste.

Et il ne voulait pas que cela semble aussi juste.

Et à présent, il fallait que Marcus joue les héros dans l'opération que Victoria organisait !

Marcus est généreux et toi tu es un crétin !

Il devait admettre qu'il avait peur que son frère subisse cette intervention qui allait changer sa vie. En réalité, il respectait Marcus pour avoir offert un rein de sorte que l'opération en domino puisse avoir lieu, et il se sentait stupide de ne pas en avoir compris la raison.

Depuis qu'il était devenu chef de service, il n'avait guère eu le temps d'étudier de près le profil des patients du domino. Il n'avait pas remarqué que Jonas Fredrick était un des receveurs, et il s'en voulait de ne pas avoir relevé ce détail plus tôt.

Chase Fredrick était plutôt l'ami de Marcus, mais les Fredrick étaient des amis de la famille, et il connaissait Jonas depuis longtemps. Maintenant, il comprenait pourquoi Marcus l'avait harcelé et pourquoi il prenait le taureau par les cornes en se présentant comme donneur. Il allait devoir s'excuser auprès de Chase pour ne pas lui être venu en aide plus tôt.

C'était vraiment la pagaille, et ça ne lui ressemblait pas. D'habitude, il maîtrisait mieux les choses, et il détestait être en train de perdre cette maîtrise.

Un nouveau coup à la porte le fit gémir intérieurement.

Quoi encore ?

— Entrez.

Marcus passa la tête.

— Vic t'a dit, alors ?

— Vic ? répéta Matthew.

La familiarité de Marcus allumait sa possessivité.

— Victoria, corrigea Marcus, remarquant manifestement son irritation.

— Elle n'aime pas les surnoms, grommela-t-il.

Ce qui était vrai. Il avait tenté une fois de l'appeler Vicky et s'était pris un savon devant tous les autres.

— Comment tu le sais ? Elle te l'a dit durant le dîner ?

Son estomac s'emplit de plomb.

— De quoi tu parles ?

— Elle m'a dit que vous aviez dîné ensemble la semaine dernière et vu le *Tryphine* dans le port. Alors, naturellement, je suppose qu'elle te l'a dit à ce moment-là.

— Je connais Victoria depuis un certain temps, répliqua-t-il d'un ton crispé. On était internes ensemble à New York.

Marcus arqua un sourcil, entra dans le bureau et s'assit.

— Tu as couché avec elle, n'est-ce pas ?

Matthew serra les poings derrière son bureau.

— Je n'ai pas le temps de discuter de ça avec toi, Marcus. J'ai un hôpital à diriger.

Marcus eut un sourire en coin.

— Tu l'as fait.

— Grandis un peu ! Ce ne sont pas tes affaires !

Le sourire de Marcus devint narquois.

— Yep. Tu l'as fait à coup sûr.

— Et alors ?

— Alors, tu es en fait un mâle à sang chaud, après tout. Je pensais que tu n'oublierais jamais Kirsten.

La mention de sa défunte épouse glaça le sang de Matthew.

— Et pourquoi devrais-je oublier Kirsten ?

— Matthew, tu mérites d'être heureux.

Il en avait assez de cette discussion. Il ne voulait pas être heureux. Il allait très bien.

Il se leva.

— Je dois me préparer pour une opération. Cette discussion est terminée.

Marcus se leva à son tour, lui bloquant le passage.

— Parfait. Tu ne veux pas parler de tes sentiments. Ce n'est pas un scoop. Mais tu ne m'as même pas dit si tu m'acceptes dans le domino. C'est pour le fils de Chase. Victoria est d'accord. Et toi ?

Matthew s'inquiétait pour lui. Il était terrifié, même. Il s'était occupé de Marcus si longtemps. Il avait pris soin de lui quand leurs parents étaient absents, en voyage ou au travail. Cette intervention l'angoissait. Il avait envie de le lui dire, mais il en était incapable et se haïssait pour ça.

— Tu en as parlé à papa et maman ?

— Oui, et ils me soutiennent totalement, assura Marcus.

— Alors, ils rentrent à la maison ?

— Non, je leur ai dit de ne pas s'inquiéter. J'ai confiance en Victoria pour faire un boulot formidable, donc ils n'ont aucune raison de s'inquiéter ou d'interrompre leur croisière.

— Ils devraient être là, objecta Matthew sombrement.

— C'est bon. Je n'ai pas besoin d'eux. Je peux gérer. Je sais ce que je fais. Ils se font du souci, mais tout va bien. Je les ai rassurés.

— Tu les as rassurés ? Tu es conscient que cette opération va changer ta vie ?

— Mais oui. Je comprends ce que ça implique, répondit Marcus d'un ton ferme. Arrête de me materner.

Matthew s'adoucit un peu mais ne laissa pas son frère le voir.

— Ce n'est pas mon rôle. Tu sais ce que tu fais. Je te donne mon autorisation pour l'opération.

— Merci.

Matthew hocha la tête et regarda Marcus quitter le bureau.

Il était fâché que celui-ci ait parlé de Victoria et de Kirsten. Sa vie amoureuse ne le regardait pas.

Marcus lui avait déjà seriné qu'il devait tourner la page, et Matthew savait que Kirsten n'aurait pas voulu qu'il reste seul. Mais de là à mentionner Victoria…

La familiarité de Marcus à son égard, le fait qu'il l'appelle Vic, qu'il prenne à la légère leur ancienne relation amoureuse alors qu'il ne connaissait pas l'histoire… Tout ça l'énervait.

Il ne voulait partager cela avec personne. C'était à lui seul.

Il descendit à l'étage préopératoire.

Victoria était déjà là, en train de parler au donneur et à la receveuse. Il les voyait derrière la paroi vitrée. Si la petite receveuse semblait s'ennuyer un peu, on ne pouvait le lui reprocher – elle n'était qu'une enfant et ne comprenait sans doute pas les termes techniques qu'employait Victoria.

Matthew observa cette dernière, et son cœur fondit.

Pourquoi n'était-il pas resté à distance comme il l'avait décidé ?

Il n'aurait pas dû l'embrasser, mais cela avait été plus fort que lui. Cette soirée avait été magique. C'était si bon de la tenir dans ses bras, et ses lèvres étaient aussi douces que dans son souvenir. Il ne voulait pas non plus s'éloigner d'elle professionnellement, en fait. C'était une excellente chirurgienne. Travailler avec elle lui avait manqué.

Leur dîner de la semaine précédente avait été une erreur, mais c'était un écart momentané qu'il ne referait pas.

Oui, bien sûr, c'est ça.

Elle l'obsédait. Il avait cru s'être remis de leur histoire, mais il doutait que cela ait jamais été le cas.

Victoria quitta la pièce, et il s'approcha d'elle. Elle recula aussitôt et fit une grimace.

— Quoi ? demanda-t-il.

— Tu as une tête d'orage.

— L'orage a une tête ?

— Hum, fit-elle. Honnêtement, je ne sais pas. J'ai entendu mes… J'ai souvent entendu cette expression quand j'étais petite, mais je ne l'ai jamais vraiment comprise.

Elle s'était clairement reprise, et il se demanda ce qu'elle avait été sur le point de dire.

— J'ai eu une discussion avec Marcus, voilà tout. Je ne vois pas d'inconvénient à ce qu'il soit donneur, mais il aime bien m'énerver, donc je suppose que c'est la raison pour laquelle j'ai l'air en colère.

— Bon. Les patients comprennent la procédure de l'intervention. Ils sont prêts. Les internes devraient revenir avec les dernières analyses, mais d'après leurs dossiers médicaux, je pense que tous deux sont aptes à l'opération.

— Tu as opéré beaucoup de patients en pédiatrie ?

— Pas souvent, parce qu'on a un chirurgien de transplantation pédiatrique à Manhattan, mais cela ne m'est pas inhabituel, répondit-elle.

— Bien. Je vais préparer la receveuse pendant que tu prélèves le morceau de foie sur le donneur.

— Parfait.

— Et quand ce sera terminé, il semble que cette petite fille sera accueillie dans un foyer aimant.

— Oui, dit Victoria.

Sa voix sonnait faux. Comme si quelque chose la chiffonnait.

— Tout va bien ? dit-il en lui tendant le dossier.

— Très bien. Pas de tête d'orage pour moi.

Elle sourit, mais ce sourire était visiblement forcé.

Il n'était pas sûr de la croire, mais après tout, cela ne le regardait pas. Tant qu'elle faisait son boulot, ça n'avait pas d'importance. Et il savait qu'elle ferait un excellent travail.

C'était l'une des meilleurs.

Ils se tenaient à présent plantés l'un devant l'autre. Gênés.

— Écoute, tout est clair entre nous, n'est-ce pas ? demanda-t-elle, passablement tendue.

— Qu'est-ce que tu veux dire ?

— Par rapport à la semaine dernière…

— Tout est clair. Cela ne se reproduira plus.

— Bien. Tu promets ?

Une partie de lui ne voulait pas le promettre. Une partie de lui voulait plus, mais ce n'était pas l'endroit pour en parler. Déjà que Marcus était au courant de leur dîner, mieux valait que le personnel reste en dehors de ses affaires.

Il lui fit signe de le suivre dans une petite pièce afin que personne ne les entende et ferma la porte derrière eux.

— Ça n'a pas l'air d'aller, déclara Victoria. Je sens qu'un truc cloche.

— Ça va très bien. Je croyais qu'on avait réglé ça ? On était tous les deux d'accord pour admettre que ce qui s'est passé était une erreur.

— Oui, mais je ne veux pas non plus qu'on s'éloigne. J'aime travailler avec toi.

— On ne s'éloigne pas. On peut être professionnels.

— Tu m'as évitée toute cette semaine, indiqua-t-elle.

Ce qui était vrai, il en convenait.

— Et toi, tu ne m'évitais pas, peut-être ?

— Peut-être.

— Alors, pourquoi tu t'inquiètes ?

— Après l'incident à Manhattan, j'ai été ostracisée, et c'était nul. Je n'ai pas envie que ça recommence ici.

— Je croyais que tu te fichais de ce que pensaient les autres chirurgiens ?

— En général oui, mais ce n'est pas très agréable que l'on t'évite.

— Excuse-moi.

— Bien, dit-elle. Et excuse-moi aussi. Je suis ici pour faire mon boulot, et le faire bien. Je suis fière de mon travail. C'est ce qui compte le plus pour moi.

Ce fut comme une gifle du passé.

Il était parfaitement conscient de l'importance du travail pour Victoria. Il savait qu'elle mettait sa carrière en premier, car son cœur en avait souffert. Il avait volé en éclats, et il n'était pas certain qu'il ait jamais pleinement guéri. Kirsten l'avait aidé, mais il n'était pas sûr de s'être donné complètement à elle, car il y avait toujours une partie de lui qu'il retenait de peur d'être blessé. Eh bien, il n'allait pas se remettre dans ce genre de situation.

— Je sais à quel point le travail compte pour toi, répliqua-t-il d'un ton glacial. Et moi, je prends mon boulot de chef de la chirurgie très au sérieux.

— Je sais.

— Alors on est d'accord. Collègues et amis. Rien de plus.

Il voyait son pouls battre sur son cou gracile, et il se souvint soudain que nombre de leurs moments les plus torrides avaient débuté par une bagarre.

Il caparaçonnait peut-être son cœur, mais il n'y avait rien de mal à pratiquer du sexe insignifiant, détaché, si ?

Qu'est-ce qui lui prenait ? Son corps réagissait en présence de Victoria.

Mû par un besoin urgent de s'échapper, il ouvrit la porte et lança en sortant :

— On se retrouve en salle d'opération ?

— Oui. J'ai hâte de travailler avec vous aujourd'hui, docteur Olesen.

— Moi aussi, docteur Jensen.

Il s'éloigna, notant mentalement de ne plus être de nouveau seul dans une pièce avec elle, et se concentra sur la tâche à accomplir.

Cela faisait plus d'une semaine qu'il n'avait pas opéré, ce qui était inhabituel. Il avait été très occupé depuis sa prise de fonction avec la paperasse, les gens à rencontrer, les budgets et bilans à superviser, et il n'avait pas eu l'occasion d'aller au bloc. L'intervention d'aujourd'hui était du genre qu'il aimait le plus, la meilleure partie de son métier. Une greffe de foie avec donneur vivant était une procédure dont chacun des deux protagonistes sortait gagnant. Le foie du donneur repousserait avec le temps, et le receveur avait une seconde chance de vie saine et heureuse. Et puisqu'il s'agissait d'une jeune enfant, c'était encore mieux.

Victoria était devant la table d'opération avec le reste de l'équipe. Elle l'observait, les yeux vifs et brillants. Une dynamique d'espoir traversait la salle.

Il prit une profonde inspiration calmante avant de gagner sa place.

Il aimait être avec elle en salle d'opération. La première intervention qu'ils avaient réalisée ensemble n'avait pas été aussi apaisée. À l'époque, il était en mode compétition avec une belle interne fougueuse et farouchement indépendante nommée

Victoria. Tandis qu'ils travaillaient côte à côte, il avait pris conscience de son talent et s'était inquiété de sa propre position dans la spécialisation en chirurgie. Tout comme il s'était inquiété de son attirance pour elle. De l'intensité de son désir pour elle.

Aujourd'hui, nulle bataille pour une place. Il était le chef.

Bien que cette attirance sexuelle sous-jacente soit toujours présente. Il avait espéré le contraire, mais c'était raté.

Qu'est-ce qui, chez elle, le prenait ainsi au piège ?

— Prêt, docteur Olesen ? demanda Victoria près de lui.

— Prêt, docteur Jensen.

L'infirmière lui tendit le scalpel, et il entreprit de prélever un morceau de foie sain. Victoria l'assista, et, pour la première fois depuis longtemps, il n'eut rien à expliquer à l'autre chirurgien. Elle anticipait ses gestes, ils travaillaient ensemble en harmonie. C'était parfait.

Cela faisait longtemps qu'il n'avait pas travaillé avec un chirurgien du calibre de Victoria. Ça lui avait manqué. C'était confortable. Familier. Comme de rentrer chez soi.

— Voilà un foie sain, murmura Victoria. Cette enfant a de la chance d'avoir des parents d'accueil aussi extraordinaires.

Sa voix contenait une pointe d'émotion, et ses mains tremblaient un peu.

— Tout va bien, docteur Jensen ? demanda-t-il, inquiet qu'elle se paralyse de nouveau.

Il savait que sa mésaventure à New York l'avait traumatisée, l'intervention sur Mme Van Luven l'avait démontré. Il pouvait le comprendre. Lui-même avait eu du mal durant quelques années à entrer dans le service oncologie où le fantôme de Kirsten hantait les couloirs.

— Tout va bien, répondit-elle vivement.

— Ma foi, c'est un plaisir de retravailler avec toi.

— Et c'était un plaisir de travailler ensemble quand on était internes et de se battre pour un poste dans la formation, répliqua-t-elle en haussant un sourcil moqueur.

— Évidemment, les autres ne constituaient pas une menace. Toi, tu l'étais à cause de ton talent. J'aime le talent.

— Eh bien… Merci, docteur Olesen.

— Tu as l'air surprise.

— Tu ne m'avais jamais dit ça avant.

— De rien. C'est mérité, rétorqua-t-il en souriant.

Elle émit un petit son dédaigneux, et il gloussa.

À quoi jouait-il ? Il ne cessait de se répéter qu'il devait garder ses distances !

Le problème, c'était qu'il en était incapable. Leur camaraderie lui manquait. Leur amitié. L'entente de leurs corps.

Tout ce temps passé depuis leur rupture n'avait rien changé à une chose.

Victoria lui manquait.

Victoria était épuisée. Son corps était douloureux, ses pieds lui semblaient deux blocs de ciment. L'opération s'était bien passée, mais elle était exténuée sur le plan émotionnel.

Elle s'assit par terre dans le vestiaire des chirurgiens et posa la tête sur ses genoux.

Quand sa vie était-elle devenue aussi compliquée ?

Elle se réjouissait que leur petite patiente s'en soit sortie. À son réveil de l'opération, cette enfant aurait un nouveau foie et un papa et une maman qui tenaient à elle. Une famille.

Une chance qu'elle-même n'avait pas eue.

Elle enviait la bonne fortune de la petite fille.

Elle avait toujours voulu en secret une famille mais n'en avait jamais eu. Tandis que Matthew, qui avait un frère et des parents, semblait n'avoir aucune envie de les voir.

Elle ne comprenait pas.

Il était évident qu'il était aimé, qu'on tenait à lui. Et elle se demandait quel effet cela faisait.

Elle le saurait si elle ne l'avait pas repoussé…

Matthew entra dans le vestiaire et pila net.

— Ça va ? demanda-t-il.

Non.

Mais à la place, elle répondit :

— Fatiguée. L'opération a été longue.

— Oui, mais elle s'est bien passée.

— J'étais une enfant placée, lâcha-t-elle tout à trac.

— Ah bon ? fit-il, visiblement stupéfait.

— Tu m'as demandé tout à l'heure si tout allait bien. Si je n'avais pas l'air dans mon assiette, c'est parce que j'ai moi aussi grandi dans des familles d'accueil.

L'expression de Matthew s'adoucit, et il vint s'asseoir près d'elle sur le sol.

— Qu'est-ce qu'il est arrivé à tes parents ?

— Ma mère est morte quand j'avais dix ans. J'ai de très petits souvenirs fragmentés d'elle. Tu sais, ces souvenirs un peu sépia orangé et estompés ?

— Oui, répondit-il en souriant. Et ton père ?

— Je ne l'ai jamais connu, donc j'ai été placée quand ma mère est morte.

— C'est horrible. Je suis désolé pour toi.

Elle haussa les épaules.

Elle était anesthésiée, à force. Elle ne pleurait jamais et n'allait pas commencer maintenant, mais le dire la soulageait. Comme si cela lui ôtait un poids de la poitrine.

— Toutes les familles d'accueil ne sont pas mauvaises. La plupart ne le sont pas, reprit-il doucement.

— Je sais. J'ai rencontré des gens merveilleux depuis, mais je n'ai pas connu ça en grandissant… Je suis épuisée, ajouta-t-elle dans un soupir.

De fait, il s'était passé tellement de choses depuis son arrivée à St. Thomas. À présent, elle avait l'impression de s'effondrer à cause de tout ça. D'être en chute libre.

— Tu dois rentrer te reposer, dit Matthew.

— Oui. Je ferais mieux d'appeler un taxi. D'habitude je marche, mais là, il est minuit.

Il se leva d'un bond.

— Je vais te ramener.

— Je croyais qu'on n'allait pas entamer de relation.

— On n'entame aucune relation. Un ami peut raccompagner une amie chez elle.

Elle aurait dû dire non et prendre un taxi comme après leur dîner. Mais elle voulait que Matthew et elle soient amis. Leur amitié lui avait manqué.

— D'accord. Je récupère mes affaires, et je te retrouve dans le hall.

— Parfait.

Elle se débarrassa rapidement de sa tenue chirurgicale, enfila ses vêtements de ville, alla prendre ses affaires dans la salle de réunion où elle travaillait et gagna le hall d'entrée.

Matthew l'attendait. Ils se dirigèrent vers sa voiture sur le parking.

— Tu habites où, déjà ? demanda-t-il.

— Dans la résidence au bout de A Street.

— Ah oui. Je vois.

Le trajet n'était pas long, mais elle apprécia de se relaxer contre le cuir souple du siège.

— Merci de m'avoir déposée, dit-elle quand il s'arrêta devant l'immeuble où elle logeait.

— Pas de problème, répliqua-t-il avec un sourire. Tu as des projets pour demain ? Je sais que c'est ton jour de congé.

— Je ne sais pas. C'est la première fois depuis mon arrivée. D'ordinaire, je ne prends jamais de congé.

— Je m'en souviens. Tu devrais visiter St. Thomas.

— Pardon ?

— Tu m'avais emmené faire un tour de New York quand j'étais arrivé dans la ville. À mon tour ! Si tu te souviens, je n'avais pas du tout envie de faire cette visite.

Cela faisait si longtemps qu'elle n'y avait pas repensé !

Elle sourit en se remémorant ce tour de Manhattan où elle l'avait embarqué et comment il avait rouspété tout du long pour la taquiner.

Ils s'étaient beaucoup amusés tous les deux. Ils avaient vu la statue de la Liberté et le Rockefeller Center, où ils étaient montés au Top of the Rock. Ils étaient allés à Central Park et à

Times Square. La visite touristique complète ! En général, elle ne faisait pas ce genre de choses bêbêtes, mais cette journée avec Matthew avait été une des meilleures de sa vie.

Elle ne devrait pas y aller…

Mais la partie d'elle qui le voulait était la plus forte. Elle se sentait seule et stressée, et elle avait envie de s'amuser un peu pour essayer d'oublier tout ce qui était arrivé.

— Bien, dit-elle en se forçant à sourire afin qu'il ne la trouve pas trop grincheuse. J'imagine que je n'ai d'autre choix que t'accompagner.

— Voilà, fit Matthew en hochant la tête. Je passe te prendre à 9 heures ?

Elle sentit son ventre faire cette cabriole qu'il faisait toujours quand il la regardait ainsi.

— D'accord, ça me paraît bien.

Sur ce, elle sortit de la voiture et claqua la portière.

Matthew la salua d'un geste et redémarra.

Elle ferait mieux de rester chez elle. Elle aurait dû refuser, mais pour la première fois, elle songea que peut-être, et même si ça la terrorisait, elle n'était pas obligée d'être seule.

8.

Victoria avait à peine fermé l'œil de la nuit.

Entre le fait d'avoir parlé à Matthew de son enfance calamiteuse dont personne n'était au courant, leur baiser, et cette opération en domino, son esprit galopait à mille à l'heure. Toute la nuit, elle s'était tournée et retournée en imaginant ce que donnerait la journée suivante. Parfois elle trouvait que c'était une mauvaise idée, et d'autres fois, elle était excitée à l'idée de passer un jour entier avec Matthew.

Même si elle ne méritait pas de ressentir cela après lui avoir fait tant de mal autrefois.

Passer son jour de congé avec lui, ce n'était pas garder ses distances, mais elle ne pouvait pas s'en empêcher. Elle se sentait seule. D'ordinaire, elle avait son travail pour la distraire, mais ici, hormis programmer le domino, elle se retrouvait face à sa solitude. Alors, que faire d'autre ?

Elle ignorait ce qu'apporterait cette journée, mais elle se laisserait porter, ce qui n'était pas sa tactique habituelle. Elle espérait être capable de se détendre.

Mettant un terme à ses tergiversations, elle enfila une robe légère et quitta l'appartement quand ce fut l'heure que Matthew passe la chercher.

Le soleil était éclatant et chaud, il soufflait une douce brise qui contribuait à rafraîchir l'air. Un jour parfait au paradis. Un jour au paradis avec Matthew.

Elle sentit son ventre se nouer.

C'était juste un jour d'excursion avec un ami. Il ne devait rien se passer. Il ne se passerait rien.

Matthew arriva, et quand elle s'installa sur le siège du passager, on aurait dit que des papillons lui avaient envahi l'estomac. Si elle était si nerveuse, ce qui était une première, c'était à cause de ce qu'elle lui avait raconté : il connaissait son passé. Il en savait trop. Ça la rendait méfiante, même si une partie d'elle était soulagée qu'il soit au courant.

— Bonjour ! Tu es ravissante.

— Merci, répliqua-t-elle, rougissant à ce compliment. Tu es très élégant aussi.

C'était vrai. Elle adorait le bleu de sa chemise. Cela faisait ressortir la couleur de ses yeux dans lesquels elle s'était maintes et maintes fois perdue.

— Un tour en bateau, ça te tente ? demanda-t-il.

— Tu as persuadé ton frère de te prêter le *Tryphine* ?

— *Pff*, non. Je pensais plutôt à un tour en ferry.

Elle n'était pas fan de bateau en règle générale, mais faire le tour des îles ne lui déplairait pas. À New York, son travail l'occupait sans cesse, et elle prenait peu de congés. Elle avait envie de se balader avant de retrouver son existence citadine.

— Tu m'emmènes à St. John, puisque ton frère est ici ? suggéra-t-elle sur le ton de la plaisanterie.

— Non, je pensais que tu aimerais aller à St. Croix, voir où j'ai grandi.

Son ventre se crispa subitement.

— Tu m'emmènes voir tes parents ?

— Non, répondit-il en riant. Ils ne sont pas là. Ils font une croisière autour du monde, mais ils m'ont chargé de passer de temps en temps à la maison, et je me suis dit que c'était une bonne occasion de te montrer l'île.

— Combien de temps dure le trajet en ferry ?

— Environ une heure et demie.

— Tant que ça ? s'exclama-t-elle.

— Tu auras tout le temps de visiter St. Thomas, c'est assez facile. St. John et Water Island ne sont pas très loin de Charlotte Amalie, mais pour profiter pleinement des îles Vierges, il faut aller à St. Croix.

— Donc on y va aujourd'hui ?

— Oui, répondit-il avec un grand sourire. Et tu pourras profiter de la luxueuse voiture que mon père laisse au Gallows Bay Dock.

— Ah, ce n'est pas un ferry pour voitures ?

— Non, juste pour passagers.

Ils étaient arrivés à la gare maritime de Frenchtown.

Elle jeta un coup d'œil à la terrasse du petit restaurant où ils avaient dîné, là où il l'avait entraînée dans cette danse et dans ce baiser auquel elle ne cessait de penser.

Ils l'avaient décidé, ce baiser était une erreur. Mais une partie d'elle avait l'impression que ce n'en était pas une. Que cela avait été *juste*, au contraire. Comme quelque chose qui leur avait manqué à tous deux.

Ce genre d'argument n'allait pas l'aider à garder ses distances avec lui. Ça lui donnait juste envie de plus.

Elle suivit Matthew jusqu'à la billetterie, où il prit deux tickets aller-retour pour Christiansted sur St. Croix.

Le ferry vert et blanc n'était pas un de ces gros modèles qu'elle avait l'habitude de voir à New York. Il paraissait même un peu petit pour voguer au large.

Elle s'arrêta, hésitante.

Matthew se retourna.

— Nerveuse ?

— Les gros bateaux ne me posent pas de problème. Mais celui-ci, je ne sais pas, avoua-t-elle.

Matthew sourit et lui tendit la main.

— Tout ira bien, je te le promets.

Elle prit sa main, et ils montèrent à bord.

— Tu veux t'asseoir sur le pont ? demanda-t-il.

— Oui, je pense que c'est mieux. Si je suis malade, j'aurai juste à courir vers le côté du bateau.

— Je te jure que ça va aller, et l'air marin te fera du bien.

Elle n'en était pas si sûre, et elle s'agrippa à sa main tandis qu'ils montaient sur le pont supérieur où il y avait des bancs. C'était bon. Sa main était forte et rassurante, elle ne voulait pas la lâcher.

Une fois qu'ils furent assis, Matthew continua de lui tenir la main comme si c'était la chose la plus naturelle du monde. Comme s'il était son assurance. Exactement comme quand elle s'était tétanisée dans la salle d'opération et qu'il l'avait calmée.

Elle se sentait en sécurité avec lui. Elle n'avait ressenti cette sécurité qu'avec sa mère, il y avait si longtemps.

Ils avaient choisi un banc pour eux seuls à l'arrière du pont, et ils patientèrent pendant que les passagers continuaient d'embarquer. Elle ne tenta pas de retirer sa main. Aucun d'eux ne dit rien. Les seuls sons étaient le clapotis de la mer contre la coque et le bavardage bourdonnant des passagers montant à bord.

Il ne fallut pas longtemps pour que les amarres soient larguées et que le ferry quitte le quai. Les eaux turquoise cédèrent la place au bleu plus sombre de la fosse profonde de la mer des Caraïbes.

Victoria ne disait pas grand-chose car elle n'était pas certaine d'arriver à parler par-dessus le bruit du vent et de l'eau. Ou que son estomac barbouillé le lui permette.

Matthew ne paraissait pas s'en formaliser. Il regardait l'eau, un bras sur le dossier du banc. Même si ce bras n'était pas autour d'elle, elle trouvait sa présence rassurante, et elle se glissa un peu plus près, savourant la vue de St. Thomas qui s'éloignait puis gardant les yeux fixés sur la ligne d'horizon, attendant d'apercevoir St. Croix.

Elle se sentait bien. Cela faisait longtemps qu'elle n'avait pas été assise au soleil, à se gorger de vitamine D. En général, elle était trop occupée à l'hôpital, mais parfois, lorsque survenait une belle journée de printemps, elle s'éclipsait à Central Park pour s'asseoir dehors, écouter la ville et profiter de l'extérieur.

Ce fut une traversée tranquille, et l'heure et demie fila vite. Bientôt, l'île de St. Croix se profila au loin, puis sa végétation luxuriante et ses toits aux couleurs vives à mesure qu'ils approchaient de Gallows Bay.

— Tu vois, dit Matthew. Ce n'était pas si pénible, hein ?

— Non, tu as raison. Quand repart le prochain ferry ?

— Tu essayes déjà de m'échapper ? ironisa-t-il.

— Non. Je veux juste être sûre de ne pas le rater. On a beaucoup de travail demain.

— « On » ? L'opération en domino est la tienne.

— D'accord. *J'ai* beaucoup de travail. Tu es content ?

— Très.

Il eut un sourire suffisant, et elle éclata de rire.

Cela ne la dérangeait pas de coordonner le domino. Cela faisait longtemps qu'elle n'en avait pas organisé. Depuis qu'elle était titulaire à part entière, elle avait ses propres internes pour effectuer cette tâche.

Matthew regarda sa montre.

— Le ferry repart à 16 heures. Il est 10 h 45, alors on a du temps à tuer. Autant en profiter au maximum.

Elle acquiesça, rassurée.

Lorsqu'ils eurent débarqué, elle suivit Matthew jusqu'à un garage proche de la gare maritime, où il brandit une clé électronique en direction d'une Lamborghini décapotable.

Un modèle incroyable. Puissant, presque monstrueux. Elle n'en avait jamais vu de pareil.

— Ton père conduit ça ? demanda-t-elle, stupéfaite.

— Oui, je sais. Attends de voir la modeste demeure.

— C'est loin d'ici ? demanda-t-elle, s'inquiétant pour le retour à St. Thomas.

— Une vingtaine de minutes.

Elle hocha la tête et monta dans la voiture.

Elle devait faire confiance à Matthew. Que faire d'autre ? Traîner sur le port, attendant de rentrer à Charlotte Amalie et au Ziese Memorial Hospital ?

Le moteur vrombit, la faisant frémir malgré elle d'un brin d'excitation tandis qu'il lui souriait.

— Prête ?

— Je crois.

Il mit ses lunettes de soleil, sortit du garage, puis roula lentement dans les rues de Christiansted, se frayant un chemin dans la circulation, avant d'atteindre l'extérieur de la ville et d'accélérer.

Elle se mit à rire quand le vent lui fouetta le visage alors qu'ils filaient à toute allure entre la verdure luxuriante et les champs, avant de prendre une route en corniche au-dessus de l'eau.

Cela lui donnait des frissons comme s'ils faisaient la course le long de la crête. De temps en temps, elle apercevait une plage blanche à l'aspect serein, qui donnait envie de marcher sur le sable doux et nager dans l'eau turquoise.

Matthew quitta la corniche pour suivre une petite route de montagne sinueuse, jusqu'à ce que les arbres s'espacent, et Victoria déglutit à la vue de la forteresse coiffée de créneaux qui occupait le sommet.

— Tu vivais là quand tu étais enfant ?

— Oui, fit Matthew en gloussant. Je te l'ai dit, mon père voit tout en grand.

— Je croyais que tu plaisantais, marmonna-t-elle. Je ne sais pas pourquoi, d'ailleurs.

Il rit en ralentissant devant le portail, dont il tapa le code d'ouverture. Le portail s'ouvrit lentement, et il remonta l'allée jusqu'à l'imposante bâtisse.

— Bienvenue chez les Olesen.

Victoria sortit de la voiture et ouvrit de grands yeux.

La vue depuis la propriété était spectaculaire, elle offrait un panorama dans toutes les directions – sans doute l'endroit parfait pour surveiller les allées et venues de pirates.

— Waouh, fut tout ce qu'elle put dire.

— Ouais, encore une fois, mon père n'est pas un homme subtil. Il a grandi à Copenhague, dans un tout petit appartement où il a dû s'entasser avec ses frères et sœurs, alors c'est sa compensation. Du moins, c'est ce qu'il dit.

— Je vois ça, répliqua-t-elle en riant.

— Viens. Je vais te faire visiter.

Il lui tendit à nouveau la main, et elle la prit sans réfléchir. Ça semblait si naturel.

Dans le bâtiment principal, il y avait du marbre et des plafonds dorés à des hauteurs vertigineuses.

— Viens, je vais te montrer mon endroit préféré.

Il l'entraîna dans un escalier en colimaçon qui débouchait plus bas sur une vaste terrasse dérobée aux regards.

Elle resta bouche bée devant la pierre blanche et la vue sur la mer des Caraïbes.

Une piscine à débordement semblait se mêler à la mer et au ciel. C'était époustouflant. À l'extrémité de la piscine, il y avait un bain à remous avec une chute d'eau, comme dans un hôtel de luxe. L'accès à la grande piscine était en pente légère, comme si l'on marchait dans l'océan.

— OK, ça surpasse définitivement la statue de la Liberté, murmura-t-elle, émerveillée.

— Non, riposta Matthew avec un sourire. Tu ne peux pas comparer les deux. C'était impressionnant aussi. Les grands immeubles de New York m'ont fait me sentir si petit. C'était l'image de l'Amérique. Du moins, c'est ce que j'ai ressenti.

— Certes, mais ici, c'est comme dans cette émission qui montrait comment vivent les super riches. Une de mes mères de famille d'accueil était obsédée par la façon dont ils vivent.

— Notre maison a été dans cette émission. Bien sûr, elle n'était pas aussi impressionnante que maintenant.

— Tu n'es pas sérieux ? lança-t-elle d'un air incrédule.

Il fit un immense sourire, ses yeux bleus pétillant.

— Non, je ne le suis pas. Mon père aime ses beaux joujoux, mais il tient aussi à préserver sa vie privée. C'est quelqu'un d'assez paradoxal.

— J'ai du mal à te croire, dit-elle en riant.

— Ça te dit de te baigner ?

— J'aimerais bien, mais je n'ai pas de maillot de bain.

— Ma mère en a des tonnes pour les invités dans le pavillon de piscine. Prends-en un et change-toi là-bas, moi je vais nous chercher à boire et à grignoter.

— D'accord.

Une baignade dans cette piscine luxueuse ne lui déplairait pas. Quand aurait-elle une occasion pareille ? Probablement jamais.

Le pavillon en question ressemblait davantage à un cottage. Elle referma la porte derrière elle et constata qu'il était en effet aménagé comme un cottage, avec un petit salon, une salle de bains confortable et une chambre donnant sur la mer, dotée d'un vaste lit en cuivre typique des Caraïbes, recouvert d'une magnifique moustiquaire en tulle.

Elle sortit sur le minuscule balcon et inspira à fond la brise marine.

Elle s'habituerait sans problème à tout ça. Pas au gros château, mais à une petite maison comme celle-ci au bord de la mer.

Cette idée la prit de court, car elle n'avait jamais réfléchi à ce genre de chose. Elle n'osait en fait rêver à quoi que ce soit d'autre que sa carrière à New York.

Il lui était arrivé autrefois de se permettre de rêver. Elle avait rêvé d'avoir un foyer aimant. De sécurité. D'une vie protégée.

Mais à mesure que les années passaient et que personne ne l'adoptait, elle avait fini par cesser de rêver.

Elle poussa un soupir et retourna dans la chambre, puis trouva une armoire emplie de maillots de bain.

Elle déglutit avec peine.

Il n'y avait rien dans sa couleur habituelle, qui était le noir. Tout était blanc. Et tous étaient des deux-pièces.

Matthew l'avait déjà vue nue. Ils allaient juste se baigner dans une piscine.

En amis. Rien de plus.

Elle refoula sa peur, choisit un bikini et se changea.

Matthew enfila un short de bain et disposa sur un plateau la citronnade et la salade de fruits trouvées dans la cuisine.

La veille, après avoir eu cette brillante idée d'emmener Victoria ici lors de son passage bihebdomadaire à la propriété de ses parents, il avait appelé le personnel de maison pour prévenir qu'il venait avec une amie.

Ses parents avaient du personnel, mais ils voulaient que Marcus ou lui passent de temps en temps.

Même si Marcus ne le faisait jamais.

Matthew était le fils responsable, et comme ses parents comptaient sur lui, il ne pouvait pas les laisser tomber. Même si ce serait chouette que Marcus s'implique parfois.

Ne pas penser à Marcus maintenant.

Celui-ci lui casserait les pieds en lui disant qu'amener une femme ici était une recette de séduction. Eh bien, c'était peut-être le mode opératoire habituel de son frère, mais pas le sien. Il n'avait jamais amené de femme ici. Même lorsqu'il était avec Kirsten, ils étaient trop occupés par le travail pour venir aussi souvent qu'ils l'auraient souhaité. Ensuite, elle avait été trop malade pour voyager.

Il voyait pourquoi Marcus amenait des femmes ici, et il comprenait pourquoi son père avait bâti ce domaine si opulent : ses parents et son frère aimaient bien frimer. Lui, non, pas particulièrement. Il préférait sa maison de taille plus modeste juste en dehors de Charlotte Amalie, avec sa plage privée.

Ce n'était pas si différent. Il avait sa propre plage.

Alors qu'il posait le plateau, la porte du pavillon s'ouvrit.

— Tu veux de la…

Sa voix mourut alors que Victoria sortait en bikini blanc. Soudain, il ne pouvait plus respirer. Comme s'il venait de recevoir un énorme coup de poing dans la poitrine.

— Est-ce que je veux quoi ? demanda-t-elle tout en attachant ses longs cheveux bruns.

— Citronnade ? compléta-t-il enfin, quand le martèlement de son pouls se fut calmé et qu'il eut retrouvé sa voix.

— Oui, merci.

Elle s'approcha de la table, et il lui servit un verre. Il espérait que sa main ne tremblait pas et tenta de ne pas la regarder. Il se sentait brusquement redevenu un garçon niais et mal à l'aise en présence de son premier béguin.

Elle prit un siège, et il s'assit de l'autre côté de la table, les yeux fixés sur l'étendue bleue.

— C'est magnifique ici. Tu sais, quand tu m'as dit qu'on

allait faire du tourisme, j'ai pensé que tu me traînerais vers un tas de vieux forts et de pièges à touristes.

— C'est ce que tu as envie de faire ? railla-t-il gentiment.

— Non, répondit-elle avec un petit rire. Ça, c'est bien mieux. En fait, avant maintenant, je n'avais pas mesuré à quel point j'étais stressée.

— Je suis d'accord. Moi aussi, ça fait longtemps que je ne suis pas venu juste pour profiter du soleil…

— Ça va ? s'enquit Victoria au bout d'un instant.

— Je pensais juste à ma femme. Elle adorait cet endroit.

— Je comprends ça, assura Victoria. Ça t'embête si je te demande comment elle est morte ?

— Non…

Il n'était pas certain de vouloir en parler, mais une partie de lui en avait assez de tout garder à l'intérieur. Il n'y avait aucune raison de le cacher, Victoria savait qu'il était veuf.

— Cancer cervical et des ovaires. Quand on l'a découvert, il était trop avancé. Elle est morte six mois plus tard. Elle avait trente-deux ans.

— Je suis désolée. Elle était si jeune.

— Oui. On n'a été mariés que quelques années. Après son décès, je me suis jeté dans le travail. J'ai pris toutes les opérations que j'ai pu, j'ai rempli mon tableau de service, et je suppose que c'est pour cette raison que le conseil d'administration m'a proposé de devenir chef de la chirurgie.

— Je le conçois. C'est un peu comme ça que je me suis élevée au sommet. Travailler et uniquement travailler. C'est plus facile de bosser que de gérer… d'autres trucs.

— Je m'en souviens, répliqua-t-il d'un ton sec. Tu étais très focalisée sur le boulot.

— Ma foi, le travail assure la sécurité. Cela signifiait que j'aurais un toit au-dessus de ma tête et que je ne mourrais pas de faim.

Un élan de culpabilité le traversa.

C'était si logique. Elle n'avait personne, alors que lui avait grandi ainsi.

Leurs parents les aimaient et faisaient en sorte qu'ils ne manquent de rien, Marcus et lui. Il n'avait pas fait de prêt pour ses études. Jamais il n'avait eu faim ou n'avait eu à se préoccuper d'un toit au-dessus de sa tête. Cela dit, ses parents les laissaient souvent seuls. C'est pourquoi il se sentait parfois plus parent que frère. Il n'avait pas vraiment eu d'enfance non plus.

Subitement, il comprenait un peu mieux Victoria. Il se sentait plus proche d'elle.

— Bon, ça suffit, déclara-t-il, reposant son verre. Je vais me baigner.

Il se dirigea vers la piscine et entra dans l'eau.

Elle était rafraîchissante. Cela faisait longtemps qu'il n'avait pas nagé, et il crawla jusqu'au bout de la piscine à débordement, puis, appuyé au bord, contempla l'océan en contrebas.

Il se retourna, s'attendant à ce que Victoria l'ait suivi.

Elle s'était levée et pénétrait avec précaution dans l'eau.

— Tu viens ?

— Ouais. J'aime bien barboter, mais je ne sais pas nager.

— Quoi ?

— En famille d'accueil, les leçons de natation ne faisaient pas partie de l'éducation.

Il la rejoignit en nageant.

— Tu veux que je te montre ? demanda-t-il.

— Je ne sais pas, répondit-elle avec nervosité.

— Viens. Tu vas voir, ça va aller.

Il tendit la main. Elle la prit, et il la guida doucement dans l'eau jusqu'à ce qu'elle lui arrive à la taille. Elle tremblait.

— Tu es sûr ?

— Absolument. En plus, c'est une piscine d'eau salée. On y flotte mieux.

Il l'attira dans l'eau plus profonde, plus près du bord.

Elle lui jeta les bras autour du cou.

Sentant son pouls s'accélérer à cette soudaine proximité physique, il la tint tandis qu'elle paniquait un peu.

— C'est de la folie, dit-elle d'une voix crispée.

— Mais non. Tout le monde nage.

— Pas moi.

— Tu vas y arriver. Regarde.

Tout en la soutenant, il nagea jusqu'au bout de la piscine, dégagea ses membres de son corps et la fit s'accrocher au bord. Elle avait les yeux fermés.

— Bats des jambes, et tu flotteras.

Elle hocha la tête et ouvrit un œil.

— Oh ! waouh.

— Tu vois. Ça vaut le coup.

Elle acquiesça, agrippée au bord.

— D'accord, peut-être que je peux m'habituer à cette histoire de natation.

Il rit, et ils flottèrent là, au bout de la piscine, en regardant l'océan.

C'était si paisible. Pourquoi était-ce si bien avec Victoria ? Pourquoi continuait-il à s'enliser dans quelque chose avec elle ? Pourquoi n'arrivait-il pas à garder ses distances ?

Mais ça n'avait pas besoin d'être « quelque chose ». Ça pouvait être juste ça. Juste ce moment en tant qu'amis.

Il pouvait être son ami, mais il voulait être plus que ça avec elle. Un an après la mort de Kirsten, son frère et ses parents avaient essayé de le faire passer à autre chose, mais il ne s'était jamais intéressé à quelqu'un d'autre.

Ce n'était jamais la bonne personne, et ça s'était arrêté là.

Personne ne suscitait vraiment son intérêt. Les deux seules femmes qui l'avaient fait étaient Kirsten et Victoria. Et pendant si longtemps, il avait pensé que toutes les deux étaient parties de sa vie pour de bon.

— Pourquoi tes parents voudraient-ils quitter ceci pour voir le monde ? demanda Victoria. C'est le paradis.

— Je sais, répliqua-t-il en riant. Ils ne restent pas souvent en place. Même quand j'étais enfant.

— Qui s'occupait de toi et de Marcus ?

— Des nounous. Ou l'internat, ou moi. Mais eux quand ils étaient à la maison.

Elle sourit, mais il vit de la tristesse dans ses yeux. De

la douleur et de la convoitise. C'était un autre aspect d'elle, et cela lui donna envie de la prendre dans ses bras pour la protéger.

Il ne voulait plus qu'elle éprouve ce sentiment de solitude.

— Merci de m'avoir amenée ici. Je trouve que ce n'est pas juste, en fait.

— Comment ça ? demanda-t-il, intrigué.

— Cette visite guidée est incroyable par rapport à la mienne.

Il lui fit un grand sourire.

— Je suis ravi que tu apprécies cette pause. Je peux toujours t'emmener voir le fort, si tu veux ?

— Je passe, riposta-t-elle en riant. En revanche, je ne dirais pas non pour un déjeuner quelque part. La salade de fruits était très bonne, mais j'ai encore faim.

— Tu as envie d'un nouveau trip, en fait ?

— Tu veux dire en voiture, j'espère ?

— Bien entendu.

— Eh bien, aide-moi à sortir de cette piscine.

Un frisson d'anticipation le traversa, et il se rapprocha.

Son corps réagit aussitôt à la proximité du sien pendant qu'il l'aidait à nager jusqu'à ce qu'elle ait de nouveau pied.

Il n'avait aucune envie de la lâcher, mais c'était préférable. Il devait mettre un peu de distance entre eux.

Même si, lorsqu'elle quitta la piscine, il ne put s'empêcher de remarquer ses courbes et se rappela avoir touché chaque centimètre de ce corps et l'avoir fait frémir de plaisir.

C'était il y avait longtemps. Il devait garder ça en tête, car il ne supporterait pas de redevenir proche d'elle et de la perdre à nouveau. Il ne supporterait pas une autre perte, même s'il était tenté de passer juste une nuit avec elle.

Le reste de la visite à St. Croix avait passé dans un tourbillon.

Après leur baignade dans la piscine, quelque chose avait changé. Victoria ne savait pas bien quoi, et ça valait probablement mieux. Quand ils étaient dans l'eau et que les bras de Matthew l'enlaçaient, elle avait de nouveau ressenti cette sorte d'attirance électrique qui les avait rapprochés, quand ils s'étaient embrassés sur la terrasse du restaurant.

Matthew l'avait emmenée dans un petit bistrot à la sortie de Christiansted, et toute la conversation avait porté sur le travail, ce qui était bien plus sûr.

À présent, ils étaient sur le ferry de retour pour St. Thomas. Sauf que cette fois, Matthew n'était pas assis à côté d'elle. Appuyé au bastingage, il contemplait la mer.

Son téléphone vibra dans son sac. Elle répondit, étonnée.

— Allô ?

— Docteur Jensen ? Ici le Dr Gainsbourg du Ziese Memorial Hospital.

— Oui, docteur Gainsbourg ?

Dès qu'elle prononça ce nom, Matthew se retourna.

— C'est à propos du domino.

Son estomac s'emplit de plomb.

— On a perdu un donneur, c'est ça ?

Elle avait fait ça assez souvent pour savoir que plusieurs choses pouvaient mal tourner à ce stade. Des donneurs qui déclaraient forfait ou des receveurs qui mouraient.

— On en a perdu deux. L'opération s'écroule. C'est la pagaille.

— Merci de m'avoir prévenue. J'arrive dès que possible. Je vais m'en occuper.

Elle raccrocha et se mordilla la lèvre.

Matthew l'observait, bras croisés et sourcils froncés.

— C'est le domino, n'est-ce pas ? demanda-t-il d'une voix nerveuse. Il tombe à l'eau ?

— Oui. Deux donneurs se sont retirés. Il faut qu'on arrange ça.

9.

Victoria se resservit une tasse de café et fixa le tableau blanc à présent surchargé de notes.

Sept jours plus tôt le domino s'était écroulé, et elle n'avait pas encore réussi à rattraper le coup. Dès que le ferry s'était amarré à Charlotte Amalie, elle s'était rendue à l'hôpital et avait tenté de réaliser d'autres tests, de trouver d'autres compatibilités dans le groupe de donneurs volontaires. Elle avait déniché un donneur de remplacement, mais elle peinait à trouver le second. L'état de Mme Van Luven se dégradait, et celui de Jonas, le jeune protégé de Marcus, était grave aussi – il avait été transféré de St. John au Ziese Memorial parce qu'il avait besoin d'être sous surveillance et que sa dialyse ne fonctionnait plus.

Deux des receveurs étaient maintenant hospitalisés sous dialyse péritonéale. C'était inquiétant.

Il ne fallait plus qu'un donneur, une seule compatibilité pour que le domino se réalise. Son équipe de chirurgiens attendait. Tout le monde était prêt en coulisses.

Matthew entra dans la salle de réunion, et elle remarqua qu'il avait les yeux cernés. Lui aussi était stressé depuis que l'opération avait été ajournée.

— Alors ? demanda-t-il d'un ton plein d'espoir.

— Rien. Il me manque toujours un donneur, et le temps presse. J'espère que quelqu'un va se proposer, mais je comprends. C'est une opération lourde de conséquences.

— Jonas reste stable, et il s'adapte bien à la dialyse péritonéale, dit Matthew en s'asseyant en face d'elle.

— C'est déjà ça. Mme Van Luven est à peu près stable aussi, mais elle a un besoin urgent de cette greffe. Ça me stresse.

— J'ai contacté l'UNOS, le réseau de dons d'organes. Je sais que ce n'est pas gagné, mais si on peut avoir un rein de donneur décédé, on peut faire un domino avec cinq donneurs vivants.

— Ça vaut le coup d'essayer.

Elle ne se faisait guère d'illusions. Il y avait encore des gens en tête de liste, mais ils devaient tenter quelque chose.

N'importe quoi.

— Comment va Marcus ? Il a passé la consultation psychologique ? demanda Matthew.

— Oui. Sa candidature a été validée.

Il se renfrogna.

— Je pensais que tu serais content, s'étonna-t-elle. On voulait qu'il ait clairement conscience de ce qu'implique cette opération avant de la subir, et c'est le cas.

— Il est adulte, mais… Mais c'est mon frère jumeau. Je ne peux pas m'empêcher de m'inquiéter, admit-il.

— Comme tu dis, il est adulte. Tu n'as pas à le materner.

— Je ne le materne pas. C'est juste que… Il me rend dingue.

— Tu éprouves peut-être des sentiments pour ton frère ?

— Tu es épuisée et tu dis n'importe quoi, maugréa-t-il.

— Qu'est-ce que tu en sais ? J'ai dit que j'étais stressée, pas fatiguée.

— Tu as l'air fatiguée, en tout cas, murmura-t-il.

— Toi aussi.

— J'ai un hôpital à gérer, et je veux également que cette opération réussisse. Réexplique-moi pourquoi ces deux donneurs se sont retirés.

— L'un n'était pas prêt, et l'autre part à l'étranger. Il a eu une grosse promotion et doit déménager très vite.

— Ah ? fit Matthew, haussant les sourcils. On pourrait faire un certificat médical à celui qui doit partir pour un job, ou convaincre un autre donneur de revenir ? Ceux qui ont abandonné quand on avait nos compatibilités.

— C'est contraire à la procédure légale, et ça compromettrait l'opération. On n'a pas le droit de persuader un donneur, et tu le sais. Même si j'en meurs d'envie.

— Je sais. C'est frustrant, mais je comprends.

Le Dr Gainsbourg entra alors, la mine sombre.

— Docteur Jensen ?

— C'est Mme Van Luven ? Ses constantes se détériorent, n'est-ce pas ? demanda-t-elle, le cœur lourd.

— Oui. J'ai réussi à la stabiliser, mais j'ai pensé que vous voudriez voir le rapport d'analyses.

Victoria acquiesça. Elle prit le rapport des mains du jeune médecin et fit la grimace.

Les résultats confirmaient ses craintes, et ce qui s'était passé avec l'ambassadeur lui revint en mémoire.

— Je ne pense pas pouvoir opérer le patient avec des constantes pareilles, avait-elle confié à Paul.

— Le conseil d'administration voudrait que tu le fasses, avait insisté son mentor. L'ambassadeur sait que tu es la meilleure, et ce serait un super beau coup pour l'hôpital. Et pour ta carrière. Ce n'est pas ce que tu veux ?

Elle avait fixé le rapport d'analyses, déstabilisée.

— Je vais essayer, avait-elle dit du bout des lèvres, alors que son instinct lui hurlait de refuser.

Elle aurait dû dire qu'elle ne se sentait pas confiante, elle aurait dû refuser de réaliser cette opération. Pourquoi ne s'était-elle pas écoutée ? Pourquoi avait-elle tant voulu plaire au Dr Martin et au conseil d'administration ? Elle s'en voulait terriblement.

Mais elle avait aussi appris quelque chose : désormais, elle suivrait son instinct. Les analyses ne mentaient pas. Certes, un miracle pouvait arriver, mais plus jamais elle ne mettrait un patient en danger. La médecine n'était pas un business, pour elle. C'était la vie.

Or, les analyses de Mme Van Luven disaient clairement

qu'on ne pourrait bientôt plus l'opérer. Son organisme serait trop faible pour supporter la greffe.

— Merci, docteur Gainsbourg. Tenez-moi au courant de son état.

Le jeune interne hocha la tête et quitta la pièce.

— Qu'est-ce qu'on va faire ? demanda Matthew.

Elle haussa les épaules, réfléchissant tout haut.

— Je ne sais pas. La seule façon pour qu'une intervention en domino fonctionne, c'est que chacun soit impliqué. Si Mme Van Luven n'obtient pas de rein, son donneur ne donnera pas le sien à la personne suivante… Sauf que c'est Marcus le donneur de Mme Van Luven. La question est : est-ce que ton frère donnerait quand même son rein si l'organisation s'écroulait ?

— Je l'ignore. Et on ne peut pas lui demander ça, ajouta Matthew à mi-voix.

— J'espère que l'UNOS appellera. J'espère qu'on trouvera une solution…

Elle soupira et regarda par la fenêtre.

— Qu'est-ce que je donnerais pour une baignade dans la piscine de tes parents, là, maintenant, et peut-être aussi un petit punch au rhum.

— *Ah ah !* j'ai eu la même idée. Bien que boire et nager ne soit pas très prudent.

— Je ne t'ai jamais remercié pour cette journée, dit-elle doucement. On est rentrés à Charlotte Amalie, cette opération est tombée à l'eau, et depuis, je me démène.

— Je sais. Moi aussi. Et à New York ? La situation s'est calmée ?

La question la prit de court. Soudain elle eut l'impression qu'il cherchait à se débarrasser d'elle.

— Pas vraiment, répondit-elle, le dos raide. Mais j'ai reçu un mail du conseil d'administration disant que les résultats de l'enquête avaient été publiés et que mon nom avait été officiellement blanchi.

Matthew fronça les sourcils.

— Donc, tu pars ?

— Non. Je veux terminer la mise en place du domino et le mener à bien. Je ne laisse pas de travail inachevé, alors je resterai jusqu'à la fin.

— Je suis ravi de cette nouvelle, assura Matthew, le visage empreint de soulagement. Mais New York voudra sans doute que tu rentres le plus tôt possible ?

— Il n'y a pas d'urgence. La presse continue de faire bloc, et le conseil d'administration a ajouté qu'ils sont emballés par le domino que j'entreprends ici dans ce « petit hôpital ».

— Pas si petit que ça. On a même quelques hypermarchés américains à St. Thomas, ironisa-t-il.

— Je sais, mais comme ce n'est pas Manhattan, c'est « petit » pour eux. Cette opération finira par avoir lieu, et je pourrai retourner à mon poste.

Une étrange expression traversa le visage de Matthew.

— Tu rentreras à New York ?

— Tu viens de me poser la question !

— Tu pourrais aller ailleurs.

— Où ? demanda-t-elle, les sourcils levés.

— N'importe où.

Il avait raison. Que se passerait-il si elle ne retournait pas à New York ? Elle pouvait exercer n'importe où.

Sauf qu'il y avait une petite pensée tenace à l'arrière de son esprit : même si les résultats de l'enquête l'avaient innocentée, sa mauvaise presse n'allait pas lui amener de nouveaux patients pendant un moment, et si elle ne rapportait pas d'argent, quel hôpital l'embaucherait ?

Matthew, lui, le pourrait.

Elle avait de la chance d'être ici, mais elle n'était pas censée rester. Elle ne mettrait pas son cœur ou celui de Matthew en danger. Il valait mieux continuer seule. C'était plus sûr que de risquer quelque chose de stupide comme l'amour. Donc, elle retournerait à New York. En fin de compte, elle avait trop peur pour quitter la sécurité de la ville où elle était née, celle où elle avait vécu avec sa mère avant sa mort.

Elle s'éclaircit la gorge, tentant de briser la tension.

— Non, je rentrerai à New York.

Sa réponse parut décevoir Matthew, mais il ne dit rien.

— Bon, je dois passer voir mes autres patients. Si j'ai des nouvelles de l'UNOS, je te préviendrai.

— Merci.

Il quitta la pièce, et elle soupira, frustrée.

New York était le seul chez-elle qu'elle connaisse, mais une partie d'elle n'avait pas envie d'y retourner.

Et si elle restait ici ?

Seulement, il était évident, d'après la suggestion de Matthew, qu'elle pouvait aller n'importe où ailleurs. Une fois ce domino à St. Thomas terminé, elle ne pourrait pas rester. Il ne le lui avait pas vraiment demandé.

Elle l'avait tellement blessé, dix ans plus tôt.

Le fait est que ça l'avait blessée aussi quand elle l'avait repoussé. Dix ans avaient passé, et elle avait toujours envie de lui. Ça l'effrayait de constater qu'il la faisait à nouveau se sentir en sécurité. Cela faisait longtemps qu'elle n'avait pas ressenti cette sécurité. Elle ne se rappelait pas grand-chose de l'époque où sa mère était encore en vie, mais il y avait ces petits souvenirs heureux. Et puis les souvenirs avec Matthew.

Elle avait gâché leur amour.

C'était sa faute, et même si elle voulait retrouver ça, elle avait trop peur de le perdre une fois de plus.

Elle l'aimait trop. Bien qu'elle soit complètement stressée par l'échec de l'opération, elle n'arrêtait pas de penser à la journée qu'ils avaient passée à St. Croix. Combien il l'avait fait se sentir en sécurité sur le ferry, sur la route, dans la piscine. Son contact l'apaisait. Quand elle était avec lui, elle avait l'impression de pouvoir tout faire.

Elle avait été mal à l'aise dans son bikini en sortant du pavillon de piscine, mais quand elle avait vu Matthew, toute gêne s'était envolée, et lorsqu'il l'avait tenue dans l'eau entre ses bras puissants, son corps avait fondu. Il lui avait fallu toute sa volonté pour ne pas l'embrasser.

Et pendant qu'ils se détendaient au bord de la piscine, elle n'avait pensé qu'à une chose : comme ce serait merveilleux de s'écrouler avec lui dans la jolie chambre du pavillon, sur ce grand et beau lit.

Ses joues s'enflammèrent.

Elle était manifestement fatiguée, car elle contrôlait mieux ses émotions, d'habitude. Sauf qu'elle perdait son sang-froid. Elle aimait être ici, à Charlotte Amalie, et travailler avec Matthew. Elle ne se sentait plus aussi seule. Elle avait retrouvé son meilleur ami. Elle avait retrouvé son amant.

Une fièvre brûlante l'envahit au souvenir de leur première fois ensemble. Elle donnerait n'importe quoi pour revivre cette nuit enivrante, même si c'était une mauvaise idée.

— Victoria ?

Elle se retourna sur Matthew, revenu dans la pièce. Son cœur fit un bond, et elle se mit à trembler en le fixant.

Quel mal y aurait-il à s'accorder à nouveau une nuit ?

Quand il l'avait embrassée sur cette terrasse, elle l'avait repoussé, mais elle savait qu'il ressentait la même chose qu'elle. Elle savait qu'il la désirait autant qu'elle le désirait. Ils n'étaient pas des étrangers. Ils étaient tous deux adultes.

Elle se leva et, d'un pas vif, combla l'espace qui les séparait.

— Ne dis rien, chuchota-t-elle.

Il parut surpris lorsqu'elle se serra contre lui, et il la regarda droit dans les yeux.

Dès qu'elle rencontra son regard, elle sut qu'elle avait fait une énorme erreur, probablement parce qu'elle était épuisée et qu'elle n'avait en tête que Matthew et leur première nuit ensemble, dix ans plus tôt.

Se sentant totalement stupide, elle le lâcha et recula d'un pas, furieuse contre elle-même.

— Tu n'es pas Matthew.

Marcus sourit, les yeux pétillants.

— Non, mais je pourrais si tu voulais !

Matthew fixait son écran sans le voir.

Pourquoi Victoria n'avait-elle pas dit qu'elle voulait rester ?

Il lui offrait une chance de demeurer à St. Thomas. Il ne pouvait pas vraiment lui proposer un travail sans l'accord du conseil d'administration, mais il ne voulait pas qu'elle parte. Ça lui faisait mal que New York passe en premier comme autrefois.

Il voulait qu'elle pense au-delà de Manhattan.

Même s'il s'était juré qu'il ne mettrait plus son cœur en danger avec elle, il la désirait toujours. Et il la voulait ici. Avec lui.

Seulement, elle voulait New York, c'était clair. Pourquoi s'était-il imaginé qu'elle aurait changé après tout ce temps ?

Depuis leur expédition à St. Croix, quand elle était sortie du pavillon de piscine dans ce bikini blanc, il était incapable d'arrêter de penser à elle. Quand ils avaient nagé jusqu'au bord, il lui avait fallu toute sa volonté pour ne pas l'embrasser, et durant cette dernière semaine, même s'il était complètement stressé et concentré sur la remise en route du domino, il n'avait en tête qu'elle dans ce bikini.

Ce qui dérivait ensuite vers ses souvenirs d'elle nue dans ses bras, dans cette petite chambre de garde où…

— Hé, tu as une minute ?

Il se retourna et grogna intérieurement en voyant Marcus sur le seuil de son bureau.

Bien sûr, il fallait que son jumeau débarque maintenant, l'empêchant de savourer ce souvenir !

— Ce n'est pas le moment, Marcus. J'essaie de trouver un autre donneur.

— Je ne suis pas là pour t'embêter, répliqua Marcus en fermant la porte derrière lui. J'ai de bonnes nouvelles.

— Oh ? Tu as trois reins, donc tu en donnes deux ?

Marcus sourit.

— Tu sais que si c'était le cas je le ferais.

— Je sais, admit Matthew.

— Waouh.

— Quoi ?

— Tu n'as jamais admis que j'avais raison, avant.

Matthew se frotta les tempes.

— Marcus, je n'ai pas la patience pour ça aujourd'hui. Quelles sont tes nouvelles ?

— J'ai trouvé un donneur. Ils sont en train de faire les tests de compatibilité croisée, et il est prêt pour la consultation psychologique.

— Qui ?

— Un ami de Jonas. Au fait, j'aurais quand même donné mon rein à Mme Van Luven. J'ai pensé que je devais te le dire. Je n'aurais pas laissé votre patiente en plan.

Matthew soupira.

— Eh bien, voilà une bonne nouvelle. J'espère qu'il sera compatible avec Jonas.

— Moi aussi. Maintenant, autre chose.

— Laquelle ?

— Quelles sont tes intentions avec Victoria ?

Matthew se raidit.

Il n'aimait pas la tournure que prenait cette discussion. Marcus était un don juan. Il n'avait jamais eu de relation sérieuse. C'était un play-boy jusqu'au bout des ongles, et l'idée qu'il jette son dévolu sur Victoria le faisait bouillir.

— Qu'est-ce que tu veux dire ?

— Elle s'est jetée dans mes bras. Elle allait m'embrasser, mais elle s'est rendu compte que je n'étais pas toi.

Le pouls de Matthew battait dans ses oreilles.

— Elle a fait quoi ?

— Elle a failli m'embrasser. J'avais un vague espoir, ajouta Marcus en souriant avec malice, mais elle a très vite reculé en voyant que je n'étais pas toi. Elle te kiffe. Donc, ma question est : qu'est-ce que tu vas faire à ce sujet ?

Même si son cœur s'emballait et qu'il ne pouvait s'empêcher de sourire, Matthew secoua la tête.

— Rien.

Victoria voulait l'embrasser, mais il n'allait pas avouer qu'il la désirait aussi. Il n'aimait pas que son frère le questionne là-dessus. C'était intrusif. Marcus ne connaissait pas les détails de leur passé commun. Personne ne le savait. Cela n'appartenait qu'à lui.

— Comment ça, tu ne vas rien faire ? demanda Marcus, l'air outré. Il est évident que tu lui plais.

— Et alors ?

Il faisait comme s'il s'en fichait malgré le frisson secret que cela suscitait chez lui.

— Et alors ? Kirsten a disparu depuis cinq ans, Matthew. Elle ne voudrait pas que tu sois seul.

— Ne me parle pas de Kirsten, grommela Matthew.

— Pourquoi ? Tu es incroyable. Si j'étais toi…

Matthew croisa les bras.

— Qu'est-ce qui se passe, Marcus ? Pourquoi te sens-tu soudain si concerné par ma vie amoureuse ?

Marcus haussa les épaules.

— Honnêtement, je n'en sais rien, mais j'ai pensé que tu voudrais en être informé. Je sais que vous vous connaissiez tous les deux autrefois, mais je crois qu'il s'est passé plus de choses que tu ne le dis…

Comme Matthew ne réagissait pas, il s'énerva.

— Bon Dieu, ce que tu es coincé ! Tu agis plus comme un parent que comme un frère. Je préférerais avoir un frère !

Et il quitta le bureau en claquant la porte derrière lui.

Matthew s'en voulait, mais il n'avait pas envie que son jumeau soit au courant de son passé avec Victoria. Pourquoi ? Difficile à dire.

Marcus voulait un frère. Lui aussi le voulait. Et il voulait Victoria. Elle aussi le voulait, et cela le faisait frissonner en dedans.

Qu'est-ce qui le retenait ?

Pourquoi luttait-il contre cette attirance ?

C'était sa faute autant que celle de Victoria quand tout s'était écroulé entre eux, dix ans auparavant. Il avait quitté New York aussitôt. Après tout, il aurait pu leur donner une chance. Depuis, ils avaient tous les deux grandi et avancé.

Pourquoi ne pourraient-ils pas s'accorder juste une nuit de plus ?

Est-ce qu'elle voulait une nuit de plus seulement ?

Il n'en était pas sûr, mais il prendrait une nuit de plus avec elle, s'il le pouvait, même s'il avait peur d'être à nouveau blessé. Il n'avait pas beaucoup de chance quand il s'agissait d'amour. Il n'y avait pas de contes de fées pour lui…

Ce qui était sûr, c'est qu'il n'y en aurait pas s'il n'essayait pas !

Il quitta son bureau et se dirigea vers la salle de réunion dont la porte était ouverte.

Victoria faisait les cent pas. Elle marmonnait et paraissait contrariée.

En le voyant, elle s'arrêta, les joues rouges.

— Matthew ?

— Oui.

— Tu sais à quel point c'est frustrant que vous soyez de vrais jumeaux ! Marcus t'a dit ce qui s'est passé ?

Il rit doucement.

— Oui.

— Il m'a promis de se laisser pousser la barbe. Pour que je puisse vous distinguer plus vite, grommela-t-elle.

— Alors, tu l'as pris dans tes bras ?

Le rouge vira au cramoisi.

— Je n'avais pas les idées claires.

— Je suis sans doute plus intimidant que mon frère, argua-t-il avec un petit sourire.

— Je dirais plutôt têtu, riposta-t-elle en souriant aussi.

— Il dit « coincé », corrigea Matthew, éclatant de rire. Ce n'est pas grave si tu l'as pris pour moi. J'ai compris. C'est une histoire de jumeaux.

— Bon, merci. Encore une fois, je suis désolée, mais Marcus avait de bonnes nouvelles. Il t'en a parlé ?

— Oui. Maintenant, on doit juste attendre d'être sûrs que le test de compatibilité est bon.

— Je croise les doigts, dit-elle en les levant en l'air.

— On ne peut rien faire de plus ici aujourd'hui. Tu veux qu'on dîne ensemble ?

— Euh, tu crois que c'est raisonnable ?

— Pourquoi ? demanda-t-il, perplexe.

— À cause de ce qui s'est passé quand on a dîné au restaurant l'autre jour.

Il s'approcha d'elle et lui effleura le visage.

— Ce qui s'est passé la dernière fois ne me pose pas de problème, Victoria. J'aime bien être avec toi, et je pense qu'on peut dîner tous les deux sans danger en attendant le résultat des tests. Si je nous préparais le repas ?

— Tu sais cuisiner ?

— Bien sûr. Alors ?

Victoria se mordilla la lèvre avant d'acquiescer.

— Ça marche.

— Je t'envoie mon adresse par SMS. Je vais partir un peu plus tôt aujourd'hui. Je ferai quelques courses pour le dîner. À moins que tu apprécies la bière tiède et un fond de paquet de crackers.

— Non merci, rétorqua-t-elle en riant. Envoie-moi l'adresse et l'heure à laquelle tu veux que j'arrive.

— D'accord. Essaye de ne pas stresser à propos du domino. Aie la foi.

— Je ne te promets rien.

En quittant l'hôpital, il n'était pas certain de ce qu'il faisait, mais il prenait le risque.

Cela n'avait pas besoin d'être autre chose que deux amis se réunissant. Voilà tout. Il n'avait pas besoin d'impliquer son cœur – même s'il était assez convaincu que son cœur était déjà en danger.

10.

Victoria avait troqué sa tenue de travail pour une robe fluide achetée au marché local. L'air était électrique, et elle était une vraie boule de nerfs car elle ne savait pas trop ce qui allait se passer. Il lui fallait quelque chose de léger où elle se sente à l'aise.

Le taxi la déposa en haut de l'allée pentue de Matthew. Heureusement, celle-ci n'était pas très longue, et elle la descendit en direction d'une maison dont le toit couleur cerise ressortait vivement sur le vert luxuriant de la végétation alentour.

Cette maison était jolie et modeste, elle s'intégrait naturellement dans le décor, et on ne la remarquait pas à moins de la chercher des yeux. C'était très différent de la demeure dans laquelle il avait grandi. Elle rappelait plutôt le pavillon de la piscine.

Ça collait bien avec Matthew. Il avait beau se dire coincé, elle ne voyait pas ce côté en lui. Ou peut-être que c'était elle la plus rigide et qu'il lui semblait calme et détendu en comparaison.

Cette pensée la fit sourire.

Elle frappa, et Matthew lui ouvrit.

— Salut ! Entre.

L'intérieur de la maison la stupéfia.

De l'extérieur, cela ressemblait à une petite maison comme toutes celles du quartier, mais c'était une illusion d'optique. Minuscule à l'extérieur, grande et spacieuse à l'intérieur.

— C'est si beau, et si trompeur ! s'exclama-t-elle.

— « Trompeur » ? répéta Matthew. Voilà un mot que je n'ai jamais entendu pour décrire ma maison.

Ses yeux pétillaient, ce qui lui donna des papillons dans

l'estomac. C'était le Matthew dont elle se souvenait, la première fois qu'elle l'avait rencontré.

— Ce que je veux dire, c'est que je ne m'attendais pas à ce qu'elle soit aussi grande ! expliqua-t-elle en riant.

— La maison est construite à flanc de colline. C'était une ruine quand je l'ai achetée, et ça m'a aidé à surmonter mon chagrin. Travail à l'hôpital le jour, rénovation la nuit.

— Tu as acheté cet endroit après la mort de ta femme ?

— Oui. Notre appartement me rappelait trop ses souffrances. Je ne pouvais pas y rester.

— Je comprends ça.

— On aborde un sujet un peu déprimant, pas vrai ?

— Tu as raison, admit-elle avec un petit rire nerveux. C'était déjà assez stressant ces derniers jours, et je n'ai vraiment pas envie d'en rajouter en attendant de savoir si le nouveau donneur est compatible.

— Entièrement d'accord. On dîne à la fraîche ?

— Bonne idée.

Même s'il faisait chaud, il y avait une brise agréable quand le soleil se couchait. La maison de Matthew était moderne et ouverte sur l'extérieur. Un mélange harmonieux de contemporain et d'ambiance caribéenne traditionnelle. Du bois foncé et du blanc. Elle franchit derrière lui une des portes-fenêtres ouvertes sur un patio niché entre feuillages, fleurs et plantes grimpantes entremêlés de lumières scintillantes. Presque comme un jardin secret.

— Pas aussi époustouflant qu'une vue sur la mer en hauteur, mais c'est un refuge tranquille dans la ville.

— C'est sublime, murmura-t-elle.

À choisir, elle préférait nettement cette harmonie discrète au château sur la colline de St. Croix. On entendait le joyeux ruissellement d'une fontaine. C'était parfait.

— J'ai vue sur la mer et sur la ville depuis ma chambre, mais parfois on a juste besoin d'un endroit calme pour réfléchir. Si tu descends cet escalier, j'ai aussi une petite plage privée tout en bas.

— Une plage privée ! C'est merveilleux.

— C'est vraiment paisible ici.

— Oui, fit-elle dans un soupir. J'apprécie tout ça ce soir.

— Tu veux du vin ? Sans alcool, bien sûr, au cas où on reçoive un appel !

— Oui, volontiers.

Matthew remplit deux verres de blanc pétillant, et ils s'assirent l'un en face de l'autre.

— Ton téléphone est allumé ? demanda-t-il.

— Oui. Non que je puisse démarrer le domino ce soir si la compatibilité est validée, même si j'en ai très envie. Tout le monde doit être présent pour que ça marche.

— Marcus est plus que prêt, marmonna Matthew.

— Je sais. C'est beaucoup grâce à lui que c'est possible.

Il la fixa d'un regard étrange.

— Marcus t'aime bien, tu sais.

— Quoi ? fit-elle en riant nerveusement.

— Il me l'a dit, déclara-t-il d'un ton ferme.

Une brusque chaleur se déploya dans son ventre.

Serait-il jaloux ?

— Marcus me plaît aussi, mais pas de cette façon. Dès que j'ai su qu'il n'était pas toi, je me suis écartée de lui.

— Pourquoi ? La plupart des femmes l'adorent.

— Ce n'est pas le frère pour lequel j'ai des sentiments.

Elle avait vraiment dit ça ?

Son pouls battait à ses oreilles, elle tremblait.

Même lorsqu'ils étaient ensemble à New York, elle n'avait jamais réellement dit à Matthew ce qu'elle ressentait pour lui. Elle ne lui avait jamais dit qu'elle l'aimait.

Et aujourd'hui, elle l'aimait encore. Elle se languissait de lui. Même après tout ce temps, elle le désirait. Rien n'avait changé.

Ça la navrait, d'ailleurs, parce que rien ne pouvait en résulter. Sa vie était à New York. Pas ici, à St. Thomas. Elle pouvait mettre son cœur en danger, mais elle ne risquerait pas celui de Matthew.

Et pourquoi pas ?

Elle chassa cette pensée.

Elle n'allait pas suivre un homme ou mettre son cœur en jeu, peu importe à quel point elle en avait envie.

Mais Matthew la regardait, ses yeux l'hypnotisaient, et elle était figée, incapable de bouger.

— Il a dit que je t'intéressais et que je devrais tenter ma chance, chuchota-t-il.

La respiration de Victoria s'accéléra, et elle lâcha un rire gêné.

— Je suppose qu'il est au courant de notre passé, alors ?

— Non. Ce qu'on a eu, ce qu'on a vécu, ça ne regarde personne d'autre que nous. Ce sont mes souvenirs, et il ne mérite pas de les connaître. Je ne partage pas ça avec lui.

Elle avait de plus en plus de mal à respirer.

— Et qu'est-ce que tu lui as dit ?

— Rien… Alors, tu voulais m'embrasser ? demanda-t-il d'une voix rauque.

Un sourire se dessina au coin de ses lèvres, plein d'une promesse à laquelle elle voulait désespérément se raccrocher, et il se leva pour s'agenouiller devant elle.

— Moi, j'ai envie de t'embrasser tous les jours depuis que tu es arrivée ici, reprit-il.

— C'est vrai ?

Sa voix se coinça dans sa gorge.

Matthew hocha la tête.

— Tu m'as brisé quand tu as mis fin à notre histoire.

Elle sentit son cœur se serrer en apprenant qu'il avait souffert à ce point. Elle savait qu'il avait été en colère, mais elle n'avait pas réalisé qu'il avait été si blessé. Elle aussi l'avait été, quand il était parti sans se battre pour la garder, mais c'était elle qui avait choisi de rester et de prendre le poste, alors elle estimait qu'elle n'avait pas le droit d'être en colère.

— Je n'ai jamais voulu te faire de mal. Je pensais que tu étais furieux à causc du poste à New York.

— Il n'a jamais été question de ça, assura-t-il.

— Tu sais que c'est tout ce qui comptait pour moi. Je te l'avais dit dès le début.

— Je sais, mais je n'ai pas pu m'empêcher de tomber amoureux de toi. Pendant longtemps après notre rupture, j'ai été fou de rage. Je ne comprenais pas pourquoi tu avais préféré ce travail à moi.

Des larmes lui piquaient les yeux.

— Je n'ai jamais voulu que tu ressentes ça, chuchota-t-elle. Tout en sachant que c'était une erreur, je tenais à toi. Je crois que je n'ai jamais cessé.

— Tu as hanté mon âme pendant dix ans, Victoria.

Elle ravala la boule dans sa gorge et lui toucha le visage.

— Je n'ai pas cessé de penser à toi non plus, Matthew. Et je pense que tu sais pourquoi je voulais t'embrasser. Tu m'as manqué. Mais je retournerai à New York quand tout sera terminé. Cela n'a pas changé. Ma vie est là-bas, et je ne veux pas te faire à nouveau du mal.

— Je sais, et je ne veux rien de plus. Je veux juste encore une nuit avec toi. Une nuit pour enterrer tout cela.

Elle se pencha pour l'embrasser.

Un baiser léger, alors qu'elle tremblait d'anticipation. Elle ne savait pas ce qu'elle faisait. Juste qu'elle le voulait. Même si ce n'était que temporaire. Peut-être qu'il avait raison et que cette dernière fois serait leur épilogue.

Elle voulait cette nuit. Elle voulait être à nouveau avec lui.

Il glissa les mains dans ses cheveux tandis que le baiser s'intensifiait, et elle se fondit dans le désir brûlant qui bouillonnait en elle depuis des années.

Matthew était tout ce qu'elle avait toujours voulu, même si elle avait eu trop peur pour lui tendre la main. Elle avait tout gâché, mais elle pouvait avoir ceci avec lui : un autre moment de plaisir absolu.

Les mains de Matthew descendirent le long de son dos, et il ne rompit le baiser que pour la prendre dans ses bras et la porter dans la maison. Il y avait quelques marches à monter jusqu'à la chambre, et une pointe d'excitation la traversa lorsqu'elle aperçut le grand lit à baldaquin.

Le genre de lit où elle avait imaginé faire l'amour avec lui !

Il la reposa, et elle fit courir ses mains sur lui, glissant les doigts sous sa chemise pour le toucher, se délectant de sentir la chair de poule sur sa peau sous ses caresses.

Il appuya le front contre le sien, l'entoura de ses bras.

— Tu es sûre que tu le veux vraiment, Victoria ?

— Oui, je le veux. Du moment que tu as des préservatifs.

— Oui, j'en ai.

— Et tu me veux aussi ? demanda-t-elle.

— Oh oui !

Il tint son visage au creux de ses mains, l'embrassant encore tandis qu'elle déboutonnait sa chemise pour qu'il n'y ait plus rien entre eux. Juste qu'ils soient peau contre peau.

Cette nuit, elle se sentirait de nouveau en sécurité avec ses bras autour d'elle.

Ses mamelons se contractèrent quand il toucha sa poitrine. Son corps réagissait aussitôt, même si l'étoffe légère de sa robe les séparait. Elle frémissait de désir.

Il défit sa robe, qui s'étala à ses pieds.

Elle était nue hormis ses sous-vêtements en dentelle noire.

— Victoria, murmura-t-il, passant les mains sur sa peau exposée et repoussant ses cheveux pour embrasser son cou.

Elle frissonna de plaisir.

C'était ce dont elle avait rêvé dans ses heures les plus sombres au cours des dix dernières années, quand elle était seule et qu'il lui manquait. Il n'y avait pas de retour en arrière possible.

Elle lui enleva sa chemise, dévoilant son torse bronzé, puis s'attaqua à sa ceinture. Il aspira une goulée d'air, lui saisit les poignets et la poussa contre le matelas.

Elle gémit d'anticipation, et il sourit en se plaçant au-dessus d'elle. Ses baisers partirent de sa bouche et descendirent jusqu'à ses seins, sa langue embrasant son sang alors qu'il capturait un de ses mamelons entre les lèvres.

— Préservatif, chuchota-t-elle, haletante.

Il en sortit un du tiroir de la table de nuit.

— Laisse-moi faire, dit-elle d'une voix hachée.

Matthew gémit quand elle fit rouler le préservatif sur lui.

— Tu me tortures, murmura-t-il.

— Je sais, admit-elle avec un rire espiègle.

Elle aimait le toucher, l'exciter de la même façon qu'il l'avait excitée.

Il la fit s'allonger, lui ôta ses sous-vêtements. Cette fois, ses baisers descendirent plus bas, et elle cria lorsque sa langue la toucha entre les jambes. Son corps brûlait du désir qu'il la prenne tout entière.

Elle se cambra contre sa bouche.

— Viens, je t'en supplie.

Matthew s'installa entre ses cuisses, et leurs regards se nouèrent tandis qu'il la pénétrait. Elle gémit à mesure qu'il plongeait en elle. Il bougeait lentement, doucement, prenant son temps, mais elle voulait du fort, du rapide. Cela faisait si longtemps qu'elle avait soif de lui. Ses jambes s'enroulèrent autour de lui, et il accéléra le rythme en réponse à ses hanches qui le poussaient à la prendre comme elle le voulait. Le plaisir commença à se déployer au creux de son ventre, et elle resserra son emprise sur son dos, enfonçant les ongles dans sa peau.

Elle cria lorsque l'orgasme la fit exploser.

Elle aurait voulu que ça dure éternellement.

Matthew jouit peu après et s'affala contre elle en reprenant son souffle. Puis il roula sur le côté, l'entraînant avec lui, la gardant dans ses bras.

Elle s'agrippa à lui, ne voulant pas que cela se termine, écoutant le son réconfortant de son cœur.

Ses yeux brûlaient de larmes contenues. Comme elle ne voulait pas mettre leurs cœurs en danger, elle les ravala.

À la place, elle savoura juste ce moment avec l'homme qu'elle savait maintenant avoir toujours aimé et qu'elle ne pouvait pas se permettre d'avoir.

11.

Matthew n'arrivait pas à croire que cela s'était produit.

Il en avait rêvé si longtemps, sans imaginer que cela puisse arriver. Il avait pensé que Victoria était son passé, pas son futur.

Et elle ne l'était toujours pas ! Il ne devait pas s'attacher.

Il n'avait pas cru la revoir un jour. Il en avait pris son parti et avait tourné la page. Puis il avait perdu Kirsten, et il s'était retrouvé seul avec les souvenirs des deux femmes qu'il avait aimées plus que tout.

Lorsque Victoria lui avait dit qu'elle le désirait, cela avait été une sorte de rêve. Un rêve qu'il ne voulait pas voir se terminer, même s'il savait que c'était inévitable.

Elle lui avait dit qu'elle retournerait à New York. Au moins, cette fois, il y serait préparé. Il ne serait pas pris au dépourvu ni blessé par son départ.

Menteur. Son cœur voulait plus, même si c'était impossible. Il s'en voulait d'être retombé amoureux d'elle. De s'exposer à une souffrance supplémentaire.

Ils étaient à présent allongés dans l'obscurité, et il lui caressait le dos. Le menton posé sur ses poings fermés, Victoria le fixait. Ses grands yeux bruns l'hypnotisaient.

Tout ce qui comptait, c'était d'être avec elle en ce moment.

— Tu as réellement préparé à dîner, demanda-t-elle, ou c'était une ruse pour m'attirer dans ton lit ?

Sa petite plaisanterie rompit la tension, et tout le mécontentement qu'il éprouvait contre lui-même s'évapora. Il éclata de rire.

— J'ai prévu un repas léger, mais je ne l'ai pas encore cuisiné. Peut-être qu'une part de moi espérait inconsciemment ce qui vient de se passer.

— Je suis ravie que ce soit arrivé, répliqua-t-elle avec un grand sourire.

— Moi aussi. On se prépare quelque chose à manger ? suggéra-t-il, même s'il avait envie de rester là éternellement avec elle plutôt que de quitter le lit.

— Bonne idée.

Elle se leva, et il la contempla, le corps vibrant à nouveau de désir alors qu'elle enfilait sa robe puis rattachait ses longs cheveux soyeux.

Il se leva à son tour, se glissa derrière elle et l'enlaça pour embrasser son cou gracile.

— Je croyais que tu avais faim ? ironisa-t-elle.

— Oui, mais pas de nourriture.

Et il embrassa encore son cou, sa nuque.

— Arrête !

Elle le repoussa en riant, mais il ne se découragea pas.

Il avait de nouveau envie d'elle. Ils avaient dit juste une nuit, et la nuit n'était pas finie.

Il lui enleva sa robe et la plaqua contre le mur. Le téléphone sonna alors, aussi strident qu'une harpie, et il grogna, contrarié.

— C'est peut-être pour l'opération, lui rappela Victoria, d'une voix également empreinte de déception.

— Pourquoi ils m'appelleraient moi, en ce cas ?

Elle sortit son téléphone de son sac.

— Zut, le mien n'a plus de batterie.

Il la lâcha, enfila son pantalon et alla répondre.

— Dr Olesen à l'appareil.

— Bonsoir, docteur, ici le Dr Gainsbourg. J'essayais de joindre le Dr Jensen, mais elle ne décroche pas.

— Son téléphone n'a plus de batterie. Je vous écoute ?

— Le nouveau donneur est validé.

— Génial, répliqua-t-il, levant le pouce en direction de Victoria, qui lança un merci muet au plafond.

— L'état de Mme Van Luven et de Jonas Fredrick a empiré, donc il faut les préparer pour l'opération. Le domino doit avoir lieu maintenant.

— Je vois, dit Matthew, le cœur serré.

— Vous voulez que je convoque les autres ? On a déjà deux donneurs et trois receveurs ici.

— Je vous passe le Dr Jensen, c'est son intervention.

Il tendit l'appareil à Victoria et l'observa.

Calme. Concentrée. Une vraie chirurgienne.

Il ne put s'empêcher de l'admirer. Il l'aimait. Il l'avait toujours aimée.

Sauf qu'il ne pouvait pas l'avoir. Sa vie était ici, celle de Victoria à New York. Elle le quitterait une nouvelle fois.

Peut-être que son hôpital ne voudrait pas qu'elle revienne ?

Difficile à croire. C'était une excellente chirurgienne. Raison pour laquelle elle avait obtenu ce poste convoité dix ans auparavant. Les résultats de l'enquête l'avaient blanchie de toute faute, donc la presse passerait bientôt à autre chose et plus personne ne s'en soucierait. Elle pourrait continuer sa carrière de façon normale.

— Faites-les tous venir et planifiez les salles d'opération aussi tôt que possible, dit Victoria avant de raccrocher.

— Alors, ça y est, on fait ce domino ?

— Mais d'abord, on mange. On a besoin de se nourrir. Marcus a déjà fait son admission, ajouta-t-elle.

Matthew leva les yeux au ciel devant l'outrecuidance de son frère, puis, soudain, la dure réalité le frappa : son jumeau pouvait mourir. Il mettait sa vie en péril pour en sauver une autre.

Il refoula tant bien que mal cette pensée.

— Il est impatient, hein ?

— Et toi, tu es prêt ? demanda Victoria.

— Du moment que tu te charges de prélever le rein de Marcus. Je m'occuperai de Mme Van Luven.

— Ça va marcher. Ton équipe est parée.

Il la prit dans ses bras, même s'il savait que c'était une mauvaise idée, que son séjour ici était presque terminé et qu'elle ressortirait bientôt de sa vie.

— Merci de ton aide, Victoria. Merci d'être venue et d'avoir organisé cette opération.

— Je n'ai pas eu le choix, souviens-toi, murmura-t-elle.

— Je sais, mais je suis heureux que tu sois là.

Il la lâcha à contrecœur, avec l'impression qu'elle s'échappait déjà, que son rêve se dissiperait avec l'aube.

— Va prendre une douche. Je prépare le dîner.

Elle hocha la tête et se dirigea vers la salle de bains.

En soupirant, il mit la machine à café en marche, sachant qu'ils allaient en avoir besoin.

Après avoir mangé un morceau rapidement tout en parlant de l'intervention à venir, ils se rendirent à l'hôpital.

Toutes les autres opérations programmées avaient été reportées, et l'étage de chirurgie était mobilisé, prêt pour le domino. Il était 3 heures du matin, et la première intervention était prévue à 6 heures. L'ambiance était fébrile. Quelques journaux locaux avaient commencé à envoyer des reporters dès l'annonce que le domino allait avoir lieu.

Le Ziese Memorial était un hôpital récent, et cette opération, une première pour la ville. Sans compter le fait que le Dr Victoria Jensen la supervisait. Matthew avait craint que cette attention affecte Victoria, mais cela ne semblait pas la décontenancer.

Un tableau dans le service exposait la procédure complète afin que toute l'équipe puisse voir où allait chaque patient et quel chirurgien était impliqué. Six donneurs et six receveurs.

Matthew sentit son cœur se serrer en voyant en haut de la liste le nom de Marcus, qui passait en premier.

Il ne pouvait s'empêcher de s'inquiéter pour son jumeau. Que ferait-il s'il le perdait ?

Il n'y avait jamais réfléchi auparavant, et cette pensée indésirable lui donnait la nausée.

Lorsque Marcus avait lancé qu'il voulait un frère, Matthew s'était rendu compte que lui aussi voulait un frère. Sauf qu'il ne l'avait pas dit, et si Marcus mourait, il n'aurait plus l'occasion de le faire.

Il perdrait une autre personne à laquelle il tenait.

— Ça va aller, déclara Victoria près de lui, comme si elle percevait son appréhension.

À peine quelques heures plus tôt, ils étaient dans les bras l'un de l'autre. À présent, ils se tenaient au bord du précipice d'une opération chirurgicale historique. Une opération compliquée qui dépendait de tant de pièces mouvantes.

— Je suis content que tu t'occupes de Marcus et de Jonas.

Il était sincère. Il n'y avait personne d'autre en qui il ait plus confiance.

— Et je suis contente que tu prennes Mme Van Luven, répliqua-t-elle. Je ne ferais confiance à personne d'autre qu'à toi pour elle. Tu es mon bras droit.

— Merci.

— Tu es allé voir Marcus ?

— Non, répondit-il, ravalant la boule dans sa gorge.

— Tu devrais. Il aura besoin de soutien après cette intervention. Tu es sa famille.

— À peine. Il n'a jamais vraiment eu besoin de moi.

Comme lui-même n'avait jamais vraiment eu besoin de Marcus.

Il était parfaitement conscient du nombre de fois où il l'avait repoussé lorsqu'il était en deuil de Kirsten.

« Arrête de me harceler. Tu ne sais rien de ma douleur. Tu ne sais rien du chagrin. Tu passes de femme en femme. Qu'est-ce que tu connais à l'amour ? »

À la fin, Marcus avait froncé les sourcils.

« Très bien. Tu n'as pas besoin de moi, j'ai compris. Mais tu te trompes à mon sujet. J'ai connu la peine. J'ai vécu le chagrin. Mais il est évident que tu t'en fiches, parce que tu ne remarques rien autour de toi. Juste toi-même. »

Après cela, Marcus l'avait repoussé pour de bon, lui faisant bien comprendre qu'il n'avait pas besoin de lui.

Vas-y, lui ordonnait une petite voix.

Mais il en était incapable. Il avait trop honte de son entêtement.

Victoria le fixa, perplexe.

— Tu es certain de ne pas vouloir aller le voir ? Je m'apprête à l'emmener au bloc.

— Sûr et certain. Il est adulte, et il n'aura pas du tout envie de me voir avant de passer sur le billard.

Pourtant, une partie de lui s'inquiétait pour son jumeau. Cette opération était une intervention sérieuse. À ses yeux, Marcus faisait pour la première fois de sa vie quelque chose de très généreux. Matthew avait passé des années à essayer de prendre soin de son frère, persuadé qu'il était incapable de le faire lui-même. Manifestement, il s'était trompé.

Pas étonnant que Marcus n'ait pas envie de le fréquenter.

Il n'était ni un très bon frère ni un très bon ami.

Cependant, pour l'instant, il devait se focaliser sur la sauvegarde d'une vie. Marcus était entre de bonnes mains. Lui, il devait se concentrer sur Mme Van Luven.

Victoria souhaitait réaliser une approche laparoscopique, ce qui rallongeait l'intervention mais s'avérait moins invasif qu'une opération ouverte et permettait une meilleure récupération postopératoire, même si une opération ouverte restait toujours une option si les choses tournaient mal.

Il sentit son cœur s'emplir de plomb.

Pourvu que les choses ne tournent pas mal.

Marcus fut amené en salle d'opération juste quand Victoria enfilait sa tenue de chirurgie et que les infirmières préparaient le champ opératoire.

Dans la salle voisine, Matthew préparait Mme Van Luven à recevoir le rein de Marcus, et il mettait toute sa confiance en elle pour prendre soin de son frère jumeau.

Elle était choquée qu'il n'ait pas voulu aller voir Marcus au préalable, mais Matthew était têtu.

Dès qu'elle aurait prélevé le rein de Marcus, ce rein serait transplanté à Mme Van Luven, puis le donneur suivant entrerait au bloc.

Chaque étape était très précise. La journée serait longue, exténuante à mesure que se déroulerait cette intervention à étapes multiples.

En entrant dans la salle d'opération, elle fit ce que faisait toujours Matthew, elle le savait : elle prit une grande, profonde inspiration, s'emplissant d'énergie.

— Vic, tu es là ? demanda Marcus, la voix un peu teintée d'angoisse.

— Oui, me voici.

Elle s'approcha et vit de la peur dans ses yeux, ces yeux si semblables à ceux de Matthew.

Elle lui sourit sous son masque chirurgical.

— Je croyais que Matthew t'avait dit que je n'aime pas être appelée Vic, ironisa-t-elle.

— Pardon, répliqua-t-il avec un sourire forcé. Je suis nerveux. Les médecins aussi ont le droit d'être angoissés.

— C'est bon. Ça ne me dérange pas que tu m'appelles Vic. En fait, ça me plaît, venant de toi.

— Ah oui ?

— Oui. Parce que c'est toi et que je t'aime bien, Marcus.

— Je t'aime bien aussi, Vic, répliqua-t-il avec un sourire. Assure-toi juste que ma tête de mule de frère sache que ça ne t'embête pas que je t'appelle comme ça. Je n'ai pas besoin de l'avoir sur le dos.

— Promis. Il tient à toi, tu sais. Il ne fait pas exprès d'être toujours sur ton dos.

Marcus émit un petit son dédaigneux – le même que Matthew – puis fronça les sourcils.

— La presse est très présente dehors.

— Je sais, répliqua-t-elle sèchement.

— Je sais pourquoi. J'ai lu ton histoire.

Le cœur de Victoria s'arrêta, son sang se glaça.

— Tu ne devrais pas te préoccuper de ça.

— Je ne m'en préoccupe pas. Je sais que c'était indépendant de ta volonté. Je sais que tu es une excellente chirurgienne. C'est pour ça que mon frère t'aime.

Elle déglutit, s'efforçant de ne pas réagir à ce dernier propos.

— Hum. Je vois qu'on injecte des analgésiques tôt, ici.

— J'ai confiance en toi, Vic, déclara Marcus avec un sourire. Je suis entre de bonnes mains.

— Merci.

L'anesthésiste prit le relais, et Marcus fut endormi.

Victoria prit une nouvelle grande inspiration apaisante tout en observant le champ opératoire.

Elle allait y arriver. Elle l'avait déjà fait. Elle était une bonne chirurgienne. L'opération de l'ambassadeur avait beau s'être mal terminée, jamais elle n'avait douté de ses compétences. Elle savait qui elle était et de quoi elle était capable. Elle maîtrisait parfaitement cette opération. Elle l'avait réalisée de nombreuses fois. Elle était la meilleure spécialiste en transplantation de New York. C'était pour cette raison que l'ambassadeur était venu dans son hôpital et l'avait voulue, elle.

Il s'agissait du jumeau de Matthew. Elle allait prendre soin de lui et s'assurer que ce don qu'il faisait permette à Mme Van Luven de survivre.

— Scalpel.

Pendant qu'elle travaillait, elle songea à toutes les vies qui seraient sauvées grâce à ce domino. Toutes les familles heureuses qui ne perdraient pas un être cher.

Sauver des vies la rendait euphorique. C'était pour cela qu'elle avait voulu être chirurgienne. Pas pour le business. Pour aider les gens.

Le rein de Marcus était beau et sain. Elle le préleva et le mit dans la glace, l'arrosant de solution de conservation pendant qu'elle refermait l'artère.

C'est alors que l'histoire revint la frapper comme un boomerang, comme si le destin avait décidé une fois de plus de la tester.

Les moniteurs suivant les fonctions vitales de Marcus sonnèrent l'alarme.

— Sa saturation dégringole. La pression sanguine est basse, annonça l'anesthésiste.

Elle entendit son pouls marteler dans ses oreilles alors que l'artère commençait à se dilater et à saigner.

Il y avait un caillot.

— Allez, Marcus.

Le bip insistant des moniteurs résonnait dans sa tête, mais elle refusa de se figer. C'était le jumeau de Matthew. Elle n'allait pas le laisser mourir.

L'alarme d'électrocardiogramme plat se dissipa, et elle poursuivit sa tâche, trouvant le caillot et l'évacuant. Le saignement ralentit, et les moniteurs se turent.

— La pression sanguine remonte à la normale. Le patient est stable.

— Bien.

Sa voix tremblait tandis qu'elle terminait son travail. Tout son corps tremblait, à part ses mains, mais elle n'avait pas le temps de céder à la fatigue.

Marcus était stable, et elle avait un rein à livrer.

— Docteur Gainsbourg, finissez ici, s'il vous plaît.

— Oui, docteur Jensen.

Marcus était tiré d'affaire, et elle devait se préparer pour la prochaine intervention. Elle voulait apporter le nouveau rein de Mme Van Luven à Matthew et lui faire savoir que Marcus allait bien. Elle ne comprenait peut-être pas leur dynamique fraternelle, mais elle voulait qu'il sache que tout se passait correctement et que son frère se rétablirait.

Elle porta le rein dans la salle d'opération suivante, où Matthew s'occupait de Mme Van Luven.

— Je t'attendais plus tôt, fit-il remarquer à son entrée.

— Il y a eu une complication.

— Quoi ? s'exclama-t-il, les yeux écarquillés.

— Un caillot sur la ligne de suture. Mais ça va, maintenant.

— Il va bien, alors ? demanda-t-il, de la peur dans la voix.

— Parfaitement bien. Mme Van Luven est prête pour son nouveau rein ?

— Plus que prête.

Elle remit le rein à l'interne qui assistait Matthew. Elle resta ensuite à regarder, car elle disposait d'un peu de temps avant la prochaine intervention, le donneur de Jonas venant tout juste d'être amené au bloc. Elle vit Matthew soulever délicatement le rein de son frère et le greffer dans le corps de Mme Van Luven. Elle se pencha, observant avec attention pendant que Matthew terminait de le suturer et retirait le clamp.

Elle retint son souffle quand Matthew toucha le rein du doigt. Le rose colora l'organe tandis que le sang commençait à circuler, et il y eut un petit jet d'urine, ce qui était bon signe.

— Excellent travail, docteur Olesen.

— Merci, docteur Jensen.

Soulagée, elle quitta la salle d'opération en souriant.

Les choses se présentaient mieux qu'elle ne l'aurait cru. Sa journée de chirurgie ne faisait que commencer, mais c'était un excellent début.

Lorsque Matthew eut terminé avec Mme Van Luven, il passa à l'opération suivante, même s'il n'avait qu'une envie depuis que Victoria lui avait parlé du caillot – se précipiter en salle de réveil pour voir Marcus.

Mais Marcus était stable, Matthew savait que son frère le tuerait s'il ne restait pas pour finir le domino, et il ne pouvait pas laisser tomber Victoria ni l'équipe.

Sa vie avec son frère défilait devant ses yeux, et il regrettait toutes ces années qu'ils avaient perdues à se bagarrer.

Il ne laisserait pas tomber.

C'était une longue journée, et il n'avait plus l'habitude de réaliser des opérations consécutives, mais il n'aurait pas voulu être ailleurs. C'était là qu'était sa place, à travailler aux côtés de Victoria.

Sauf qu'elle ne voulait pas rester. Le monde saurait bientôt que ce domino avait été un succès, et elle partirait. Elle le lui avait bien fait comprendre : lorsque New York appellerait, elle s'en irait.

Tout était enfin terminé. Les receveurs et les donneurs étaient sous surveillance en salle de réveil ; les receveurs seraient ensuite transférés dans l'unité de soins intensifs. Matthew avait entendu dire que Marcus avait été ramené dans sa chambre, comme le seraient les autres donneurs.

Il s'étira le dos et erra dans les couloirs à la recherche de Victoria, mais il ne la trouva pas, or il devait bientôt aller parler de l'opération à la presse.

Il finit par la trouver dans la salle des médecins, appuyée contre un mur, les yeux fermés, visiblement épuisée.

— Te voilà, dit-il, le cœur gonflé d'émotion.

Elle avait si bien travaillé aujourd'hui. Tant de vies sauvées. Il aurait aimé qu'elle reste pour leur hôpital. Il aurait aimé qu'elle reste pour lui.

Mais il ne pouvait pas le lui demander.

Elle ouvrit un œil et le regarda.

— Si tu cherches ta séance de sexe habituelle pour fêter ça, va voir ailleurs. J'ai besoin de dormir.

— L'idée m'a traversé l'esprit, rétorqua-t-il en riant.

Elle sourit faiblement.

— Comment va tout le monde ?

— Bien. Ils sont stables. Y compris Marcus.

— Tu es allé le voir ? demanda-t-elle d'un ton las.

— Non. Mais je vais bientôt le faire.

— Parfait.

— La presse veut nous parler.

— Évidemment, gémit Victoria.

— Je peux leur parler seul, si tu veux aller dormir.

— Ça ne t'ennuie pas ?

— Non. Pas du tout. Je suis le chef de la chirurgie, c'est mon travail habituel.

— C'est juste que je ne veux pas de questions sur l'ambassadeur. J'ai dit ce qui s'était passé, mais la presse paraît s'en moquer. Je préfère ne pas les voir.

— Va dormir. Je m'en occupe.

— Super. Je vais dans une salle de garde, donc tu peux me trouver là au besoin. Je ne pars pas d'ici tant que tout le monde n'est pas sorti de la salle de réveil.

Victoria s'éloigna d'un pas traînant vers une salle de garde, et il se dirigea vers la salle de presse de l'hôpital.

Les journalistes allaient être déçus. Il savait que c'était à elle qu'ils voulaient parler, surtout à cause de ce qui s'était passé à New York, mais il ne voulait pas que le monde se concentre sur ce qu'elle avait fait dans le passé. Il voulait qu'ils se concentrent sur le bien qu'elle avait fait aujourd'hui.

Peut-être que lui aussi avait besoin de laisser le passé derrière lui ?

Chassant cette pensée, il rajusta sa blouse blanche et entra dans la salle où attendaient les journalistes.

12.

Victoria essayait de dormir, mais son téléphone ne cessait de biper. Finalement, elle renonça et ouvrit sa boîte mail.

Il y avait des messages de Paul et du conseil d'administration de l'hôpital disant qu'elle était autorisée à revenir et à reprendre ses fonctions.

Cela la contraria.

Le conseil d'administration ne l'avait pas suppliée de revenir quand l'enquête l'avait mise hors de cause. Était-ce uniquement parce qu'elle s'était « rachetée » avec l'opération en domino qu'ils souhaitaient son retour ? C'était presque comme s'ils avaient attendu de voir comment cette opération allait se dérouler. Elle avait l'impression qu'ils n'étaient pas vraiment de son côté, et ça la mettait en colère.

Retourner à New York avait été son unique désir depuis qu'elle était venue à St. Thomas. Alors, pourquoi Matthew était-il la seule chose à laquelle elle parvenait à penser maintenant ?

Peut-être parce qu'il avait eu foi en elle dès le début.

Matthew était le genre d'homme qui voulait une femme pour toujours, et elle n'était pas sûre de pouvoir offrir cela à quelqu'un.

Tu pourrais si tu n'avais pas si peur.

Elle avait peur. L'idée de dépendre de quelqu'un d'autre ou que quelqu'un dépende d'elle la terrifiait. Elle ne voulait pas décevoir. Elle ne ferait de mal à personne s'il n'y avait qu'elle. Elle n'aurait à s'inquiéter que d'elle-même, et si elle mourait, elle ne laisserait personne derrière elle. Personne n'aurait à la pleurer. Elle ne manquerait à personne.

Il n'y aurait pas d'enfants qui pourraient se retrouver dans des foyers d'accueil comme cela avait été le cas pour elle. Même si une partie d'elle voulait cette famille. Ce *vrai* foyer.

Elle voulait tout ça, mais elle était terrifiée à l'idée de le perdre si elle tentait sa chance. Elle était terrifiée à l'idée que Matthew la quitte. Il l'avait déjà quittée une fois.

Elle posa son téléphone et se roula en boule sur le côté pour essayer de dormir, mais elle n'y parvint pas malgré son épuisement. Dans la solitude de la petite salle de garde, elle avait l'impression d'être à nouveau cette enfant effrayée, seule, désirant si fort une famille et sans personne pour l'aimer.

Elle avait brisé le cœur de Matthew dix ans plus tôt. S'il l'aimait réellement, alors elle avait tout gâché à l'époque, mais elle était heureuse qu'ils soient encore amis. Elle n'avait pas besoin de plus que ça.

Menteuse.

On toqua à la porte, et Matthew passa la tête.

— Tu es réveillée ?

— Oui. Je n'arrive pas à dormir.

— La conférence de presse est terminée. Le monde entier sait que tu as réussi.

— Merci, murmura-t-elle en toute sincérité.

Matthew venait toujours à sa rescousse. Elle ne méritait pas un homme comme lui.

Il entra et ferma la porte.

— Je suis passé voir Mme Van Luven. Elle produit de l'urine jaune, et son taux de créatinine est le meilleur que j'aie vu depuis son admission.

— C'est merveilleux !

— Je savais que ça te ferait plaisir. Sa famille est aux anges.

Elle sentit sa gorge se serrer.

Mme Van Luven avait une famille qui l'attendait. Chacun des donneurs et des receveurs avait quelqu'un qui tenait à lui, car même si Matthew refusait de l'admettre, il tenait à Marcus.

Si c'était elle, elle n'aurait personne sur qui compter. Elle n'avait jamais eu personne sur qui compter.

Sauf Matthew. Mais elle ne pouvait pas rester ici et risquer son cœur. Elle devait retourner à New York.

Elle se réjouissait pour ses patients. Leurs vies étaient sauvées, leurs familles indemnes, c'était pour cela qu'elle était chirurgienne. Elle était peut-être seule, mais elle sauvait des vies.

— Je suis contente qu'ils soient heureux.

Elle tapota le lit près d'elle.

Elle voulait que Matthew la rejoigne. Bien qu'elle ne doive pas tenter le destin, elle avait à nouveau envie de lui. Pour oublier sa solitude, sa tristesse que son séjour ici soit presque terminé. Elle voulait faire l'amour une dernière fois avant de retrouver à New York sa vie solitaire et vide.

Matthew s'assit à côté d'elle. Il lui frotta le dos.

— Merci pour toute ton aide, chuchota-t-il. Tu as été extraordinaire. Tu es une chirurgienne si talentueuse. Tu m'impressionnes.

Il lui caressa le visage, et elle frémit de tout son corps.

— N'empêche, je n'aurais pas pu le faire sans toi.

Il était tout pour elle, mais elle ne pouvait pas dire cela à voix haute. Alors à la place, elle l'embrassa, mettant dans ce baiser tout ce qu'elle ne pouvait pas dire.

— Victoria, murmura-t-il contre ses lèvres.

— J'ai envie de toi, Matthew.

Et pas juste pour cette nuit. Elle le voulait pour toujours, mais elle avait trop peur pour tenter sa chance.

Matthew alla verrouiller la porte puis ôta sa blouse blanche tandis qu'elle enlevait sa tenue chirurgicale.

Ce soir, elle voulait de l'intense, du passionné, du torride.

Son corps tremblait de désir, son pouls battait fébrilement, anticipant ce qui allait venir.

Elle était prête pour lui. Son corps brûlait d'envie de lui.

Même si elle savait qu'elle ne devrait pas faire ça, elle tenta de se convaincre que ce serait un adieu parfait.

Très vite, ils furent nus dans les bras l'un de l'autre, bouche contre bouche tandis qu'il la poussait contre le mur.

Il jura entre ses dents.

— Quoi ?

— Je n'ai pas de préservatif.

— Pas grave. Je prends la pilule.

Elle n'avait pas envie qu'il s'arrête. Elle préférait cumuler pilule et protection, mais cette fois elle voulait le sentir tout entier.

— Tu es sûre ?

— Absolument.

Il glissa une main entre eux tout en la plaquant contre le mur. Il la touchait, suscitant des fulgurances de plaisir grisant à travers son corps. Elle effleura son sexe. Il était dur et tendu pour elle.

Matthew la souleva dans ses bras, et elle enroula les jambes autour de sa taille tandis qu'il plongeait en elle.

— Pourquoi est-ce que je te veux à ce point ? gémit-il dans son cou. Tu absorbes toutes mes pensées.

— Moi aussi je te veux, murmura-t-elle contre sa bouche alors qu'il s'enfonçait plus loin en elle.

Elle voulait lui dire ce qu'elle ressentait. Elle voulait qu'il sache qu'elle l'aimait et qu'elle l'avait toujours aimé.

Comme elle ne pouvait pas le formuler, elle se reput de la sensation qu'il la prenait comme elle l'avait toujours voulu.

— C'est si bon d'être en toi, gémit-il.

— N'arrête pas, cria-t-elle, agrippée à lui.

Elle était faible face à lui. Elle l'avait toujours été. Elle croyait être forte, mais ce n'était pas vrai. Les larmes lui piquèrent les yeux.

Elle ne voulait pas pleurer. Pas maintenant. Pas avec lui enfoui en elle !

Elle jouit rapidement, et il la suivit.

Alors, les larmes se mirent à couler. Elle ne pouvait plus les retenir. Elle avait l'impression que son corps n'avait plus de consistance. Elle était à sa merci, et ça la terrifiait. Elle détestait et adorait ça en même temps.

— Victoria ? chuchota-t-il. Ça va ?

Elle essuya ses larmes et répondit :

— Non. Je suis fatiguée, Matthew.

Ce qu'elle ne disait pas, c'est qu'elle était fatiguée d'être seule. Fatiguée de combattre ses sentiments pour lui.

Matthew l'embrassa doucement et la porta sur le lit.

— Pourquoi tu ne dors pas ? demanda-t-il.

— Je ne veux pas dormir.

Matthew était le seul qu'elle voulait. Le seul et unique. Elle était fichue. Si elle dormait, après, elle se réveillerait, et le rêve aurait pris fin. Tout serait terminé, et elle ne le voulait pas.

Alors elle l'embrassa encore et encore, rallumant son désir. Son besoin d'elle.

— Victoria, je ne me lasse pas de toi.

— Tu veux que j'arrête ? demanda-t-elle en le caressant.

— Oh non, surtout pas.

La part rationnelle en elle lui disait d'arrêter, mais elle en était incapable. Elle voulait que ça ne s'arrête jamais. Elle voulait que ça dure toujours, et en même temps elle était terrifiée par ce que cela signifiait et par ce qui allait arriver.

Matthew s'était assoupi avec Victoria dans ses bras.

Cela semblait si juste de la tenir ainsi…

Que faisait-il ? Il s'exposait à un chagrin d'amour. Le monde entier savait désormais que Victoria avait réussi cette opération en domino. Ce n'était qu'une question de temps avant qu'elle reparte à New York. Elle lui avait clairement fait comprendre que sa vie était là-bas. Or, perdre Victoria et Kirsten en une seule vie lui suffisait en termes de chagrin.

— Tu es réveillé ? demanda-t-elle.

— Oui.

— Il faut qu'on parle, déclara-t-elle en se redressant.

Un frisson de crainte lui parcourut l'échine.

— Je sais. New York t'a contactée, n'est-ce pas ?

— Oui. Ils veulent que je revienne le plus tôt possible. Apparemment, ils souhaitent que j'organise un domino.

Voilà, ça y était. Il s'y attendait, mais il était en colère que ça recommence. Elle choisissait New York plutôt que lui.

— Bon.

Il sortit du lit et commença à se rhabiller. Son cœur était aussi lourd qu'une pierre, et il se maudit de s'être à nouveau laissé accaparer par elle. Il était un imbécile.

— De toute façon, on a dit tous les deux que ceci était temporaire, ajouta-t-il.

— En effet, admit Victoria, l'air déçu.

— Ils veulent que tu rentres quand ?

— Il y a un vol dans la matinée.

— Et *quid* des patients en soins intensifs ? s'enquit-il d'une voix glacée.

— Les patients ? Ils sont stables, et dans un bon hôpital. Je t'avais dit que je resterais pour cette opération. Je l'ai fait.

— Très bien, lâcha-t-il, terminant de s'habiller.

— Très bien ? répéta-t-elle, semblant un peu perdue. Tu ne veux pas que je reste jusqu'à ce que les patients soient vraiment stabilisés ?

— Ce n'est pas la peine. On peut s'en occuper.

— Tu ne penses pas que je devrais rester ?

— Pourquoi ? Tu peux partir, Victoria. Je te donne une porte de sortie. C'est bien ce que tu veux. Une échappatoire.

Bien qu'il n'ait aucune envie qu'elle la saisisse, il ne pouvait pas lui demander de rester si elle ne le voulait pas. Il le voyait bien, New York venait en premier, sa carrière venait en premier.

— Une échappatoire ? murmura-t-elle.

— Tu ne veux pas retourner à New York ? C'est ce que tu as toujours voulu. C'est pour ça que tu as mis un terme à notre histoire il y a dix ans.

— Tu sais très bien pourquoi j'ai pris ce poste ! Toi, tu as eu une enfance privilégiée avec une famille qui t'aimait. Moi, je n'avais rien.

— Je l'ignorais à l'époque.

— Tu le sais aujourd'hui. Rien n'a changé, Matthew.

— Tu te moques de moi, n'est-ce pas, Victoria ?

— Non. Je n'ai personne. Je n'avais personne.

— Tu m'avais moi.

— Ça ne suffisait pas, répliqua-t-elle d'une voix tremblante. J'avais besoin de ce travail.

— Plus que de moi.

— Oui, admit-elle. L'amour n'est pas sûr. De plus, tu n'es pas resté pour moi. Tu m'as quittée aussi.

— Eh bien, alors, tu dois rentrer. New York est important pour toi. Tu n'as pas à t'inquiéter de moi. J'ai tourné la page après toi autrefois, je peux le refaire.

— Et c'est tout ? lança-t-elle en enfilant ses vêtements.

— Qu'est-ce que tu veux de plus ?

— Je ne sais pas. Je ne m'étais pas rendu compte à quel point je t'avais fait du mal. Je te demande pardon.

— Je vais bien, répliqua-t-il. Ça va aller. Je savais dans quoi je m'engageais.

— Je ne crois pas. Tu as été blessé, et tu as perdu Kirsten.

— Arrête. Je vais bien. On ne s'est fait aucune promesse, Victoria. Tu es libre de partir.

Elle hocha la tête, mais ses lèvres tremblaient.

— Eh bien, si je suis libre de partir… Je m'en vais.

Elle passa devant lui et quitta la salle de garde.

Il la regarda s'éloigner, le cœur serré.

Il ne voulait pas qu'elle s'en aille, mais il ne pouvait pas la laisser rester. Ce n'était pas ce qu'elle désirait. Seul comptait New York. Quand elle était arrivée ici, de retour dans sa vie, elle n'avait pas caché le fait qu'elle voulait y retourner dès que possible.

Il lui donnait une porte de sortie. Il la laissait partir avant de la perdre.

Qui disait qu'il la perdrait ?

Il refoula cette pensée. Envisager autre chose était trop effrayant. Il était maudit en ce qui concernait l'amour. Il ne pouvait pas risquer d'avoir à nouveau le cœur brisé.

Sauf qu'il était brisé. Il l'aimait encore. Il avait beau vouloir le nier, il l'avait toujours aimée, et il l'avait perdue une nouvelle fois parce qu'il avait peur.

Il erra dans l'hôpital jusqu'à ce que le jour se lève et finit par gagner l'étage où les patients du domino se remettaient de l'opération.

Marcus était assis dans son lit, zappant entre les chaînes de télévision. Il leva les yeux quand Matthew entra.

— Hé, lança-t-il d'une voix faible.

Il était pâle, et quand Matthew consulta son dossier, il vit que son frère avait perdu beaucoup de sang durant l'opération. Il avait failli mourir !

— Comment tu te sens ?

— Très bien. Uniquement grâce aux antalgiques, répondit Marcus en grimaçant. Mais Vic a fait du super boulot.

— Oui.

— Qu'est-ce qui se passe, Matthew ?

Ils étaient proches autrefois. Il était las de se cacher de son jumeau. Il avait raté trop de choses en essayant de s'occuper de son frère au lieu d'être son ami.

— Victoria et moi avons eu une liaison il y a dix ans.

— Quoi ? fit Marcus, les yeux écarquillés.

— On était internes ensemble à Manhattan. Tous deux en compétition pour le même poste. On le lui a offert. Elle l'a pris, et ça a mis fin à notre histoire. J'étais en miettes.

— Tu l'aimais ?

— Oui.

— Et tu l'aimes toujours, dit Marcus en l'étudiant.

— Oui, mais elle ne m'aime pas.

— Comment tu le sais ? Tu lui as demandé ?

— Non, mais je le sais.

— J'avais oublié que tu étais omniscient.

— Crois-moi. Sa carrière est ce qui compte le plus pour elle. Elle retourne à New York.

— Tu es une poule mouillée, déclara Marcus avec un sourire narquois, avant de grimacer de nouveau.

— Pardon ?

— Une poule mouillée. Tu te contentes de supposer. Pourquoi tu l'as quittée la première fois ? Tu aurais pu rester et te battre pour la garder. New York est une grande ville. Tu aurais pu avoir un autre travail. Au lieu de ça, tu es rentré ici.

— C'est ici que j'ai rencontré Kirsten.

— Et elle était merveilleuse. Mais elle n'est plus là, et elle ne voudrait pas que tu sois malheureux le restant de ta vie. J'ai essayé de te le dire maintes fois, mais tu crois toujours que je ne connais rien à rien.

— Qu'est-ce que tu connais à l'amour et à la perte ? Tu passes de femme en femme.

Marcus plissa les yeux.

— J'ai déjà aimé et perdu. Forcément, tu n'en sais rien parce que tu ne me parles jamais. Je l'ai déjà dit et je le répète, tu as plus tenté d'être mon parent que mon frère.

— Je sais, admit doucement Matthew.

Marcus fit une nouvelle grimace de douleur, et Matthew vérifia son dossier.

Il était temps de remettre de la morphine dans sa perfusion. Il prépara la fiole.

— Super. Maintenant, tu vas me tuer, railla Marcus.

— Je ne suis pas complètement idiot, la morphine se détecte dans une autopsie.

Ils échangèrent un sourire pendant qu'il injectait l'analgésique dans la perfusion de son frère.

— Matthew, tu aimes Vic. À mon avis, depuis toujours.

C'était un simple constat, et une chose de plus qu'il avait ignorée si longtemps. Il avait cru que, en faisant cela, il n'aurait plus mal. Mais ça ne marchait pas comme ça. Il avait rencontré Kirsten et l'avait profondément aimée, mais il n'avait jamais cessé d'aimer également Victoria. Son cœur ne l'avait pas oubliée malgré tous ses efforts.

Il détestait que Marcus ait raison.

— Tu es plus sage que tu ne le montres, Marcus.

— Je sais, riposta ce dernier en souriant largement.

La morphine commençait à faire son effet.

— Je te demande pardon de t'avoir ignoré et d'avoir été si distant. Tu as raison, je ne suis pas ton père. Je vais m'améliorer. On a perdu trop de temps tous les deux. Je veux être ton ami. Quand j'ai appris pour ta complication durant l'opération, j'ai eu très peur.

— Moi aussi, je veux être ton ami. Je ne veux pas que tu t'occupes de moi, je peux le faire moi-même. Tu m'énerves, mais je tiens à toi, Matthew. Ça fait cinq ans que tu es malheureux. Tout comme tu étais malheureux avant que Kirsten entre dans ta vie. Je veux juste que tu sois heureux.

— Et si Victoria ne veut pas de moi ?

— Alors, tu seras fixé.

— Merci, mon pote. Je suis fier de toi, tu sais.

— C'est ça, marmonna Marcus, dans les vapes, dis-le-moi quand tu es sûr que je ne m'en souviendrai pas.

— Justement, répliqua-t-il avec un petit rire.

Marcus s'assoupit, et Matthew resta un peu avec lui avant de quitter la chambre.

Son frère avait raison : il aimait Victoria. Il l'avait toujours aimée. Il aurait pu rester à New York, au lieu de partir parce qu'il se sentait rejeté. Il ne savait pas encore ce qu'il allait faire, mais il était certain d'une chose : il était prêt à souffrir si cela signifiait une chance de la retrouver.

13.

Victoria regardait la pluie derrière la baie vitrée de la salle de réunion où elle attendait.

Elle tombait en continu depuis son retour à Manhattan, trois jours plus tôt. Des trombes et des trombes d'eau. Atroce.

Auparavant, elle ne se souciait pas du temps bruineux de New York, mais aujourd'hui, le soleil et la mer de St. Thomas lui manquaient, et elle aurait préféré voir la verdure et les couleurs éclatantes plutôt que la jungle de béton qui s'étalait devant ses yeux.

Bien sûr qu'elle n'avait jamais prêté beaucoup d'attention au temps quand elle vivait à New York – elle était toujours trop occupée par le travail.

Et c'était ce qu'elle voulait.

On frappa à la porte, et Paul entra.

— Tu es bronzée et tu as l'air reposée ! dit-il gaiement.

— Il y a quelques jours, je réalisais une opération en domino épuisante. Je ne suis pas si reposée que ça.

— En tout cas, tu parais plus en forme que lorsque tu es partie, déclara Paul.

— J'étais inquiète pour ma carrière quand tu as suggéré que je parte prendre ta place à St. Thomas, corrigea-t-elle. J'avais sûrement l'air plus stressé, à ce moment-là.

— C'est possible, mais ce que tu as réussi dans cet hôpital du tiers-monde est impressionnant.

Elle se renfrogna.

— Ce n'est pas un pays du tiers-monde, c'est une partie des États-Unis. Instruis-toi. Tu parais bien ignorant.

— Peu importe, éluda Paul. Ce que je veux dire, c'est que cet hôpital n'a pas les mêmes équipements que nous ici.

Elle leva les yeux au ciel.

Elle écoutait d'habitude son mentor avec ferveur, mais là, elle n'arrivait pas à croire les bêtises qu'il débitait. Est-ce qu'elle avait été comme ça avant ? Aussi snob et imbue de ses prérogatives ?

— Le Ziese Memorial Hospital est à la pointe de la technologie, répliqua-t-elle, éprouvant le besoin de défendre l'hôpital… et Matthew.

Une fois qu'elle se serait remise au travail, elle espérait ne plus penser autant à Matthew. Elle aurait vraiment dû rester à l'écart de lui.

Mais alors, elle ne se serait pas rendu compte à quel point elle l'aimait encore même après toutes ces années.

Alors, pourquoi l'avait-elle quitté de nouveau ?

Elle refoula cette réflexion.

Cela n'avait pas d'importance. Ce qui était fait était fait. Elle s'était encore éloignée de lui, mais cette fois, c'est lui qui l'avait repoussée. Elle avait tenté de lui proposer de rester plus longtemps, mais il lui avait dit de s'en aller. Il lui avait fait comprendre qu'il ne voulait pas d'elle. Exactement comme ce qui s'était passé avec tous ses parents d'accueil, autrefois.

— Quand est-ce que je peux retourner au travail, Paul ?

— Eh bien, on t'a rappelée pour faire un domino, mais le conseil d'administration aimerait que tu organises une opération encore plus importante.

— Encore plus importante ? demanda-t-elle, stupéfaite.

— Avec plus que six donneurs.

— Je ne suis pas sûre que ce soit possible. On ne peut pas toujours assembler des paires pour ce type de chirurgie de transplantation. Parfois, les étoiles s'alignent, parfois non.

Paul lui jeta un regard noir.

— On est un des meilleurs hôpitaux de la côté Est. Tout le monde vient ici pour des transplantations.

— Oui, ceux qui en ont les moyens.

— C'est pourquoi nous ouvrons des places gratuites pour les cas *pro bono*. On veut élargir notre pôle et que tu montes une équipe chirurgicale spécialisée en domino qui surpasse tous les autres hôpitaux. Alors, tout le monde oubliera ce qui s'est passé avec l'ambassadeur.

Elle sursauta comme s'il lui avait envoyé une gifle en pleine figure.

— Tu *sais* que ce n'était pas ma faute. Tu connais les complications que j'ai rencontrées, et tu sais que je ne voulais même pas faire cette opération, pour commencer.

Paul et le conseil l'avaient poussée à la faire, elle le voyait maintenant. Et là, ils la poussaient de nouveau à faire autre chose. Quelque chose qu'elle ne voulait pas faire parce que ce n'était que pour de mauvaises raisons, sans se soucier des patients.

Elle croisa les bras.

— Je ne suis pas sûre d'être à l'aise avec l'idée de chercher des gens à mettre dans un domino ainsi que tu le suggères. Ça pourrait poser un problème avec l'UNOS.

— Victoria, c'est ta chance de revenir dans les bonnes grâces de l'hôpital qui a lancé ta carrière. Rappelle-toi que je t'ai tout appris, insista Paul comme si elle était une vilaine enfant.

Eh bien, elle avait fini d'essayer de lui plaire ou de l'impressionner. Elle avait fini d'essayer de prouver sa valeur à des gens indignes. Elle avait fini de s'accrocher à ce poste qu'elle avait gagné, car elle n'avait pas l'impression d'être une gagnante en cet instant.

— Et j'apprécie, crois-moi, rétorqua-t-elle. Mais, en toute conscience, je ne peux pas faire ça.

— Qu'est-ce que tu es en train de dire, Victoria ?

Son cœur se mit à battre très fort.

Elle ne savait pas ce qu'elle était en train de dire. Ce poste était tout ce qu'elle avait toujours voulu. Ce pour quoi elle avait travaillé si dur depuis qu'elle avait obtenu sa première bourse pour l'école de médecine. Ça avait été son seul but lorsqu'elle était interne et qu'elle était tombée amoureuse de la chirurgie de transplantation. Mais elle ne s'était pas rendu compte que, au cours de ses années ici, elle avait perdu sa passion pour la chirurgie et que c'était devenu une sorte de business. Et elle détestait cela.

Même si ça la terrifiait, elle savait ce qu'elle devait faire. Elle devait prendre le risque.

— Je ne peux pas le faire, Paul.

— Comment ça ? demanda-t-il, courroucé.

— J'ai besoin que l'institution où je travaille me soutienne. Si l'hôpital me réclame quelque chose de spécifique que je ne peux pas contrôler et où je ne me sens pas à l'aise, alors je dois me demander ce que je fais là.

— Tu es en train de me dire que tu veux démissionner ?

— Oui.

Sa voix tremblait un peu. Elle n'arrivait pas à croire qu'elle faisait ça. Toute sa vie avait été centrée sur le maintien de son emploi parce que c'était la sécurité. Elle ne voulait compter que sur elle-même, parce que alors elle n'aurait qu'elle-même à décevoir. Sauf qu'elle se rendait compte à présent que ce n'était pas une façon de vivre sa vie.

— Victoria, pas de précipitation. Réfléchis bien à tout ça.

— C'est tout réfléchi.

Elle regrettait juste de ne pas l'avoir compris plus tôt.

— Victoria, reviens à la raison ! insista Paul.

— C'est fait. Je démissionne, et comme je ne peux pas faire mon préavis parce que ça dérange le conseil d'administration que j'exerce, sauf pour ce qu'il veut que je fasse, je suppose que je peux partir maintenant.

Sa main tremblait quand elle ôta son badge et le posa sur la table. Gardant la tête haute, elle quitta la pièce.

Elle avait le ventre noué, mais elle savait qu'elle faisait ce qu'il fallait.

Elle allait retourner à St. Thomas. Matthew ne voulait peut-être plus d'elle, mais elle devait lui dire ce qu'elle ressentait. Elle avait été idiote, et elle allait remettre certaines choses en ordre. Lui expliquer ce qu'elle avait ressenti toutes ces années. Si elle voulait avoir une chance de bonheur avec lui, elle devait arrêter d'avoir peur de ce qui pouvait arriver.

Elle était restée figée à côté de la vie depuis trop longtemps sans s'en rendre compte.

Elle rassembla ses affaires, sortit de l'hôpital et sauta dans le premier taxi qui passait, qui la déposa devant l'immeuble de Central Park West où elle avait son appartement.

Son cœur fit un bond quand elle vit Matthew appuyé contre le mur de l'entrée, le regard fixé sur elle.

— Matthew ? demanda-t-elle, incrédule.

— Salut.

— Tu es là depuis combien de temps ?

— Quelques heures. Je me suis un peu baladé. Je revenais sans arrêt vérifier auprès de ton portier si tu étais rentrée.

— Tu comptais attendre ici toute la journée ?

— S'il le fallait, répondit-il en souriant. Tu veux faire une petite promenade ? La pluie a cessé.

Elle confia le carton de ses affaires au portier, qui accepta volontiers de les garder dans son bureau jusqu'à son retour, et Matthew et elle marchèrent silencieusement côte à côte sur le trottoir en direction de Central Park.

Le soleil émergeait de derrière les nuages sombres.

— Pourquoi es-tu là ? demanda-t-elle enfin.

— Tu es contrariée de me voir ?

— Non. Juste surprise.

— Eh bien, je suis venu te proposer un job. Mon conseil d'administration était furieux contre moi pour t'avoir laissée repartir à New York sans te faire au moins une offre.

— Tu aurais pu me l'envoyer par mail. Tu n'avais pas besoin de venir ici.

— Je sais. Marcus voulait aussi que je te transmette son appréciation pour le peu de cicatrices que tu lui as laissées. Il est très impressionné par ton travail.

Victoria éclata de rire.

— C'est un grand compliment, je suppose.

— De la part de Marcus, énorme.

— Vous vous êtes réconciliés ?

— En quelque sorte. Il nous reste beaucoup de chemin à faire, mais je pense qu'on est sur la bonne voie.

— Tu as vraiment fait des milliers de kilomètres juste pour me proposer un travail et me dire que Marcus et toi vous êtes réconciliés ? lança-t-elle d'un ton moqueur.

— Si c'était le cas, tu dirais quoi ?

— Que tu es dingue !

Il lui adressa ce demi-sourire qu'elle aimait tant.

— Alors, pourquoi es-tu réellement venu ? insista-t-elle.

— Je veux récupérer ma chirurgienne de transplantation.

Son cœur se mit à battre la chamade.

— Uniquement ta chirurgienne ?

— Non, murmura-t-il. Je veux que tu reviennes.

Sa gorge se serra. Les larmes lui piquèrent les yeux.

Matthew lui prit la main.

— Tu trembles.

— Il s'est passé beaucoup de choses aujourd'hui, dit-elle.

— Je t'aime, Victoria. Je t'aime depuis longtemps, et je n'aurais pas dû te quitter il y a dix ans.

— Tu ne m'as pas quittée. C'est moi qui t'ai préféré un poste.

Matthew lui sourit, effleurant son visage avec douceur.

— J'aurais pu rester à New York et obtenir un poste dans un autre hôpital pour rester avec toi. Mais je t'ai abandonnée.

— Non. Je t'ai repoussé. Je ne me souciais que du travail. Si tu avais fait ça, tu crois qu'on serait restés ensemble ? Notre relation avait débuté par le sexe et la compétition. Pas des bases vraiment solides.

— N'empêche. J'aurais dû rester. Je t'aimais, et je ne me suis pas battu pour te garder. Je suis désolé.

— Et moi, je suis désolée d'avoir choisi quelque chose de superficiel plutôt que toi, parce que je t'aime. Tu m'as manqué, et je veux fonder une famille avec toi.

Matthew l'attira dans ses bras et l'embrassa, et elle se serra contre lui, le cœur fondant d'amour et de bonheur.

— Je t'aime aussi, Victoria. J'irai n'importe où pour être avec toi. Même ici.

— Non. Je veux retourner à St. Thomas et travailler avec le meilleur chef de la chirurgie de l'île.

— Marché conclu, dit-il avec un immense sourire. Mais j'ai une condition avant de t'accorder le poste.

— Oh ? fit-elle, curieuse. Quelle condition ?

— Que tu m'épouses.

— Je crois que je peux accepter le poste à cette condition.

Matthew l'embrassa de nouveau.

— Je t'aime, Victoria.

— Je t'aime, Matthew.

Elle lui prit la main et l'entraîna vers son appartement.

Elle était prête à recommencer sa vie au paradis.

Épilogue

Un mois plus tard, St. Croix

Matthew attendait sa future épouse. Son pouls battait très fort, non parce qu'il était nerveux, mais parce que c'était tout ce qu'il avait toujours voulu.

Juste lui et Victoria.

Ses parents regardaient le mariage depuis leur bateau de croisière. Ils avaient proposé de rentrer en avion, mais il leur avait dit que ce n'était pas nécessaire. Ils l'aimaient et le soutenaient, mais c'était mieux qu'il n'y ait que lui, Victoria, Marcus comme témoin et le célébrant. Pas de chichis, juste eux et le cadre magnifique du château familial, car ses parents avaient donné leur bénédiction pour que ce mariage très simple y ait lieu.

Marcus escorta Victoria hors de la maison, et le souffle de Matthew se coupa dans sa gorge.

Elle portait un simple fourreau blanc, mais elle était époustouflante car elle était à lui. Marcus souriait derrière la nouvelle barbe qu'il s'était laissé pousser afin que Victoria ne risque pas de l'embrasser à nouveau par erreur.

Il semblait avoir encore un peu mal alors qu'il accompagnait Victoria à l'autel. Ce n'était pas surprenant, car son opération remontait à un mois, mais le don de Marcus avait rendu une femme et une mère à sa famille.

Marcus lui remit Victoria avec un clin d'œil et s'assit.

Matthew prit la main de sa future épouse et constata qu'elle tremblait.

— Ça va ? murmura-t-il.

— On ne peut mieux.

Elle lui sourit, ses yeux bruns scintillant alors que le soleil se couchait sur la mer turquoise, remplissant le ciel de rose et d'or. C'était un soir parfait. Pas à cause du coucher de soleil, mais parce que Victoria était enfin à lui.

Le célébrant commença à parler, mais Matthew n'arrivait pas à se concentrer sur les mots qui sortaient de sa bouche. Il ne voyait que Victoria.

— Voulez-vous, Matthew Frederick Olesen, prendre Victoria Elizabeth Jensen pour épouse ?

— Oui, dit-il, et il glissa une alliance à son doigt.

— Et vous, Victoria Elizabeth Jensen, acceptez-vous de prendre Matthew Frederick Olesen comme époux ?

— Oui, dit-elle, et elle glissa une alliance à son doigt.

— Par les pouvoirs qui me sont conférés par le gouvernement des îles Vierges américaines, je vous déclare mari et femme. Vous pouvez embrasser la mariée.

Matthew prit Victoria dans ses bras et l'embrassa pendant que Marcus raccompagnait le célébrant. Matthew voulait que son frère parte aussi. Il avait des projets pour sa femme, et ils impliquaient juste eux deux, le jacuzzi et ensuite le lit.

— Merci, dit Matthew à Marcus quand il revint. Tu retournes à ton bateau, maintenant ?

— Sois gentil, protesta Victoria, en le poussant du coude.

— Mais je suis gentil !

Marcus leva les yeux au ciel.

— Je suis si heureux pour vous deux. Tu as intérêt à prendre soin de Vic, ou je te botterai les fesses.

— Ben voyons, j'aimerais t'y voir, railla Matthew.

— Hé, j'ai peut-être un rein en moins, mais je peux toujours te battre, hein.

— Il n'y aura pas de coup de pied aux fesses aujourd'hui, déclara Victoria.

— Pourquoi ? Parce que c'est le jour de ton mariage ? riposta Marcus sur le ton de la plaisanterie.

— Non, parce que tu te remets encore de l'opération, et je ne veux pas que vous abîmiez mon travail, répondit-elle.

Les deux frères éclatèrent de rire.

— Eh bien, toutes mes félicitations, les amis. Je viendrai vous rendre visite dans un mois ou deux.

Marcus les embrassa, leur adressa un dernier clin d'œil et s'éloigna.

Ils n'étaient plus que tous les deux, maintenant.

Matthew serra Victoria contre lui, et ils commencèrent à danser, comme lors de leur premier rendez-vous après qu'elle était revenue dans sa vie.

Cette fois, il n'avait pas à combattre tous ces sentiments mitigés. Ils étaient enfin ensemble.

— Tu veux danser toute la nuit ? demanda-t-elle en riant.

— Non. Je pensais qu'on pourrait essayer le jacuzzi.

— Hum. Ce n'est probablement pas la meilleure idée.

— Pourquoi ?

— Tu te rappelles que je me sentais malade il y a quelques jours ?

Il acquiesça, et elle le regarda avec insistance, s'attendant à ce qu'il en tire une conclusion, mais il ne saisissait pas.

— Matthew, tu es médecin. Réfléchis.

— Oui, mais… Oh ! s'exclama-t-il tandis que le déclic se produisait. Tu es sérieuse ?

Victoria hocha la tête et l'embrassa.

— Oui. J'en suis à environ cinq semaines.

— Cinq semaines. Cela nous ramène à…

— Je pense que c'est arrivé dans la salle de garde après le domino. Si tu te souviens, tu n'avais pas de préservatif, et la pilule n'est pas fiable à cent pour cent. On était d'humeur à faire la fête, cette nuit-là, bien qu'en manque de sommeil.

— C'était une nuit à fêter, dit-il d'une voix rauque.

— Tu es heureux ? Je sais qu'un enfant n'était pas dans nos plans immédiats…

— Je suis aux anges ! Mes parents le seront aussi.

Il l'embrassa de nouveau, plus longuement cette fois.

— Puisque le jacuzzi est exclu, tu as d'autres projets pour ce soir ? ironisa-t-elle quand ils reprirent leur souffle.

— Oh oui ! Le jacuzzi n'était que le plan numéro un.

Il la souleva dans ses bras, et elle rit, lui nouant les mains derrière la nuque.

— Alors, quels sont les autres ?

— Que, toi et moi, ça dure pour toujours.

Et après un autre baiser, il la porta vers le pavillon de la piscine, où il prévoyait de lui montrer à quoi ressemblait l'éternité avec lui.

Ils étaient enfin une famille.

Enfin ensemble.

Pour toujours.

AMY RUTTAN

Un mariage au paradis

Traduction française de

MARIE-JOSÉ LARMORLETTE

BLANCHE

HARLEQUIN

Titre original :
A RING FOR HIS PREGNANT MIDWIFE

1.

Marcus tressaillit en essayant de sortir de l'étroite couchette de son voilier. Son opération de transplantation remontait à huit semaines, mais l'incision cicatrisait encore.

Sa nouvelle belle-sœur, le Dr Victoria Jensen-Olesen, l'avait déclaré guéri, mais son corps ne se remettait pas aussi vite qu'il l'aurait aimé. Son frère, Matthew, dirait que c'était parce qu'il se faisait vieux, mais il était né vingt minutes avant Marcus, donc celui-ci pouvait lui retourner le compliment. Marcus était le jumeau le plus jeune et le plus en forme.

En théorie.

Il tressaillit de nouveau et attrapa un oreiller pour caler son côté.

Mince. Peut-être que Matthew a raison : je me fais vieux.

Il rit en se relevant. En vérité, il s'ennuyait ferme. Il avait dû prendre un congé le temps de se remettre, et Victoria l'avait prévenu : il ne pourrait reprendre son travail de généraliste que douze semaines après l'opération. Ce qui lui semblait une éternité.

Plus qu'un mois à tenir.

Tout ce qu'il souhaitait était de retourner à son cabinet. Le travail le gardait sain d'esprit.

Le travail et les femmes. Mais depuis que son filleul, Jonas, était tombé malade et avait eu besoin d'une greffe de rein, et que lui-même s'était porté volontaire pour donner le rein nécessaire à une opération en domino, il ne s'était pas beaucoup intéressé à des rendez-vous galants. D'ailleurs, il ne sortait jamais sérieusement avec une femme. Il avait fait cette erreur une fois, et cela lui avait servi de leçon.

Alors qu'il avait un peu plus de vingt ans, il était tombé

amoureux de Dawna, la fille la plus belle et la plus intelligente de la fac de médecine. Il lui avait livré son cœur.

Quand son frère était parti faire son internat en chirurgie à New York, Marcus avait suivi Dawna en Californie. Il avait pris un poste aux urgences d'un hôpital de San Diego. Il était devenu l'un des meilleurs urgentistes du service.

Il s'était dit que son avenir était tout tracé. Il allait ouvrir un cabinet à San Diego, puis il demanderait à Dawna de devenir sa femme. Hélas, il avait été dévasté lorsqu'elle l'avait quitté pour un chirurgien collet monté qui lui rappelait son frère jumeau. Perdre la femme de ses rêves au profit d'un homme qui ressemblait tant à Matthew avait brisé Marcus, parce qu'il avait passé une grande partie de sa jeunesse à s'entendre dire par ses parents qu'il devait essayer de marcher sur les traces de son frère.

Au lieu de s'incruster en Californie et de travailler avec Dawna et son nouveau mari, Marcus était rentré chez lui dans les îles Vierges pour lécher ses blessures, en se jurant de ne plus jamais mettre son cœur en jeu.

Chassant ces pensées, Marcus s'habilla lentement pour une autre journée passée à ne rien faire et à guérir.

— Ohé ! Tu es là, Marcus ? appela une voix depuis le quai.

Marcus pénétra dans la cambuse de son bateau, le *Tryphine,* et vit son meilleur ami, Chase Fredrick, le père de Jonas, qui le regardait d'en haut. Il souriait, mais Marcus s'aperçut aussitôt que quelque chose n'allait pas.

— Chase, ce n'est pas Jonas, n'est-ce pas ? Je pensais qu'il était toujours à Charlotte Amalie ?

Chase descendit les marches pour le rejoindre.

— Jonas est stable, grâce à la formidable opération réalisée par ton frère et ta belle-sœur. Il supporte bien ses médicaments antirejet et il doit sortir bientôt.

Marcus sourit.

— Heureux de l'entendre. En quoi puis-je t'aider, alors ?

— Tu n'as pas encore repris le travail, hein ?

— Non, fit Marcus. Je n'ai pas encore reçu l'autorisation d'exercer. Qu'est-ce qui ne va pas ? C'est Pepper ?

Pepper était la femme de Chase et la mère de Jonas. Elle attendait leur deuxième enfant. Elle avait eu des problèmes pour mettre Jonas au monde, aussi cette nouvelle grossesse rendait-elle le couple nerveux.

— En fait, il y a un problème. Tu sais que l'on manque de sages-femmes sur l'île de St. John, en particulier de sages-femmes capables de gérer le genre d'ennuis que Pepper a connus précédemment ?

— Oui.

Chase se massa nerveusement la nuque.

— Notre sage-femme, qui vient d'Angleterre et qui est tellement phénoménale, est sur le point d'être expulsée.

— Expulsée ? répéta Marcus, sidéré.

— Son visa touche à sa fin. Elle a déjà aidé des femmes comme Pepper et réussi à traiter des cas de pré-éclampsie et de drépanocytose. Elle en sait très long là-dessus et Pepper l'adore. Elle se fie complètement à elle et à personne d'autre.

— Eh bien, je suis désolé de dire qu'elle n'aura peut-être pas le choix, si cette sage-femme doit quitter le pays.

— C'est là que tu interviens, fit Chase avec nervosité.

— Que veux-tu dire ?

— Eh bien… je ne sais pas comment te demander ça, après tout ce que tu as déjà fait pour notre famille, mais je suis désespéré. Je n'ai pas d'autre ami célibataire.

Marcus s'assit, se préparant au pire.

— Chase… que me demandes-tu exactement ?

— Est-ce que tu pourrais envisager un mariage de complaisance ?

Marcus se mit à rire devant l'absurdité de la question.

— Sois sérieux.

— Je suis sérieux.

Marcus cessa de rire et regarda son meilleur ami en haussant un sourcil.

— Tu as été tellement stressé par tes allers-retours entre le

Ziese Memorial Hospital et chez toi, en t'occupant en plus d'une femme enceinte, que tu ne sais plus ce que tu dis.

— Si, je le sais !

— Alors tu es vraiment sérieux ? dit Marcus, incrédule.

— Tout ce qu'il y a de plus sérieux. Écoute, c'est le seul moyen pour qu'elle reste dans le pays. Tu sais que Pepper souffre de drépanocytose, et cette sage-femme est la meilleure que nous ayons vue. Je ne me fie à personne d'autre pour soigner Pepper.

Marcus soupira. C'était une requête de taille, mais il se rendait compte que Chase était désespéré. Et il savait que son ami avait certainement envisagé toutes les autres solutions avant de proposer cette idée. Il savait également que Chase, qui était au courant de son histoire avec Dawna, n'aurait pas fait une demande pareille si ce n'était pas sa dernière option possible.

— Les médecins de Charlotte Amalie pourraient prendre soin de Pepper, Chase.

— Je sais, mais Pepper se sent vraiment bien avec Alexis, et elle n'est pas sa seule patiente. Il y a d'autres femmes, et tout le monde adore Alexis dans l'île. Nous ne pouvons pas la perdre.

Marcus soupira de nouveau.

— Je ne sais pas… Combien de temps cela prendrait-il ? Combien de temps devrais-je rester marié à cette personne ?

— Deux ans, plus ou moins.

— *Deux ans ?*

Marcus secoua la tête.

— Je ne peux pas faire ça.

— Je sais que c'est une longue période.

— C'est plus que ça, c'est des années ! Pas des jours ou des mois, mais *des années* ! Peux-tu m'imaginer marié pendant si longtemps ? Je n'ai aucun désir d'avoir une femme ou d'être un mari. Réel ou imaginaire.

— Même pas un faux mari ? insista Chase avec espoir.

— Même pas. Faux ou imaginaire, c'est pareil. Non. Cela ne se peut pas.

— Je sais que tu as renoncé au mariage et aux relations durables il y a longtemps – au grand dam de Pepper.

Chase sourit et Marcus rit doucement.

Pepper essayait depuis des années de le caser avec la femme qu'il fallait, et il avait réussi à la rembarrer à chaque fois. La défunte épouse de Matthew, Kirsten, avait fait équipe avec elle pendant un certain temps, mais Marcus ne pouvait oublier combien Dawna l'avait fait souffrir.

Tu as peur. C'est tout.

Il chassa cette pensée.

— Qu'implique ce faux mariage ?

Chase sourit largement.

— Il donne droit à une carte verte valable deux ans. Ce qui signifie qu'Alexis pourra non seulement rester pour aider Pepper à accoucher, mais qu'elle pourra aussi suivre un grand nombre de futures mères pendant ce délai. Une fois qu'elle aura une carte pour dix ans, tu pourras rapidement divorcer.

— Tu sais que c'est de la fraude, n'est-ce pas ? demanda sèchement Marcus.

— Oui, mais je suis désespéré. Alexis est un atout inestimable pour Pepper et le milieu médical. Elle *mérite* de rester. Nous faisons juste ce qu'il faut pour qu'elle puisse continuer à s'occuper de femmes comme Pepper.

— Il faut vraiment que Pepper arrête de lire des romans d'amour. Je suis sûr que c'est là qu'elle est allée pêcher cette idée abracadabrante.

Chase rit.

— Elle est accro à Mills & Boon, que veux-tu que je te dise ?

Marcus se leva et soupira.

— Est-ce que cette Alexis est au courant de ce plan ?

— Pas encore. J'ai confiance, je crois que nous pourrons la persuader. Ensemble.

Marcus grimaça.

— Maintenant, je suppose ?

— Tu as quelque chose de mieux à faire ? Tu es en congé de convalescence.

— Tu es affreusement casse-pieds, aujourd'hui, Chase, ronchonna Marcus.

Chase eut un grand sourire.

— Pas plus que d'habitude.

Marcus secoua la tête et finit avec réticence de s'habiller.

— Tu as une grosse dette envers moi, Chase. Très grosse !

— Je sais.

Chase grimpa les marches et passa sur le pont pour laisser Marcus se préparer, mais au dernier moment il se retourna, mordillant sa lèvre inférieure.

— Quoi, encore ? demanda Marcus, agacé.

— Le truc, c'est qu'elle est enceinte.

— Qui, Pepper ? Je le sais.

— Non, notre sage-femme.

Tout le sang se retira de la tête de Marcus et il entendit tinter ses oreilles.

Il n'avait sûrement pas bien compris Chase. Cela semblait être la plus absurde de toutes les choses possibles.

— Elle est enceinte ?

Chase hocha la tête.

— Oui, le père de l'enfant l'a quittée et ne veut rien avoir à faire avec le bébé.

— Je ne peux pas m'impliquer avec une femme enceinte. Je n'impliquerai pas un enfant dans ce genre… d'imposture. Il faudra deux ans ou plus pour qu'elle obtienne une carte verte pour dix ans. C'est relativement acceptable lorsqu'il s'agit de deux adultes consentants, mais là, son enfant va naître dans une union qui n'est pas authentique. Ce n'est pas bien.

— Ce n'est pas une imposture. Elle aura sa carte verte. Elle a juste besoin d'un mari sur le papier, pour le moment. Tu n'as pas à être un père, et l'enfant n'aura jamais besoin de savoir.

Marcus fut surpris de constater qu'il en était piqué. Il avait toujours voulu être père. Un jour.

Il secoua la tête. Bien sûr que Chase s'inquiétait pour Pepper, et si cette sage-femme était aussi compétente qu'il le disait, ce serait un atout de la garder à St. John. Mais était-ce vraiment le seul moyen ?

Et n'es-tu pas un peu trop âgé pour participer à une combine pareille ?

Il écarta cette pensée et ne put s'empêcher de se demander ce que Matthew penserait de tout ceci. Il désapprouverait sûrement. Il avait toujours été le garçon responsable, mais Marcus en était moins certain à présent. Victoria avait pas mal « décoincé » son frère.

Peut-être jugerait-il que c'était un moyen malin d'aider de nombreuses personnes.

J'en doute. C'est de la fraude.

Une rapide recherche sur Google indiqua à Marcus qu'il tromperait essentiellement le gouvernement pour que cette femme puisse rester dans le pays. S'ils étaient pris, elle serait expulsée, il paierait une amende, irait en prison et perdrait probablement sa licence de médecin.

Autant de raisons de dire non.

D'un autre côté, il avait envie d'aider Pepper. Et comme il n'avait pas le droit de travailler pendant encore quatre semaines, il avait du temps à foison pour au moins rencontrer cette femme et discuter de cette possibilité. Il ne projetait pas de se marier pour de bon, jamais, alors peut-être n'y aurait-il pas de mal à contracter un mariage blanc, dans l'immédiat.

Naturellement, il ne saurait pas si cela pourrait marcher avant d'avoir vu Alexis. Il espéra qu'elle lui plairait, afin qu'ils puissent mettre le stratagème en place.

Tu fais ça pour Pepper et Chase.

Ils avaient toujours été là pour lui. En particulier durant les années qui avaient suivi son retour de Californie, quand son cœur était en lambeaux à cause de Dawna, que son frère ne faisait pas partie de sa vie et que ses parents étaient trop occupés à parcourir le monde pour se rendre compte que leur fils souffrait.

Chase et Pepper avaient été une famille, pour lui. Il pouvait faire ça pour sa famille. Non ?

Alexis grimaça.

Super. Elle devait encore aller aux toilettes.

La grossesse était le miracle de la vie et elle avait toujours envié secrètement ses patientes, mais ce besoin d'aller aux toilettes toutes les quelques minutes commençait à la lasser.

Non pas que cela l'ennuie vraiment, évidemment. Durant la plus grande partie de sa vie d'adulte, sa gynécologue de Londres lui avait dit qu'elle souffrait d'une stérilité inexpliquée ; alors le fait qu'elle soit enceinte était un vrai miracle.

Son ex-mari et elle avaient tout essayé au fil des années, désespérant d'avoir un enfant, une famille. Du moins, elle avait cru qu'ils le voulaient tous les deux.

Lorsqu'elle était finalement tombée enceinte, son mari, Bruce, l'homme qu'elle aimait depuis cinq ans, lui avait dit qu'en vérité il n'avait pas envie d'une famille. Il avait pensé qu'elle finirait par renoncer à avoir un enfant, après tous ces essais ratés, et qu'ils pourraient profiter de leur vie ensemble.

Il avait été tellement en colère, six mois plus tôt, quand il avait appris qu'elle allait être mère ! Puis il l'avait quittée et avait demandé le divorce. Sa raison ? Qu'elle l'avait dupé. Il avait déclaré qu'il l'avait épousée justement parce qu'il croyait qu'elle ne pouvait pas avoir d'enfants, et la grossesse invalidait cet accord.

Comme si ce n'était pas suffisant, il avait rapidement entamé une nouvelle relation avec quelqu'un d'autre.

Alors Alexis avait su que ce n'était pas sa grossesse qui lui avait fait mettre fin à leur mariage. Bruce s'était éloigné d'elle depuis longtemps, et avait fait des plans pour partir. Cela l'avait complètement broyée, mais cela lui avait aussi donné l'impulsion nécessaire pour refermer ce chapitre de sa vie. Il ne rimait à rien d'essayer de se raccrocher à quelque chose d'aussi toxique.

Elle avait été aveuglée par l'amour, et elle ne laisserait pas cela se reproduire. Jamais.

Elle avait volontiers signé l'acte de divorce et s'était assurée que Bruce renonce à tous ses droits sur leur enfant à naître, de telle sorte qu'elle ait la garde exclusive et l'autorité parentale quand le bébé serait né. Elle ne tenait pas à ce qu'il réapparaisse plus tard et tente de perturber la vie de son enfant. Elle-même avait eu un père absent qui se souciait plus de son travail que de sa famille, et elle ne voulait pas faire vivre la même chose à son bébé.

Elle avait vu combien cela avait pesé à sa mère. C'était encore un fardeau pour elle, jusqu'à ce jour.

Quelquefois, Alexis avait eu envie de dire à sa mère de partir, mais elle savait que celle-ci ne l'écouterait pas. Alors, plutôt que de reproduire la même chose, elle avait vendu son appartement à Londres pour une coquette somme, avait quitté le cabinet où elle travaillait et était partie pour les îles Vierges américaines avec un contrat à durée limitée.

S'évader vers le paradis lui avait semblé être la parfaite chose à faire. Le problème, c'était que maintenant que son visa arrivait à expiration elle s'apercevait qu'elle n'avait pas envie de quitter St. John. Elle adorait l'île, les gens et toutes ses patientes.

Elle ne s'était jamais sentie plus chez elle qu'ici. C'était ici qu'elle voulait élever son enfant. Seulement, elle ne pouvait pas rester.

Cela lui brisait le cœur. Comme en réponse à ses pensées soucieuses, elle ressentit un coup de pied, très léger. Elle sourit et caressa la petite bosse de son ventre.

— Je sais que tu veux rester aussi.

— Tu parles encore toute seule ?

Alexis leva les yeux de son bureau du dispensaire et vit Chase Fredrick qui se tenait sur le seuil. Son estomac sombra.

— C'est Pepper ? Elle a une crise ? demanda-t-elle nerveusement.

Pepper Fredrick était l'une des patientes qu'elle n'avait pas envie de quitter. Cette femme ne manquait pas de soucis. Son fils avait été récemment greffé d'un rein lors d'une opération en domino majeure, elle était enceinte de huit mois et présentait des risques élevés. Elle souffrait d'une grave anémie falciforme, et Alexis avait été surprise de constater qu'aucune des autres sages-femmes de St. John n'en avait traité auparavant. Elle avait souvent vu ce cas et Pepper était confiée à ses soins, mais, de surcroît, le couple Fredrick avait été comme une famille pour elle depuis son arrivée.

Et elle n'avait pas envie de les laisser. Elle voulait que son bébé et le bébé de Pepper deviennent meilleurs amis.

Elle n'avait jamais rencontré le soutien et l'esprit communautaire qu'elle avait trouvés ici et ne pouvait imaginer de les retrouver ailleurs. Même si elle avait de la famille biologique en Angleterre, elle y était seule la plupart du temps, sans appuis. En outre, l'Angleterre lui rappelait Bruce et sa trahison. Elle était liée à trop de tristesse, trop de souvenirs qu'elle souhaitait laisser derrière elle pour de bon.

St. John la rendait heureuse et c'était là qu'elle souhaitait s'établir, mais la loi l'obligeait à rentrer en Angleterre. Elle avait été si prise par son travail qu'elle avait trop tardé à faire les choses. Le temps qu'elle retourne dans son pays et demande un autre visa, sa grossesse serait trop avancée et elle serait coincée, ne pouvant revenir et aider Pepper durant les dernières semaines épineuses avant l'accouchement.

— Non, ce n'est pas Pepper, répondit Chase. Elle va bien. Je suis venu te dire que j'ai une solution à ton problème !

Alexis haussa un sourcil, intriguée.

— Tu as une solution pour mes nausées et mon besoin d'aller aux toilettes toutes les cinq minutes ? demanda-t-elle en plaisantant.

Il eut un grand sourire.

— Non, j'ai une solution pour ton problème de visa.

Alexis sourit. Une solution miracle à ce stade semblait trop belle pour être vraie. Elle avait passé des heures à se creuser la tête, essayant de penser à quelque chose – quoi que ce soit – qui lui permettrait de rester légalement, mais elle n'avait rien trouvé.

— Qu'est-ce que c'est ? demanda-t-elle, en ne voulant pas s'emballer trop vite.

— Eh bien, en fait, c'est l'idée de Pepper.

À ces mots, Alexis sut exactement ce qu'il allait dire, car Pepper lui avait déjà suggéré cette solution. Une solution tirée tout droit de ces romans qu'elle dévorait régulièrement.

Et c'était là le problème. C'était de la fiction. Ce n'était pas la vraie vie. Les gens ne contractaient pas des mariages de complaisance. C'était trop improbable.

— Non. Absolument pas. Je ne me marierai pas, déclara-t-elle vivement.

Il n'était pas question qu'elle subisse ça une deuxième fois. Bruce l'avait blessée, il avait ébranlé sa confiance en elle. Il faudrait qu'elle soit complètement folle pour tenter un autre mariage. Même s'il était faux.

— Comment as-tu… Oh ! Pepper t'en a déjà parlé, c'est ça ?

Alexis hocha la tête et se leva.

— Oui, et c'est carrément grotesque. Des choses comme ça n'arrivent pas dans la vraie vie.

— Bien sûr que si ! insista Chase. Des gens prétendent tout le temps être mariés. C'est ta seule option, Alexis. Ce n'est pas un vrai mariage. Tu as juste à « faire comme si » pendant un certain temps pour pouvoir ensuite rester durablement dans le pays.

— Il faut au moins deux ans, Chase. Tu t'en rends compte ?

Il fit signe que oui.

— Naturellement.

— Qui va accepter d'être faussement marié avec moi pendant plus de deux ans sans une certaine compensation ? Je ne peux pas me le permettre.

— L'homme en question ne veut pas de compensation.

— Alors il fait ça par bonté de cœur ? demanda-t-elle, incrédule.

— Oui, répondit Chase, souriant largement.

— Ça paraît trop beau pour être vrai.

— Certains diraient ça de lui, mais pas moi. Qu'en dis-tu, Alexis ?

Elle se mordilla la lèvre inférieure. Elle désirait vraiment rester à St. John. Elle voulait pouvoir s'occuper de ses patientes, elle voulait que son bébé et elle commencent une nouvelle vie ici.

Elle n'avait jamais été réellement heureuse en Angleterre, mais ici, à St. John, elle avait trouvé son bonheur. Elle aimait tout de cette île. Les brises chaudes, la verdure, les gens, la nourriture, les plages de sable blanc et la mer turquoise.

Il y avait tant de matins où elle s'asseyait à la fenêtre de sa petite chambre, contemplant l'eau, observant les gros bateaux de croisière qui se dirigeaient lentement vers Charlotte Amalie, sur l'île de St. Thomas.

Cela lui donnait encore plus envie d'explorer St. John et les îles des environs et même de quitter les îles Vierges américaines pour aller dans d'autres pays comme la Jamaïque, Haïti ou Cuba. Ou plus au sud.

Elle avait toujours eu le rêve secret d'avoir un bateau et de naviguer autour du monde. Bruce n'avait pas approuvé cette idée. Elle aurait dû le voir comme un avertissement, mais elle était jeune et amoureuse, à l'époque.

Elle secoua la tête, chassant ses rêves de son esprit pour se concentrer sur ce que disait Chase.

— Si je décide d'adopter cette idée de Pepper, qui acceptera de m'épouser ?

Chase sourit, ses yeux bruns pétillant.

— Je te dis que j'ai l'homme qu'il te faut. Un éminent citoyen, natif de ces îles. Alexis Martin, puis-je te présenter ton futur époux et mon meilleur ami, le Dr Marcus Olesen ?

Les yeux d'Alexis s'élargirent lorsqu'elle réalisa que Chase avait amené cet homme avec lui. Et dès que ce Marcus Olesen pénétra dans son bureau, elle en eut presque le souffle coupé. Son pouls s'accéléra tandis qu'elle regardait les yeux les plus bleus qu'elle avait jamais vus. Il avait des cheveux blond foncé un peu plus longs que ce qu'elle aimait généralement, mais cela lui allait bien. Sa barbe était bien taillée, et la façon dont ses yeux pétillaient en la regardant lui fit flageoler les genoux.

Une petite voix dans sa tête lui dit que cet homme avait quelque chose de canaille – qu'il pouvait être dangereux pour son cœur – et elle fut agacée par la manière dont son corps réagissait. Par celle dont il lui coupait le souffle.

Il lui fallut une minute pour recouvrer sa voix, car elle dut avaler la boule qui s'était soudain formée dans sa gorge.

— C'est un plaisir de vous rencontrer, dit-elle enfin d'une voix étranglée.

Il sourit, mais ce sourire n'atteignit pas ses yeux, ce qui fit suspecter à Alexis qu'il n'était pas exactement volontaire dans cette histoire, lui non plus.

— Enchanté, dit-il avec raideur.

Son regard bleu parcourut son corps d'une manière qui lui enflamma le sang et, en même temps, la fit se sentir vulnérable. Nue. Exposée.

Cet homme était définitivement un danger. Il était une tentation.

Chase souriait toujours, fier de lui, certain que cela avait marché et que l'affaire était conclue.

— Je vais voir ce qu'il nous reste à faire pour le mariage, alors je vous laisse faire connaissance.

Alexis ne voulait pas être seule avec Marcus. Ce n'était pas qu'elle ne lui faisait pas confiance, mais il lui faisait éprouver des choses qu'elle n'avait pas éprouvées depuis longtemps et qu'elle ne voulait plus jamais éprouver. Elle s'en voulait presque d'avoir eu une première réaction aussi forte vis-à-vis de lui.

— Eh bien…, dit-elle lorsqu'ils furent seuls, sa voix tremblant légèrement.

Marcus enfonça les mains dans les poches de son bermuda kaki.

— Alors, quand allons-nous démarrer cette comédie ?

2.

Dès que Marcus eut prononcé ces mots, il les regretta.

Debout dans le vestibule, il avait écouté Chase et Alexis. Il savait qu'elle n'était pas vraiment partante non plus pour cette mascarade, mais qu'elle l'envisageait pour Pepper, ce qu'il appréciait.

Ce qu'il n'avait pas escompté, c'était de découvrir une femme d'une si grande beauté. Elle était rayonnante. Il ne pouvait se rappeler la dernière fois où il avait eu le souffle coupé par une femme. En fait, si : la dernière fois, c'était par Dawna.

Il chassa cette pensée agaçante. Depuis Dawna, il était sorti avec un grand nombre de femmes, mais il y avait rarement eu un second rendez-vous et absolument jamais d'engagement à long terme.

C'était tellement mieux ainsi. *Vraiment ?*

Marcus repoussa ce doute incongru à l'arrière-plan de son esprit. Cela n'avait aucune importance. Il était là pour épouser Alexis afin qu'elle puisse continuer à s'occuper de Pepper et de toutes les autres femmes enceintes qu'elle suivait. Il n'avait pas besoin de s'attacher. Le fait qu'elle l'attire autant était un peu perturbant, mais il pouvait s'en arranger.

Ses cheveux dorés tombaient en douces ondulations autour de son visage en forme de cœur. Des yeux d'un brun foncé, intenses, croisèrent son regard, et un léger rose teinta ses joues crémeuses. Il la dominait de sa haute taille, ce qui n'était pas étonnant étant donné qu'il mesurait plus d'un mètre quatre-vingt-dix.

La seule femme qui le dépassait était la femme de Matthew, Victoria, mais c'était parce qu'elle portait des talons vertigineux.

Alexis aimait peut-être ce genre de talons, mais là, elle portait des ballerines plates, sans doute à cause de sa grossesse. Le regard de Marcus parcourut son corps harmonieux et se posa sur son ventre légèrement arrondi. Elle devait en être à six mois de grossesse, environ.

Il allait être difficile pour lui de garder ses distances avec elle – s'ils se mariaient, ils seraient forcément en contact – et il devrait se contrôler, car en cet instant il ne pouvait la quitter des yeux. Pour tenter de se sortir de cette fascination, il avait eu recours à l'acidité. Et il le regrettait. Cette situation n'était pas la faute d'Alexis.

— Je suis désolé si je vous ai paru grossier, dit-il. Je suis encore sous le choc.

Elle sourit, semblant soulagée.

— Moi aussi. Sous le choc, je veux dire.

— Après tout, il s'agit d'une fraude.

— Oui, répondit-elle de son accent anglais distingué. Je suppose que si nous le faisons nous allons nous rendre coupables d'une imposture, n'est-ce pas ?

— Oui, mais j'ai dit à Chase que j'aiderais dans la mesure de mes moyens. Pepper et son bébé sont la priorité, maintenant.

— Vous réalisez que cela peut représenter un engagement de plus de deux ans ? C'est beaucoup demander, monsieur… Désolée, je n'ai pas saisi votre nom.

— Marcus. Dr Marcus Olesen.

Elle plissa le front et pencha la tête sur le côté.

— Attendez… Vous êtes le Dr Olesen ? Êtes-vous le chirurgien qui a effectué cette fameuse opération en domino il y a quelques semaines ?

— Non. C'était mon frère. Mais j'ai été impliqué dedans.

— Alors vous êtes aussi chirurgien ?

— Non, dit-il vivement.

Il ne voulait pas qu'on le prenne pour un chirurgien. Non seulement son frère avait toujours fait pression sur lui pour qu'il en devienne un, soutenu par leurs parents, mais Dawna l'avait quitté pour un chirurgien.

Il aimait son métier de généraliste et son travail au cabinet. Il forgeait des relations avec ses patients, et ne les voyait pas seulement pour une visite préopératoire et postopératoire.

Un joli rose pêche colorait toujours les joues d'Alexis.

— Je suis désolée, mais quand vous avez dit que vous aviez été impliqué dans le domino, j'en ai conclu…

— J'ai été impliqué comme donneur. Le fils de Chase et Pepper, Jonas, est mon filleul, et je l'ai fait pour lui.

— Alors vous lui avez donné un rein ?

— Pas exactement. J'ai donné mon rein à une patiente qui était un cas difficile, et sa donneuse potentielle – qui n'était pas compatible avec elle – a donné le sien à Jonas, avec qui elle était compatible. C'est ainsi que fonctionne une opération en domino. Vous avez des donneurs et des receveurs qui ne se correspondent pas, mais finalement tout le monde reçoit ce dont il a besoin. C'est quelque chose de très compliqué à mettre en place.

Alexis ouvrit de grands yeux, les sourcils levés.

— Je n'en doute pas. Toutefois, la chirurgie n'est pas ma tasse de thé. Je n'aimerais pas avoir affaire en permanence à des patients inconscients et à des chirurgiens. En outre, l'odeur et l'ambiance d'une salle d'op ne me réussissent pas.

Marcus s'adoucit à cette remarque, car il ressentait la même chose.

— Et si nous parlions de ce mariage ?

Elle s'empourpra et s'assit, désignant à Marcus la chaise en face d'elle. Il se posa volontiers, pour soulager son côté qui restait sensible et le tiraillait.

— Je vous remercie de proposer votre concours, dit-elle vivement. Il me semble que vous avez déjà beaucoup donné à Chase et Pepper.

— C'est un plaisir pour moi.

Ce n'était pas totalement vrai. Il était content d'aider ses amis, mais une partie de lui le mettait en garde, lui disant que ce n'était pas la chose à faire. Surtout maintenant, après avoir rencontré Alexis. Cette petite voix lui soufflait que son cœur risquait de souffrir.

— Nous savons tous les deux que c'est un long engagement, entre étrangers, dit-elle.

— Je suis d'accord.

— Alors, par quoi commençons-nous ?

— Par le début.

Il sourit et elle lui rendit son sourire.

— Bien. Je pense que nous devrons apprendre à nous connaître. Pour avoir des informations l'un sur l'autre, mais je vous promets que cela restera basique. Je ne suis pas à l'aise dans cette situation, et je n'aimerais pas qu'un étranger en sache trop sur ma vie personnelle.

Sa franchise surprit Marcus, mais elle n'avait pas tort. Ils étaient des étrangers, et il serait prudent pour lui de ne pas devenir trop proche d'elle. Ils feraient le nécessaire pour convaincre le monde que leur mariage était authentique et, une fois qu'Alexis aurait sa carte verte pour dix ans, ils divorceraient. Et si personne ne se souciait d'eux entre-temps, ils pourraient mener des existences séparées. Il n'aurait pas à trop s'impliquer dans sa vie ou dans celle de son enfant.

Sa grossesse était ce qui le faisait le plus hésiter, dans ce plan. Un enfant était concerné, et il ne ferait rien qui puisse nuire à une vie innocente.

Marcus avait toujours rêvé d'avoir une femme et des enfants, mais quand Dawna l'avait quitté, il avait enterré ces rêves.

Matthew ne pensait pas qu'il se remarierait, et il l'a fait.

Il ignora cette voix importune. Ce mariage avec Alexis était un arrangement d'affaires et rien d'autre.

Alexis avait du mal à se concentrer. Elle avait une vague idée des informations de base que les services de l'immigration demanderaient, si on les interrogeait sur leur mariage, mais pour une raison étrange elle ne parvenait pas à fixer son esprit dessus.

Non seulement Marcus était terriblement beau, mais il avait aussi une âme généreuse. Il avait quelque chose d'un héros, surgissant pour donner un rein à une étrangère dans le cadre d'une procédure complexe, afin que son filleul puisse à son tour recevoir une greffe.

C'était le don de la vie, et c'était sans prix.

Pour l'heure, il pinçait les lèvres en une fine ligne, et elle ne pouvait s'empêcher de se demander s'il souffrait beaucoup. Elle savait par Pepper que l'opération de Jonas remontait à deux mois, mais Marcus avait manifestement encore des douleurs postopératoires, et elle s'en voulait que Chase l'ait traîné ici, par cette chaleur, pour l'aider.

Elle ne savait pas très bien comment ou quand elle pourrait lui rendre la pareille.

— Nous pourrions peut-être faire ceci un autre jour ? proposa-t-elle gentiment. Les questions pour apprendre à se connaître.

— Pourquoi voulez-vous reporter ?

— Vous paraissez ne pas vous sentir très bien. C'est la douleur suite à l'opération, n'est-ce pas ?

— Oui, j'ai un peu mal, mais ça va. La seule façon dont je pourrai me remettre à exercer, c'est de faire un peu plus d'efforts chaque jour.

— Je ne suis pas chirurgienne, mais je suis infirmière praticienne en plus d'être sage-femme, et vous devez vous reposer, dit-elle le plus gentiment possible.

Marcus ouvrait la bouche pour répondre, quand l'une des employées administratives qui travaillaient à l'entrée du dispensaire surgit en trombe.

— Alexis !

Cette dernière bondit.

— Qu'y a-t-il, Margaret ?

La femme prit une grande inspiration.

— C'est Mme Winston. Elle est allongée par terre dans la salle d'attente, en travail. Elle a perdu les eaux et il y a beaucoup de sang dedans. Son mari est absent et sa mère garde les autres enfants. Elle est seule. Un hélicoptère de secours a été appelé.

Alexis ravala la boule dans sa gorge.

— J'arrive.

— Puis-je aider ? demanda Marcus.

— Oui. La plupart des sages-femmes sont parties. J'aurai besoin de toute l'aide disponible !

Marcus hocha la tête et la suivit hors de son bureau. La salle d'attente n'était pas loin. Alexis constata que la patiente souffrait bien plus qu'elle ne l'aurait dû, et avec la quantité de sang dans les eaux, elle pensa tout de suite à une rupture du placenta. La plupart du temps, cela signifiait la nécessité d'une césarienne, mais le dispensaire n'était pas équipé pour cela. Heureusement, l'ambulance de l'air allait arriver pour transporter Mme Winston au Ziese Memorial de Charlotte Amalie.

Elle attrapa un kit d'accouchement stérile et s'agenouilla à côté de la parturiente.

— Marcie, dites-moi ce qui s'est passé.

— Je ne sais pas, répondit la femme, haletante. Je me sentais bien, mais soudain j'ai eu l'impression de recevoir un coup de couteau dans le ventre. Ça fait si mal !

— Je sais. Je vais vous examiner, d'accord ?

Marcie hocha la tête. Alexis la recouvrit d'un drap et lui ôta sa culotte.

— S'il vous plaît, aidez-moi ! supplia Marcie.

Alexis procéda à l'examen. La future mère était dilatée à dix centimètres et le col de l'utérus était effacé. L'enfant se présentait, visiblement pressé. Il n'était plus question d'attendre l'hélicoptère.

— Que puis-je faire ? demanda Marcus.

— Pouvez-vous vous asseoir derrière elle et la tenir ? Le bébé arrive.

Et Marcie était si faible. Elle avait besoin d'être aidée pour pousser.

— Marcie, votre bébé arrive. Je sais que cela fait mal, mais vous devez pousser.

— Vous pouvez y arriver, dit gentiment Marcus en tenant Marcie par les épaules.

— Très bien, dit Alexis, encourageante.

Elle gardait une main sur le ventre de sa patiente tout en surveillant la progression de cet enfant qui allait être mis au monde. C'était toujours quelque chose de magnifique, et c'était pourquoi elle aimait tant son travail.

Assister au début d'une vie. Au miracle de la naissance.

Et bientôt ce serait son tour. Elle produirait son petit miracle. Elle aurait simplement voulu avoir quelqu'un avec qui le partager. Elle avait pensé que Bruce serait cette personne.

N'y pense pas maintenant.

Après deux ou trois poussées de Marcie, sa petite fille fit son entrée dans le monde. Alexis lui nettoya la bouche et le bébé poussa un cri puissant. Marcie pleura et tendit les bras pour prendre sa fille.

Alexis coupa et noua le cordon. Puis Margaret lui donna une couverture et elle enveloppa le nourrisson dedans, avant de le confier à sa mère.

C'est alors que le saignement commença.

Alexis se leva pour prendre des compresses.

— Je vais vous aider, dit Marcus. Je suggérerais un massage de l'abdomen, mais si le placenta s'est déchiré elle devra être opérée.

Alexis acquiesça et il vint s'asseoir à côté d'elle, enfilant des gants. À eux deux, ils mirent en place des éponges stériles et des compresses pour essayer d'arrêter le flux.

— Marcie, comment vous sentez-vous ? demanda Marcus.

— Pas bien. Fatiguée, répondit-elle d'une voix traînante.

Il prit le bébé.

— Essayez de vous détendre, l'hélicoptère va arriver.

— D'accord…

Dehors, Alexis entendit le bruit des pales et l'appareil qui atterrissait sur le parking. Ce n'était pas trop tôt. Il y avait beaucoup de sang.

Elle regarda Marcus qui tenait la petite fille. Il était si calme. Elle était impressionnée qu'un généraliste ait su que faire dans ce cas.

Puis les ambulanciers du Ziese Memorial Hospital entrèrent en trombe avec une civière. Alexis les mit au courant de la situation.

Le chef des ambulanciers hocha la tête.

— Nous allons la conduire à son obstétricienne qui est prête et l'attend.

— S'il vous plaît, tenez-moi informée.

L'homme acquiesça et Alexis s'écarta tandis qu'ils allongeaient Mme Winston sur la civière. Il n'y avait pas de place pour eux dans l'hélicoptère, mais elle connaissait le Dr Baxter et elle était tranquille ; Marcie serait bien soignée.

Marcus s'assura que le bébé soit installé avec sa mère et il aida les ambulanciers à poser une perfusion. Margaret et Alexis envoyèrent le dossier au chef du service obstétrique de l'hôpital par Internet, et ce fut fini.

— Vous avez fait un super travail, dit Marcus.

— Je ne suis pas la seule. Vous m'avez impressionnée.

— Oh ! vraiment ?

— Oui. Vous en savez autant qu'une sage-femme.

— Eh bien, j'ai eu à gérer une ou deux naissances impromptues, dans ma carrière.

Alors qu'il s'avançait vers elle, il grimaça.

— Ça va ? demanda-t-elle.

— C'est juste ma cicatrice. Elle met un peu plus longtemps à guérir que je ne l'aimerais, me rappelant que je ne suis plus si jeune.

Il sourit à moitié, et ses yeux bleus pétillèrent.

Alexis ne put s'empêcher de sourire en retour. Il était charmant. Elle le lui reconnaissait.

— Si nous allions parler en privé ? suggéra-t-elle.

Marcus acquiesça et ils retournèrent dans son bureau.

— Bon, comme vous le disiez plus tôt, nous devons faire connaissance. Je suppose qu'il nous faut nous montrer un peu ensemble pour consolider cette histoire, déclara-t-il en fermant la porte derrière lui.

— Oui, je suppose aussi. Mais je dois admettre que je ne suis pas tout à fait sûre que cela marchera.

— Apparemment, ça marche, sinon les gens ne tenteraient pas ce genre de chose. Je ne vais pas vous mentir : je suis nerveux aussi, mais nous devons essayer. Si nous dînions ensemble ? Disons vers 20 heures ? Nous pouvons aller chez moi et mettre les choses à plat. Je ferai la cuisine.

— L'idée me plaît, répondit Alexis.

Ce serait agréable de sortir de son petit logement. Elle n'avait pas vu grand-chose de l'île depuis son arrivée. Elle avait été trop occupée à travailler et à tenter de se remettre de son cœur brisé. Ou plutôt, à essayer de se remettre de sa colère d'avoir été trahie par l'homme qui avait promis d'être toujours à son côté, dans la maladie comme dans la santé.

St. John était un nouveau départ, pour elle, et elle voulait y rester. Ceci allait être le début de sa nouvelle vie, et elle ferait ce qu'il faudrait pour réussir.

Même prétendre être mariée à un homme charmant qui sacrifiait sa liberté pour elle – et lui aliénait sa vie pour les deux prochaines années.

Un étranger.

3.

Marcus sut à l'instant où les mots sortirent de sa bouche que c'était une erreur d'inviter Alexis. D'ordinaire, lorsqu'il invitait une femme à dîner, c'était dans l'intention de la charmer et de la séduire.

Ce genre de rencontre était décontracté.

Distrayant.

Mais les femmes avec qui il sortait ne faisaient qu'un bref passage dans sa vie. Quoi qu'ils partagent, ce n'était que temporaire.

Alexis serait dans sa vie pour un long moment.

Certes, le mariage ne serait que sur le papier – ils n'auraient pas vraiment une relation –, mais il ne pourrait être surpris à papillonner pendant les deux prochaines années, sans quoi la vérité de leur faux mariage serait révélée.

Une part de lui souhaitait déjà vivre davantage avec Alexis, peut-être même nouer une vraie relation, mais il s'empressa de la faire taire et de se rappeler que la jeune femme était hors d'atteinte. La situation se résumait à un arrangement d'affaires. Il n'était pas là pour vivre une romance. Son cœur n'était pas ouvert à cette éventualité.

C'était un mariage de complaisance qui devait permettre à une sage-femme et infirmière praticienne talentueuse de rester dans le pays et de s'occuper de Pepper.

Et il ne faisait pas de doute dans son esprit qu'Alexis était talentueuse. Il l'avait vue à l'œuvre.

Il était impératif qu'elle puisse rester et continuer à fournir ce genre de service inestimable à l'île de St. John. En outre, il reconnaissait qu'il pouvait apprendre d'elle pour mieux s'occuper de ses patientes enceintes. Et il avait envie qu'elle lui enseigne son art.

Il aimait s'instruire et il aimait s'améliorer.

— Tu pourrais être chirurgien, avait dit Dawna.

— Pourquoi ? J'aime être généraliste. Je peux développer de vraies relations avec mes patients.

Elle avait levé les yeux au ciel.

— Ce n'est pas ainsi que tu feras fortune.

— Je m'en moque. L'argent n'est pas tout.

— Tu es vraiment désespérant, avait-elle dit en soupirant.

Marcus chassa ce souvenir. Sur le moment, il avait pensé que Dawna le taquinait, mais maintenant il réalisait qu'ils n'avaient jamais eu les mêmes vues sur l'argent. Pour Dawna, c'était essentiel.

— Alors, qu'aurons-nous pour dîner ? demanda Alexis. Puis-je apporter quelque chose ?

Cette question le prit de court. À part l'inviter, il n'avait pas beaucoup réfléchi à la chose. En général, il se faisait livrer par un traiteur, mais là, il n'avait guère le temps de s'organiser.

— Je ne sais pas. Vous pourriez apporter le dessert ?

Elle hocha la tête.

— Entendu.

— Très bien.

— Mais vous n'avez pas répondu à ma question : qu'allons-nous manger ?

— Y a-t-il des aliments que vous ne supportez pas, demanda-t-il gentiment, ou êtes-vous simplement difficile ?

Elle eut un grand sourire.

— Pas difficile, mais certaines choses aggravent mes nausées matinales et il y en a d'autres que je ne peux pas manger en ce moment.

Marcus s'appuya à son bureau.

— Comme quoi ?

— Les tomates. J'adorais ça, mais maintenant je ne peux plus les supporter – sous n'importe quelle forme.

— Dommage. Donc pas de tomates…

— Ni de poisson, de sushis ou… Je suis vraiment casse-pieds, n'est-ce pas ?

— Non.

Il lui sourit.

— Je pense que je peux concocter quelque chose que vous aimerez.

— Je m'en réjouis à l'avance.

Marcus se redressa.

— Bon, je ferais mieux de me préparer. Est-ce que je passe vous prendre au dortoir ?

— Ce serait formidable.

Il s'éloigna d'un pas léger, étonnamment enjoué. En fait, il se réjouissait lui aussi de ce dîner. Il aimait toujours recevoir, mais cette soirée avait quelque chose de différent sur lequel il ne parvenait pas à mettre le doigt.

Alexis se distinguait tellement des femmes qui pour lui étaient sans risque. Des femmes auxquelles il ne s'attacherait pas.

Il sourit pour lui-même en se remémorant la façon dont elle avait pris en charge l'urgence de Mme Winston. Elle s'était montrée douce et aimable, totalement concentrée et contrôlant parfaitement la situation.

Et elle était intelligente.

Toutes qualités qu'il aimait chez une femme.

Son pouls s'accéléra à cette pensée, et tous ses vieux instincts refirent surface.

Matthew l'avait toujours accusé d'être un homme à femmes, une notion qu'il rejetait, néanmoins son frère avait peut-être raison. Il avait toujours apprécié la compagnie des femmes, mais seulement avec un filet de sécurité : la date de leur départ. C'était différent avec Alexis. Il ne pouvait se la sortir de l'esprit.

Il pensait à ses cheveux blonds et soyeux, à ses yeux bruns et au rose pêche qui avait teinté ses joues lorsqu'il l'avait fait rougir.

Elle est enceinte, espèce d'idiot.

Et c'était là le hic. Elle était enceinte de six mois d'un autre homme. Marcus ignorait quel genre de relation elle entretenait avec le père du bébé, si elle en avait une. Peut-être qu'une fois qu'elle aurait accouché elle retournerait à cet homme.

Alexis n'était pas à lui. Et ne le serait pas.

Aussi devait-il se répéter que ce mariage de complaisance n'était que cela.

Un contrat. Un bout de papier. Rien de plus.

Quand il serait divorcé – ou plutôt, quand *ils seraient divorcés* –, il pourrait reprendre le cours de sa vie.

Quelle vie ?

C'était le nœud du problème. Il n'avait pas vraiment de vie. En tout cas, pas celle qu'il avait toujours imaginée. Actuellement, selon les plans qu'il avait faits quand il était tombé amoureux de Dawna, il aurait dû avoir des enfants.

Une maison.

Une épouse.

Mince, il pourrait même avoir un gosse de l'âge de son filleul, qui avait quinze ans !

Une chose le frappa : il avait fait ces plans il y avait bien longtemps. Qu'avait-il fait de sa vie, depuis ?

Tu ne l'as pas vécue, lui murmura une petite voix.

En rentrant chez lui, Marcus fit des courses pour le dîner : de la salade, du pain à l'ail et des *fettuccine.* Il avait souvent préparé ce plat pour sa défunte belle-sœur, Kirsten, parce que c'était son préféré, mais c'était la première fois qu'il le cuisinerait pour quelqu'un d'autre, quelqu'un qui n'était pas de sa famille.

Quand il se fut douché, changé, et qu'il eut tout préparé pour le dîner, Marcus regarda l'heure et vit qu'il était en retard pour passer prendre Alexis. Il jura à voix basse et quitta son voilier, le *Tryphine,* qui portait le nom de la sainte patronne des enfants malades.

Il descendit la passerelle en courant et sauta dans sa petite voiture, un vieux machin qu'il conduisait sur l'île de St. John. En général, il préférait se déplacer en bateau, mais il n'avait pas encore le droit de manœuvrer les voiles.

Le trajet jusqu'au logement où les sages-femmes remplaçantes étaient installées fut court, et Alexis l'attendait dehors. Pour la deuxième fois ce jour-là, elle lui coupa quasiment le souffle. Elle portait une longue robe fleurie qui s'agitait dans la brise, et ses cheveux blonds tombaient en vagues sur ses épaules nues.

Elle lui rappela un peu la Vénus de Botticelli, et son cœur manqua un battement.

Il se gara et sortit pour lui ouvrir sa portière. Elle rougit à son geste, fit passer une mèche de cheveux derrière son oreille, et Marcus sentit monter dans ses narines un parfum de thé vert et de jasmin. Il eut envie de se pencher pour humer davantage cette fragrance enivrante, mais il savait qu'il ne le devait pas.

— Merci, dit-elle d'une voix qui tremblait un peu.

— Je vous en prie.

Il ferma la portière et alla s'installer au volant.

— Alors, où allons-nous ? demanda Alexis.

— Vous êtes bien curieuse.

— Je pose des questions quand je suis nerveuse.

— Vous êtes nerveuse ?

— Un peu. Je ne vous connais pas.

— Je ne mords pas. Ou pas beaucoup.

Il sourit largement et elle rit.

— Bon. Très bien. Ainsi nous allons dans un endroit mystère.

— Non. Nous allons chez moi et je vis à la marina, pour le cas où vous voudriez indiquer à quelqu'un où vous vous rendez.

Elle sourit.

— Merci. Ce que je veux dire, c'est que nous sommes des étrangers l'un pour l'autre. Je sais que vous êtes l'ami de Chase et de Pepper, mais c'est à peu près tout ce que je sais de vous. Je dois me protéger. Et vous m'avez dit que vous mordez, même si ce n'est pas beaucoup.

Marcus rit.

— En effet. Et vous avez raison. Nous sommes des étrangers. Si nous voulons réussir ce mariage, il faut que nous apprenions à nous connaître mieux pour le cas où l'on nous poserait des questions sur la façon dont nous nous sommes rencontrés, ou sur notre « relation ».

Alexis sourit et hocha la tête.

— Merci. Je suis contente que nous soyons du même avis.

— Vous me remerciez beaucoup et je n'ai même pas encore entamé mon numéro de charme.

Avec un grand sourire, il lui décocha un clin d'œil. Elle rit doucement.

— Est-ce censé me draguer ?

— Non, c'est juste la vérité.

— Mon Dieu, mon Dieu... N'est-on pas imbu de soi-même, docteur Olesen ?

Il lui jeta un coup d'œil et fut soulagé de voir qu'elle souriait. Elle le taquinait, et il ne put s'empêcher de rire. Il était content qu'elle sache plaisanter, et qu'il puisse la taquiner à son tour.

S'ils avaient de bons rapports, cela ferait paraître leur mariage plus réel, plus naturel. Et bien qu'il veuille rester un étranger pour elle, et garder ses distances parce qu'elle l'attirait vivement, cette tactique ne serait pas bonne pour la comédie qu'ils avaient à jouer.

— Pardon, je n'ai pas l'habitude de taquiner aussi familièrement un étranger, s'excusa-t-elle.

— J'aime ça. Je taquine férocement mon frère, maintenant.

Elle haussa un sourcil joliment arqué.

— Maintenant ? Vous n'avez pas toujours été proches ?

— Non, admit Marcus.

C'était la vérité. Il y avait eu un moment, en grandissant, où Matthew s'était adjugé le rôle de parent vis-à-vis de lui, et Marcus lui en avait voulu. Il désirait avoir un frère, pas un tuteur, mais son jumeau était si sérieux, si préoccupé. Ils avaient déjà deux parents, alors pourquoi ne pouvaient-ils pas être simplement des frangins, toujours là l'un pour l'autre ?

— J'en suis désolée, dit Alexis.

— Cela va mieux, maintenant. Depuis mon don de rein, nous nous sommes rapprochés. C'est encore un peu délicat, mais il y a un net progrès et je suppose que c'est sa femme, Vic, qui l'a beaucoup amadoué.

Elle sourit.

— J'espère les connaître.

— Je suis sûr que vous les rencontrerez.

Marcus s'inquiétait toutefois de ce que Matthew penserait de cette situation. Il pouvait presque l'entendre le sermonner d'avoir accepté une aventure aussi folle.

— Avez-vous des frères et sœurs ? demanda-t-il.

— Non, je suis fille unique.

Elle ne s'étendit pas et pinça les lèvres, comme si le sujet était clos. Il n'allait pas la presser de lui en dire plus tout de suite, mais il aurait besoin d'en savoir davantage sur sa famille s'il devait tenir le rôle de son mari.

Il gara sa voiture à sa place en bordure de la marina, coupa le contact et sortit lui ouvrir sa portière, de nouveau. Elle regarda autour d'elle, l'air perplexe.

— Vous vivez ici ?

— Oui. Sur un bateau.

— Sur un bateau ? répéta-t-elle, surprise. C'est la première fois que je rencontre quelqu'un qui vit sur un bateau.

— C'est comme ça que je me déplace dans les îles et que je visite mes patients. Quand j'exerce, je veux dire. Pour l'instant, ma chirurgienne ne m'a pas encore donné l'autorisation de travailler.

— Je ne vous aurais jamais imaginé comme le type de personne vivant sur l'eau.

Il inclina la tête sur le côté.

— Et qu'a de particulier ce type de personne ?

Alexis rit nerveusement.

— Je ne sais pas. Quelqu'un avec des vêtements à rayures bleu marine et blanches et des mocassins bateau, je suppose. Et peut-être une casquette ?

— Eh bien, au moins, vous me décrivez plus comme un skipper que comme un pirate, plaisanta Marcus.

Elle rit de nouveau.

— Si votre barbe était un peu plus en broussaille, peut-être… Oui, vous auriez l'air d'un pirate. Ou si vous aviez un anneau en or à l'oreille.

— Merci pour ces suggestions, mais je pense que je vais juste rester le matelot discret que vous connaissez.

Le soleil se couchait et les guirlandes de lumières accrochées aux mats faisaient ressembler la marina à un endroit magique.

Marcus s'arrêta devant le *Tryphine*.

— Il est magnifique, dit Alexis, impressionnée.

Il sourit. Même avec les voiles baissées, son voilier était magnifique, en effet. Il était fait de bois poli, la coque bleu marine.

— Merci. Il a été fabriqué sur mesure pour mon père à la fin des années 1970, quand il était super chic d'avoir une embarcation de ce genre. Il a été construit par un architecte naval spécialisé dans les bateaux pouvant faire le tour du monde ou des courses, même si mon père ne faisait rien de cela.

— Pourquoi avoir un voilier pareil, alors ?

Marcus sourit largement.

— Il aime avoir ce qu'il y a de mieux, mais il n'a pas le pied marin – en tout cas pour manœuvrer un voilier. Après plusieurs mésaventures, il me l'a donné pour s'acheter un yacht.

D'instinct, il tendit la main pour aider Alexis à monter à bord, et lorsqu'elle glissa ses doigts fins et délicats dans sa main il sentit une décharge électrique le traverser.

Cela le prit par surprise. Comme le fait qu'il n'avait pas envie de lui lâcher la main.

— J'espère que le décor n'est pas trop rétro, à l'intérieur, avec des tapis à poils longs et de grosses fleurs marron et jaunes, dit-elle en plaisantant.

— Et s'il l'était ?

— Il l'est ? releva-t-elle, surprise.

— Non, il l'était, mais je l'ai modernisé pour en faire quelque chose de sobre et classique.

Il l'aida à mettre le pied « chez lui ». Le voilier était son bébé. Sa passion depuis qu'il était rentré de Californie et que son père le lui avait donné.

Son frère avait eu une voiture de luxe et lui le bateau. Un bateau en bien plus mauvais état que la voiture, car il était resté en cale sèche un certain temps à Miami, mais il n'en avait eu cure. Il avait souhaité – eu besoin de – se consacrer à un projet pour ne pas penser à son cœur brisé.

Sa belle-sœur, Kirsten, l'avait encouragé à poursuivre les rénovations. C'était elle qui avait choisi les couleurs, et il lui plaisait de penser qu'il y avait un peu d'elle sur le bateau. Et le *Tryphine* lui devait son nom, aussi…

Le jour où Marcus cherchait à rebaptiser le voilier, qui portait jusque-là le nom de sa mère, elle avait fait cette proposition.

— Quoi ? s'était exclamé Matthew.

— C'est la patronne des enfants malades, je crois, avait dit Marcus.

— Et des femmes qui ne peuvent pas être mères, avait ajouté Kirsten, tristement.

Les deux frères avaient échangé un regard. Marcus savait combien elle désirait un enfant, mais avec le cancer ce n'était pas possible pour le moment. Si quelqu'un méritait d'être mère, c'était elle, et il avait eu mal pour elle.

— Va pour *Tryphine* ! avait-il annoncé. Il n'y en aura pas d'autre dans toutes les Caraïbes, j'en suis sûr.

Il sourit à ce souvenir.

— Ça va ? demanda Alexis, interrompant ses pensées.

— Oui, je pensais juste à quelque chose. Prenez donc un siège, je vais vous apporter un verre de citronnade.

Elle sourit.

— Ce serait super.

Marcus alla dans la cambuse et Alexis prit place à la table qui se trouvait sous les hublots, à la poupe. Il referma la porte battante et s'efforça de se ressaisir.

Il appréciait d'être avec elle.

Beaucoup trop.

La soirée allait être longue et éprouvante.

Alexis ne parvenait pas à croire que Marcus avait un voilier et qu'il vivait dessus à plein temps. Un voilier capable de faire le tour du monde. Cela avait toujours été son rêve : voguer vers le soleil couchant et découvrir de nouveaux horizons.

Elle aurait voulu voyager beaucoup plus quand elle était plus jeune, mais sa mère l'en avait dissuadée, la mettant en garde contre les pires dangers. Elle était plus timide, à l'époque, et l'avait écoutée. Puis elle avait rencontré Bruce et sa mère avait été heureuse pour elle. Elle s'était cru heureuse, aussi, et avait abandonné ses rêves secrets de voyages. Elle était amoureuse et Bruce voulait rester en Angleterre. Il disait que ce serait de la folie d'aller vivre dans un pays exotique, sans famille alentour.

Quand ils avaient échoué à avoir un enfant, après de multiples tentatives, Bruce avait déclaré que c'était le destin et qu'ils devaient se contenter de ce qu'ils avaient, même si cela brisait le cœur d'Alexis de ne pas pouvoir être mère. Lorsqu'elle était tombée enceinte, finalement, et que Bruce l'avait quittée, sa mère lui avait demandé si elle voulait garder le bébé, suggérant qu'elle ne retrouverait jamais un autre mari en étant mère célibataire. Car quel homme voudrait élever l'enfant d'un autre ?

Alexis avait fini par admettre que sa mère était trop directive. Son père était plutôt absent. Elle n'avait pas de famille sur qui s'appuyer.

Cela lui avait donné l'impulsion dont elle avait besoin pour quitter l'existence toxique qui avait été la sienne pendant bien trop longtemps. Elle ne voulait pas élever son bébé dans un tel environnement, alors elle avait pris le premier poste qui se présentait, aussi loin que possible.

Elle ne faisait pas le tour du monde à la voile et elle aurait bientôt un enfant, mais St. John, dans les îles Vierges américaines, était son paradis.

— Une citronnade pour la dame.

Elle leva les yeux pour voir Marcus sortir de la cambuse avec deux grands verres, et son cœur manqua un battement. Cela faisait longtemps que quelqu'un ne l'avait pas fait défaillir de la sorte, et elle n'était même pas totalement sûre que Bruce lui ait fait éprouver un jour ce genre de chose.

Marcus n'était pas ce à quoi elle s'était attendue, mais en y réfléchissant, elle ne savait pas très bien ce qu'elle avait escompté. En tout cas, elle était contente qu'il soit différent de son ex-mari. Il était agréable de rire avec quelqu'un. Il était plaisant d'avoir de nouveau une conversation décontractée.

Elle avait été si concentrée sur son travail, ses patientes et le fait de mettre le passé derrière elle, qu'elle n'avait pas eu une conversation non médicale avec quelqu'un depuis une éternité. Certes, cette rencontre avait un lien avec le travail, en un sens, puisqu'il s'agissait d'apprendre des choses l'un sur l'autre afin de convaincre les services de l'immigration qu'ils formaient un vrai couple.

Cette pensée la mit mal à l'aise. Elle avait parfaitement conscience de ce qu'ils faisaient et du fait que c'était illégal, mais quel autre choix avait-elle ?

Et si ce n'avait été cette situation, elle n'aurait probablement jamais rencontré Marcus, ce qui eût été bien dommage, se dit-elle.

Il s'assit en face d'elle et regarda la marina par le hublot.

— Si vous plissez bien les paupières, cela pourrait être Paris, dit-il.

— Pourquoi voudrais-je être à Paris ? Ici, c'est le paradis. Chaud et ensoleillé.

— Pas en ce moment. Il fait un peu frais, ce soir.

— Ce n'est pas la fraîcheur à laquelle je suis habituée, croyez-moi.

Il eut un grand sourire.

— Oui, je suppose.

— Alors, dit-elle en posant son verre sur la table. De quoi devons-nous discuter ?

— De tout, répondit Marcus. Ce qui semble être une tâche écrasante.

— Je ne suis pas sûre que nous ayons besoin de tout savoir l'un sur l'autre.

En tout cas, elle ne voulait pas qu'il sache tout d'elle. Après ce que Bruce avait fait subir à son cœur, elle ne souhaitait pas être de nouveau aussi ouverte et vulnérable avec quelqu'un. Ce n'était pas prudent.

— C'est seulement un mariage sur le papier, ajouta-t-elle.

— Exact.

Il hocha la tête, et elle eut le sentiment qu'il y avait peut-être des choses qu'il ne voulait pas qu'elle sache, non plus.

— Ainsi, vous avez un frère ?

— Oui. Le Dr Matthew Olesen, chef du service de chirurgie au Ziese Memorial Hospital de Charlotte Amalie, sur St. Thomas.

— Êtes-vous de Charlotte Amalie ?

— Non, je suis né à St. Croix. J'ai un père hollandais et une mère américaine, mais d'origine néerlandaise. Elle est née et a été élevée à New York. Sa famille est arrivée sur un des bateaux qui fuyaient l'Europe au XVIIe siècle. C'étaient des huguenots qui se sont installés dans la région de New Paltz et Sleepy Hollow.

— Le cavalier sans tête ne vient-il pas de là ? demanda Alexis, sa curiosité piquée.

— Si. L'histoire de Washington Irving se passait là. Ce cavalier semble vous fasciner. Vos yeux ont brillé quand vous l'avez mentionné.

Elle sentit ses joues s'échauffer.

— Eh bien, quand j'étais petite et seule à la maison, je regardais beaucoup de dessins animés américains. À l'automne, il y avait plein d'histoires de fantômes, de sorcières – et du cavalier sans tête. Ce personnage d'Ichabod me captivait, je ne sais pas pourquoi.

Marcus sourit.

— Je sais maintenant quelque chose d'unique sur vous : vous êtes fascinée par les histoires macabres et Halloween.

Elle rit.

— Je suppose.

— Et donc, vous êtes fille unique ?

Alexis hocha la tête.

— Oui. Je suis née à Londres. Mes parents vivaient dans le nord de la ville. Ils sont très aisés et j'ai été envoyée dans les meilleures écoles, mais j'ai énormément déçu mon père quand je ne suis devenue que sage-femme et infirmière praticienne.

— « Que » ? releva Marcus d'un ton sec. C'est quelque chose dont vous pouvez être fière, il me semble.

— Oui, je le pense aussi, dit-elle doucement.

Il sourit de nouveau, ses yeux bleus pétillant dans l'ombre, et elle se sentit défaillir pour la deuxième fois. Ils étaient des étrangers et cependant... ce moment avec lui paraissait si intime. Comme si elle le connaissait déjà depuis un certain temps.

— Qu'en est-il du père de votre bébé ? demanda alors Marcus, brisant le silence et le charme.

Alexis déglutit, une boule dans la gorge. Elle savait qu'il allait poser cette question, et elle savait qu'il devait la poser, mais c'était encore une pilule difficile à avaler. Elle n'aimait pas en parler, car cela réveillait trop de souvenirs douloureux de blessure et de trahison ; d'un autre côté, sa grossesse lui procurait aussi un sentiment de bonheur infini, parce que ce bébé était ce qu'elle avait toujours désiré.

— Le père est mon ex-mari. Il m'avait dit qu'il voulait des enfants, mais nous avons essayé longtemps sans résultat. Alors que nous avions renoncé, je suis tombée enceinte. Je pensais qu'il en serait heureux, mais entre-temps il avait changé d'avis. Et j'ai découvert qu'il avait aussi changé d'avis à mon encontre. Il avait entamé une liaison un an auparavant.

— Je suis désolé.

Elle haussa les épaules.

— C'est comme ça. Cela arrive tout le temps.

— Oui. Trop souvent. Ma fiancée m'a quitté pour un autre homme, alors croyez-moi quand je dis que je comprends.

Marcus tendit le bras au-dessus de la table et prit sa main dans la sienne. Ce simple contact la parcourut d'une onde de chaleur. Elle trembla et lui retira sa main, déstabilisée.

Il ramena son bras en arrière.

— Pardon, je ne vous ai pas demandé si cela ne vous gênerait pas.

— Ce n'est rien. Votre geste m'a juste prise de court. Je veux dire, nous sommes encore presque des étrangers.

— J'espère que nous deviendrons des amis.

Le cœur d'Alexis manqua un battement.

— Cela me plairait aussi.

Marcus s'adossa à sa chaise.

— Alors, devrai-je avoir affaire à votre ex-mari, durant cette histoire ?

— Non, Bruce a renoncé à tous ses droits parentaux. Il est resté en Angleterre et a refait sa vie.

Les yeux de Marcus s'élargirent, comme s'il en était choqué.

— Bien. Je pense que nous devrions manger quelque chose avant de continuer, suggéra-t-il. Cet entretien devient un peu trop pesant.

— Ce serait divin, dit Alexis, soudain affamée.

— Je reviens dans un instant. Je n'ai pas fait de poisson ou de chose comme ça. Je sais que vous ne devez pas manger certains aliments, en étant enceinte.

— Oui. Les sushis me manquent terriblement.

Il eut un grand sourire.

— Détendez-vous. J'ai fait des *fettuccine*.

— Miam ! J'adore la cuisine italienne.

— Heureusement, sinon ce serait compliqué.

— Mais sans tomates, hein ?

— Juré. À tout de suite.

Il disparut dans la cambuse.

Alexis s'adossa à son fauteuil et regarda tous les bateaux et toutes les lumières de la marina, se demandant ce qui l'attendait.

Et dans quoi elle s'était embarquée avec un homme pareil.

Le dîner fut très agréable et très détendu. Alexis ne pouvait se rappeler la dernière fois où elle s'était sentie aussi à l'aise avec quelqu'un qu'elle venait de rencontrer. Ils parlèrent de leur métier respectif et de choses sans importance, mais c'était ce qui permettrait de convaincre n'importe qui qu'ils étaient un vrai couple.

Le seul problème, c'était… qu'ils ne l'étaient pas.

Elle pensait ce qu'elle avait dit plus tôt, qu'elle aimerait être l'amie de Marcus, même quand tout serait terminé. Elle appréciait sa compagnie.

Cela faisait longtemps qu'elle n'avait pas eu un premier rendez-vous, songea-t-elle.

Ce n'est pas vraiment un rendez-vous.

Quand le repas fut terminé, ils montèrent sur le pont pour profiter de la brise du soir et écouter les bruits faibles de Pillsbury Sound.

— Vous savez, dit Marcus au bout d'un moment, brisant le silence qui était tombé entre eux, vous pourriez simplement aller dans les îles Vierges britanniques. Ce serait plus simple.

— Je le pourrais, oui, mais alors je n'aurais pas la possibilité de revenir travailler ici et Pepper ne pourrait pas me rejoindre. Mes patientes sont ici, aux États-Unis. Je dois être avec elles.

Il hocha la tête.

— Je comprends ça.

— Je sais que je prends des risques, mais cela en vaut la peine. Je ne veux pas retourner en Angleterre.

— À cause de votre ex ?

— Pas seulement de lui, dit-elle doucement.

Elle n'avait pas envie de parler de sa solitude, là-bas. Ni de ses parents. Il n'y avait rien pour elle au Royaume-Uni, mais il y avait tout pour elle ici, et c'était ici qu'elle voulait rester.

Sur l'île de St. John, elle se sentait chez elle.

— Croyez-moi, je comprends, dit Marcus. Je ne veux pas retourner sur le continent et en particulier en Californie. J'ai trop de mauvais souvenirs, là-bas. J'étais allé y faire mes études, je pensais que cela me plairait plus qu'ici, mais les îles me manquaient. La culture dans laquelle j'ai grandi me manquait. Ici, je suis chez moi.

Alexis hocha la tête, un nœud se formant dans sa gorge. Elle devenait bien trop émotive et il fallait qu'elle mette de la distance entre eux. Elle ne voulait pas pleurer devant Marcus – et elle pleurait beaucoup, ces temps-ci.

Même si elle appréciait immensément sa compagnie, elle

n'allait pas devenir vulnérable devant lui, se promit-elle. Elle ne serait plus jamais vulnérable devant un homme.

— Je pense qu'il faut que j'aille me coucher. Je suis épuisée.

— Je vais vous raccompagner.

— Merci. Alors, que faisons-nous, maintenant ? Savez-vous quelles sont les prochaines étapes ?

— Eh bien, je pense que nous devons nous rendre au tribunal de grande instance de St. Thomas et demander une licence de mariage. Il faudra que vous apportiez votre acte de divorce. Et habillez-vous bien. Ils ne tolèrent pas les tenues décontractées.

Elle acquiesça.

— C'est dans mes cordes.

— Je vous emmènerai sur le *Tryphine,* demain. J'ai un emplacement dans le port.

Elle hocha encore la tête, se sentant extrêmement nerveuse. Elle avait l'estomac noué et elle se mit à se triturer les mains. Marcus les prit dans les siennes.

— Ça va aller, dit-il d'un ton rassurant.

— Vous en êtes sûr ?

Il eut ce demi-sourire si séduisant.

— Non, mais j'ai accepté d'essayer de vous aider. Je choisis de rester optimiste.

Elle lui sourit.

— D'accord. Je serai optimiste aussi.

Même si elle n'était toujours pas sûre que ce mariage soit la bonne idée, Alexis ne pouvait nier que Marcus était une vraie perle. Il était si plaisant. Mais elle s'inquiétait de lui gâcher la vie en le laissant persévérer dans cette fausse union.

Et c'était la dernière chose qu'elle souhaitait faire.

4.

Marcus aurait dû aller chercher Alexis, mais il devait rester au port afin de préparer le *Tryphine* pour le départ. Elle lui avait assuré la veille, quand il l'avait déposée, qu'il n'avait pas besoin de passer la prendre – elle pouvait parfaitement marcher –, mais il culpabilisait quand même.

Il avait le sentiment qu'il devait prendre soin d'elle.

Il tira sur sa chemise, qui l'étouffait un peu. Il détestait porter un costume, en général, mais ce jour-là son col et sa cravate semblaient l'étrangler comme un nœud coulant.

— Tu as l'air classe ! lança Chase en empruntant la passerelle.

Il était lui aussi en costume. Ils avaient besoin d'un témoin pour le mariage, et comme c'était la brillante idée de Pepper et de Chase, ce dernier avait été désigné.

— Merci, mais je déteste ça, grommela Marcus.

— Je sais, mais tu n'as pas idée de ce que ça représente pour moi, pour Pepper… pour notre famille.

Marcus sourit à son ami.

— Dieu merci, mon bateau est motorisé et je peux faire la traversée sans mettre les voiles. Je ne suis pas censé « danser la gigue », comme dit Vic.

Chase eut un petit rire.

— Que vas-tu dire à Matthew et Vic ? demanda-t-il. Au sujet de ton mariage ?

Marcus fronça les sourcils. Il n'avait pas vraiment réfléchi à ça. Il y avait songé brièvement, sachant que son frère n'approuverait pas, mais c'était lorsqu'il considérait juste cette idée. Maintenant, ils allaient se rendre à St. Thomas pour obtenir une licence et se marier devant un juge.

Il ne pourrait pas le cacher longtemps. Il devrait en parler à Matthew et Vic, mais il n'avait aucune idée de ce qu'il leur dirait exactement.

Salut, voici ma fausse épouse. Je mets ma licence médicale et ma liberté en danger pour commettre une fraude, parce que Chase et Pepper me l'ont gentiment demandé.

Marcus ne souhaitait pas mentir à Matthew. Depuis l'opération en domino, ils essayaient de se retrouver, et un mensonge pourrait tout gâcher. Mais d'un autre côté, Marcus voulait que le moins de gens possible sachent que son mariage avec Alexis était faux. Si trop de personnes étaient au courant, cela ne servirait à rien.

Alexis serait expulsée. Pepper aurait des problèmes, affrontant un accouchement à risque sans la seule sage-femme en qui elle avait confiance, et lui perdrait probablement sa licence médicale et risquerait la prison.

Qu'est-ce que ses parents en penseraient ?

Il était déjà ennuyeux qu'il se sente la plupart du temps comme la déception de la famille. Ses parents et Matthew lui répétaient qu'il n'en était rien, mais lui avait l'impression qu'il ne pourrait jamais répondre à leurs attentes.

— Je suppose que je vais devoir en parler à Matthew…

Le problème, c'était de savoir ce qu'il dirait exactement à son frère.

— Il ne sert à rien de mentir, dit Chase. Alors, quand partons-nous ?

— Dès qu'Alexis arrivera.

— La voilà.

Marcus leva les yeux et vit Alexis qui venait vers eux. À sa vue, son souffle se bloqua dans sa gorge. Ses cheveux de miel tombaient souplement sur ses épaules, comme il aimait. Sa robe d'été soulignait ses jolies courbes et il laissa son regard se promener sur chacune d'elles, même le léger renflement visible sous son cœur.

Elle n'est pas à toi.

Il descendit pour l'aider à monter à bord, prenant dans la sienne sa petite main délicate.

— Désolé, mes mains sont un peu rêches.

— On n'est pas pirate sans rien, plaisanta-t-elle.

Il rit doucement.

— Vous êtes charmante, dit-il en espérant que sa voix ne tremblait pas.

Le rose pêche qui lui plaisait tant colora ses joues.

— Merci. Vous êtes très élégant vous-même.

— J'essaye, répondit-il avec un clin d'œil, en l'aidant à s'installer sur le pont. Nous allons bientôt partir. Le trajet jusqu'à St. Thomas est court.

— Comment allez-vous manœuvrer, alors que vous êtes encore en train de vous remettre ?

— Le voilier est équipé d'un moteur.

— J'espérais ferrailler un peu à l'épée, ce matin.

— Toujours cette histoire de pirate ?

— Désolée, dit-elle en riant. C'est plus fort que moi.

Marcus rit aussi.

— Je vois.

Chase s'approcha et salua Alexis avant d'aider son ami à finir de préparer le départ. Ils larguèrent les amarres et sortirent de la marina pour se diriger vers le large sur la mer des Caraïbes, laissant Cruz Bay derrière eux. Le soleil brillait, avec de gros nuages blancs dans le ciel bleu, et l'eau était calme, avec juste de petits moutons blancs.

Marcus savourait la sensation du soleil sur son visage. C'était bon d'être de retour en mer. C'était ce qu'il adorait : juste le *Tryphine* et lui. En dehors d'aider les autres en étant médecin, il n'avait besoin de rien de plus dans la vie.

Et il avait beau aimer vivre dans les îles Vierges, une petite partie de lui avait envie de faire un tour du monde. Juste lui, son bateau et le grand large. Il en rêvait depuis un certain temps, mais il ignorait ce qui le retenait. La seule chose à laquelle il pouvait penser, c'était que Dawna avait toujours trouvé idiot de voyager en bateau, et son mépris l'avait fait repousser son rêve au fin fond de son esprit.

Elle avait toujours préféré les vacances dans des palaces cinq étoiles. Il n'y avait rien de mal à cela, mais ce n'était pas ce que Marcus désirait. Il avait envie de prendre du temps pour vraiment voir le monde. Il voulait apprendre à connaître les gens de pays éloignés, et cela ne se faisait pas dans un cinq étoiles.

Il regarda Alexis et sourit pour lui-même. Elle était radieuse tandis qu'elle portait les yeux au-delà de la proue. Il était plein d'admiration pour elle.

Elle était venue ici après l'échec de son mariage, seule et enceinte. Elle avait pris un énorme risque et en prenait un autre maintenant en faisant ce qu'il fallait pour rester. Marcus admirait son courage et ne pouvait s'empêcher de se demander s'il devrait prendre exemple sur elle et partir à l'aventure pour un an, une fois leur mariage terminé.

Seulement, il ne pouvait pas laisser tomber ses patients.

L'île de St. Thomas apparut et ils la contournèrent pour se diriger vers Charlotte Amalie, une belle ville avec ses maisons aux toits de couleur vive qui s'accrochaient au flanc de collines verdoyantes. Une corne retentit sur l'eau tandis qu'un navire de croisière entrait lentement dans le port.

— Waouh ! s'exclama Alexis à mi-voix.

Marcus sourit de sa fascination.

— C'est super, non ?

Elle hocha la tête.

— J'ai toujours voulu voir le monde par bateau. C'est tout simplement le paradis.

Le cœur de Marcus manqua un battement, car il était de son avis. À part sauver des vies et soigner ses patients, ceci lui procurait un état d'euphorie dont il ne se lasserait jamais – être à la merci de l'eau, du vent, de la marée.

C'était le rythme de la vie. Cela faisait partie de qui il était.

Il conduisit le voilier à son amarrage dans le quartier de Frenchtown, à Charlotte Amalie. C'était près d'un charmant petit restaurant, et peut-être pourrait-il y emmener Alexis pour un dîner intime une fois qu'ils seraient mariés. Ils seraient seuls, car Chase devait rentrer à St. John par le ferry.

Chase l'aida à amarrer le bateau, puis alla héler un taxi pour les emmener au tribunal. C'était une journée chaude et ensoleillée, et Marcus regrettait déjà d'être en costume. Il avait l'impression de fondre dedans.

Ils se serrèrent à l'arrière de la petite voiture. Chase se pencha en avant pour parler au chauffeur tandis que Marcus était pressé contre Alexis. Instinctivement, il passa un bras sur ses épaules ; elle ne s'écarta pas. C'était agréable de la sentir contre lui ; cela semblait naturel.

— À propos, dit-il, nous ne pouvons décemment pas nous marier en nous vouvoyant. Il va falloir passer au « tu ».

— Oui, en effet, répondit Alexis d'une voix qui tremblait un peu. J'espère que je ne commettrai pas d'impair.

Il y avait beaucoup de monde en ville, en majorité des touristes descendus des bateaux. Le taxi circula dans les rues étroites pour aller de Frenchtown jusqu'au tribunal, et les déposa. Chase paya la course, Marcus aida Alexis à sortir de la voiture, et ils entrèrent dans le bâtiment.

Chase avait un ami qui y travaillait et qui avait préparé le terrain pour eux. Ils avaient déjà un rendez-vous avec le juge. Le fait que Marcus ait donné un rein à Mme Van Leuven, qui avait travaillé au tribunal comme clerc et était très aimée de ses collègues, arrangeait encore les choses.

Marcus se sentait d'autant plus coupable de les tromper, mais il était là maintenant pour épouser Alexis et il ne pouvait faire marche arrière.

Alexis était nerveuse. Elle avait été si isolée dans son petit monde du dispensaire. Elle allait travailler, puis rentrait dans son logement situé non loin de là. Parfois elle allait au marché pour s'acheter quelque chose à manger, mais cela faisait quatre mois qu'elle n'avait pas été dans une grande ville grouillante de monde. Elle n'aimait pas la foule. Cela lui donnait l'impression de suffoquer.

Bruce adorait les fêtes et les gens. Souvent, dans une soirée, elle passait son temps seule dans un coin ou collée à Bruce, et elle s'ennuyait à mourir. Son mari la mettait en boîte à ce sujet, mais Marcus ne dit rien. Comme s'il sentait son appréhension, il l'attira plus près de lui.

Elle aurait dû s'écarter, mais elle ne le fit pas. Elle était contente de pouvoir s'appuyer sur lui, et c'était bon d'avoir son bras autour d'elle. Elle se sentait en sécurité, comme si elle l'avait connu toute sa vie, ce qui lui faisait regretter qu'il participe à cette imposture. Cela aurait peut-être été plus facile s'il ne lui avait pas autant plu ?

Cela aurait été plus facile en tout cas de rester loin de lui, mais elle aimait sa compagnie.

Il lui avait paru si beau, guidant son bateau vers St. Thomas comme si la mer et lui ne faisaient qu'un ! Elle avait adoré sentir le vent sur son visage. Elle pouvait seulement imaginer ce que ce serait d'être au large, toutes voiles déployées. De ne voir que la mer, les voiles et le ciel.

Le bébé bougea en elle et lui rappela qu'elle devait revenir sur terre. C'étaient son bébé et le genre de vie qu'elle voulait pour lui qui l'avaient conduite jusqu'à ce moment, et elle ne pouvait pas se mettre à rêver. Même si elle en avait envie.

Le tribunal était un peu plus calme, mais il y avait tout de même du monde pour un mardi matin. Elle laissa Chase et Marcus la conduire où elle devait aller, à peine capable de faire attention au trajet, tant elle était submergée par les sensations.

— Tu as ton acte de divorce ? demanda Marcus.

— Quoi ? Oui.

Elle prit les documents dans son sac. Elle n'aurait su dire quand ils étaient arrivés au comptoir pour obtenir leur licence. La femme qui travaillait là entra les informations et tendit d'autres papiers à Marcus, avec l'instruction d'attendre sur les chaises que leurs noms soient appelés.

Le cœur d'Alexis battait à se rompre et elle posa une main sur sa poitrine en inspirant profondément pour essayer de calmer ses nerfs à vif. Elle s'était juré, après ce qui s'était passé avec Bruce, qu'elle ne recommencerait pas. Qu'elle ne se remarierait jamais. Et cependant elle était là, attendant son tour pour se marier. Marcus remplit ses documents et elle remplit les siens. Peu après, ils furent appelés pour un bref entretien préalable à la cérémonie, afin de s'assurer qu'ils contractaient tous les deux cette union de leur plein gré, puis on leur dit de nouveau d'attendre.

Alexis ne pouvait toujours pas croire qu'elle faisait ça. Elle prenait un gros risque. Marcus aussi. Juste pour l'aider.

Cela pesait lourdement sur elle, et elle eut soudain l'impression qu'elle allait avoir une attaque de panique.

— Olesen et Martin ? appela un clerc.

— C'est à nous.

La voix de Marcus avait quelque chose d'un peu tranchant. Il lui prit la main et ils se dirigèrent vers la salle d'audience. Le pouls d'Alexis résonnait dans ses oreilles et il lui semblait qu'elle allait s'évanouir.

Le juge entra dans la salle. C'était un homme d'un certain âge ; il avait le visage cramoisi et il transpirait abondamment.

Alexis pencha la tête sur le côté, inquiète. Sous sa rougeur, le teint du juge était gris. Elle avait déjà vu des cas pareils quand elle travaillait à Londres dans un service d'urgences, et elle ne pouvait détacher les yeux de lui. En alerte, elle se dit que quelque chose n'allait pas du tout.

— C'est une procédure tout à fait classique, dit-il d'un ton haletant.

Marcus la regarda un instant, visiblement inquiet aussi.

Le juge commença à lire l'acte de mariage, et très vite il arriva à la formule consacrée.

— Marcus Olesen, voulez-vous prendre Alexis Martin pour épouse ?

— Je le veux, répondit Marcus.

— Et vous, Alexis Martin, voulez-vous prendre Marcus Olesen pour époux ?

Alexis ravala la boule qu'elle avait dans la gorge. Son estomac était agité de soubresauts. Elle avait la sensation que ce qu'elle allait faire était une grosse erreur.

Qu'est-ce que tu fabriques ?

— Je le veux.

— Eh bien, par les pouvoirs qui me sont conférés, je vous déclare unis par les liens du mariage.

La voix du juge ralentit sur le dernier mot et son visage se défit tandis qu'il signait rapidement le certificat de mariage, puis le leur tendait pour qu'ils le signent à leur tour. Ensuite il le tamponna et voulut le leur rendre, mais Alexis et Marcus, horrifiés, le virent agripper son bras gauche, grimacer, pousser un cri et s'affaler.

Marcus se précipita sur lui tandis qu'Alexis ouvrait prestement la porte et criait :

— Que quelqu'un appelle une ambulance ! Le juge a une attaque !

Sous le regard impuissant de Chase, Marcus tenta de ranimer le juge tandis qu'Alexis allait chercher un kit d'urgence.

— Alexis, les secours sont en route ? demanda-t-il quand elle revint.

— Oui, répondit-elle.

— Sapristi, jura Marcus. Sa gorge se referme. Il n'inspire pas d'oxygène.

— De quoi as-tu besoin ?

— De matériel chirurgical, répondit sombrement Marcus. S'il y en a.

Alexis pinça les lèvres et regarda dans la boîte. Et au fond, elle trouva un scalpel et des pinces.

— Ça ira ?

— Oui.

— Que penses-tu faire ?

— Une trachéotomie. Il ne peut pas respirer.

Alexis s'agenouilla à côté de Marcus, qui ôta sa veste et remonta ses manches.

— Je vais avoir besoin de ton aide, dit-il. Il y a un moment que je n'ai pas fait ça.

— Moi aussi. Mais dis-moi que faire.

Elle lui tendit des gants et de la Bétadine. Elle-même enfila des gants pendant qu'il trouvait le cartilage cricoïde, juste sous la pomme d'Adam. Elle lui tendit le scalpel.

Il pratiqua l'incision, et Alexis prépara une paille qu'elle avait trouvée dans le bureau du juge, en guise de tube respiratoire.

— Tiens.

Marcus sourit.

— Bonne idée.

Il inséra la paille et se pencha pour souffler dedans, puis il reprit le massage cardiaque. Enfin, les ambulanciers arrivèrent et il les aida à allonger le juge sur la civière. Puis il continua son massage et son aide respiratoire.

— Où faut-il l'emmener, docteur Olesen ? demanda un ambulancier.

— Au Ziese Memorial. Prévenez mon frère, le Dr Olesen.

Alexis et Chase se reculèrent tandis que Marcus se préparait à partir avec l'ambulance.

— Que fait-on, maintenant ? demanda-t-elle.

— Eh bien, nous devrions sans doute aller à l'hôpital, nous aussi. Marcus et toi devez encore vous rendre ensemble aux services de l'immigration, mais ce n'est guère le moment.

— Bon. Allons-y.

Chase héla un taxi et le trajet fut court jusqu'au Ziese Memorial. L'hôpital était neuf et construit lui aussi à flanc de colline, avec un toit rouge et des murs blancs. C'était un hôpital insulaire typique, mais Alexis savait que les équipes étaient au top.

Elle regarda autour d'elle. Chase avait disparu.

— Puis-je vous aider ? demanda quelqu'un.

— Je cherche le Dr Olesen.

Elle montra son badge d'infirmière. L'employé sourit et hocha la tête.

— Suivez-moi.

Alexis le suivit dans des couloirs qui menaient au service de chirurgie. Elle s'inquiétait pour le juge, dont l'état devait être plus sérieux qu'elle ne l'avait pensé au départ.

— Il est juste là, dit son guide en indiquant une salle où Marcus, en tenue de chirurgien et le dos tourné, parlait à quelqu'un.

Elle fut surprise de le voir déjà en tenue, mais après tout son frère était le chef du service et il venait de pratiquer une trachéotomie.

Elle avait été très impressionnée par son calme, durant toute l'opération. Il continuait à l'étonner et à forcer son admiration. Elle n'avait jamais rencontré un homme comme lui, auparavant. Marcus était unique.

Elle s'avança.

— Dieu merci, je t'ai trouvé. J'ai le certificat de mariage. Comment va le juge ?

L'homme se retourna, et même si ses yeux bleus – élargis par le choc – étaient les mêmes que ceux de Marcus, il n'avait pas de barbe. Alexis devina tout de suite que c'était son frère.

Apparemment, Marcus n'avait pas jugé utile de mentionner qu'il avait un jumeau identique à lui.

— Pardon ? fit-il.

— Vous n'êtes pas Marcus, dit Alexis en faisant un pas en arrière, mortifiée.

— Non. Je suis son frère, Matthew, répondit-il en la jaugeant du regard. Et vous êtes ?

— Alexis Martin. Je suis infirmière praticienne et sage-femme.

— Vous avez parlé d'un certificat de mariage… Êtes-vous en train de me dire que vous êtes la femme de mon frère ?

Elle se mordit la lèvre inférieure. Elle avait vraiment mis les pieds dans le plat, et elle espéra que Marcus ne lui en voudrait pas trop de cette gaffe.

— Oui. Je le suis.

5.

Marcus dut continuer sa réanimation dans l'ambulance, et il était penché sur la civière avec le patient quand les secouristes conduisirent ce dernier en salle d'urgences.

— Quelqu'un peut-il m'expliquer pourquoi mon patient donneur est à cheval sur la victime présumée d'une attaque et soigne cette dernière ?

Marcus se crispa en entendant la voix de sa belle-sœur résonner dans la salle.

Lorsque le juge fut enfin installé dans un box, il put se dégager et se laisser remplacer par l'équipe des urgences.

Il était encore un peu choqué que, quelques minutes après que le juge les avait déclarés mari et femme, il avait dû lui ouvrir la gorge pour lui sauver la vie.

Et maintenant, il avait des ennuis avec sa chirurgienne.

— Je ne pensais pas que les chirurgiens spécialisés dans les transplantations fréquentaient les urgences, dit-il pour plaisanter.

Vic croisa les bras et haussa un sourcil interrogateur.

— Nous y venons quand un de nos patients est admis. Mais je ne m'attendais certainement pas à *te* voir ici. Et en costume. Que faisais-tu au tribunal, à propos ?

— Comment sais-tu que j'étais au tribunal ?

Victoria pointa le doigt.

— Le juge.

Marcus sourit largement.

— Es-tu toujours aussi autoritaire avec Matthew ?

Elle eut un petit rire.

— Encore plus, mais sérieusement, tu n'as pas encore reçu l'autorisation d'exercer. Qu'est-ce que tu faisais ?

— Je sauvais la vie d'un homme ?

Victoria sourit.

— D'accord, mais tu dois être prudent.

— Eh bien…

Marcus laissa mourir ses paroles en voyant son frère qui traversait la salle pour marcher sur eux, suivi par Alexis qui avait l'air très embêté.

Oh ! non.

Son estomac se noua et tomba dans ses chaussettes. Ce n'était pas ainsi qu'il voulait que son frère apprenne la vérité.

Désolée, articula Alexis derrière Matthew, qui se planta devant Marcus, les bras croisés.

— Salut, Matthew, dit ce dernier d'un ton enjoué.

Victoria paraissait soucieuse, à présent.

— Que se passe-t-il ?

— Marcus est marié, annonça Matthew.

Elle ouvrit de grands yeux et recula d'un pas.

— Quoi ?

Marcus s'avança et prit la main d'Alexis.

— Voici ma femme, Alexis Martin. Elle est infirmière praticienne et sage-femme à St. John, et nous nous sommes mariés ce matin. C'est pour cela que j'étais au tribunal.

Alexis fit un signe de main nerveux.

— Enchantée de vous rencontrer !

Victoria leur donna une accolade un peu embarrassée. Puis elle s'écarta et décocha un coup de coude à son mari.

— Bienvenue dans la famille, dit Matthew à Alexis tout en serrant la main de Marcus. Pardon d'avoir paru un peu surpris. Je ne savais même pas que Marcus sortait avec quelqu'un.

— Oui, bon, tu as été assez occupé, avec ta nouvelle épouse, observa Marcus.

Matthew regarda tendrement Victoria.

— C'est vrai.

Celle-ci soupira.

— Si vous veniez dîner chez nous, ce soir ?

Marcus ouvrit la bouche pour refuser, mais Alexis acquiesça et dit :

— Ce serait délicieux. Merci.

Lui qui projetait un dîner intime, en tête à tête ! Mais peut-être qu'aller dîner chez son frère et Victoria vaudrait mieux que de tenter le sort en passant plus de temps seul avec Alexis.

— Super, dit Victoria. On dit 18 heures ?

— Entendu, dit Marcus en prenant la main d'Alexis. Nous avons autre chose à régler d'ici là. À ce soir.

Il escorta Alexis hors des urgences et ne lui dit pas un mot jusqu'à ce qu'ils soient dehors.

— Je croyais que Chase était avec toi ? fit-il alors.

— Oui, mais nous avons été séparés et quelqu'un m'a proposé de m'aider à trouver le Dr Olesen.

Marcus se passa une main dans les cheveux.

— Bon, je voulais le dire à mon frère, mais je ne m'attendais pas à ce que ce soit toi qui le fasses.

— Je l'ai vu de dos et j'ai cru que c'était toi. Tu ne m'avais pas dit que ton frère était ton jumeau !

En effet, et il ne pouvait pas lui en vouloir. Il se mit à rire en pensant au choc que cela avait dû être pour son frère.

— Qu'y a-t-il de si drôle ? demanda Alexis.

— Je me représentais la tête de Matthew. Que lui as-tu dit exactement ?

Elle sourit.

— Je lui ai dit que j'avais notre certificat de mariage. Il s'est retourné, l'air choqué, et j'ai vu que ce n'était pas toi. Il ne s'attendait pas à ce que tu te maries…

— Je comprends son choc. Ce n'était pas dans mes plans non plus.

Cela l'avait été une fois, longtemps auparavant, et il avait été le dindon de la farce. Alors non, il ne pensait pas que le mariage soit pour lui, et il ne faisait ceci que par générosité.

Chase sortit en courant de l'hôpital, à ce moment-là, et s'arrêta près d'eux.

— Désolé, Alexis, un moment d'inattention et je t'ai perdue. Je suis content que vous vous soyez retrouvés, tous les deux. Comment va le juge ?

Marcus fronça les sourcils.

— Je ne sais pas. Il a été pris en charge aux urgences. Alexis et moi sommes invités à dîner chez mon frère ce soir. Il nous en dira peut-être plus.

— Alors il sait ? demanda Chase en ouvrant de grands yeux.

— Il sait que nous sommes mariés, dit vivement Alexis. Il n'est pas au courant pour le reste.

Chase hocha la tête.

— D'accord. Et qu'allez-vous faire, maintenant ?

Marcus n'en avait aucune idée. Ils avaient plusieurs heures devant eux avant le dîner. Il ne savait pas très bien ce que faisaient des gens qui venaient de se marier, à part ce qui était évident… Et il ne voulait pas penser à ça.

Non pas qu'il n'aimerait pas se retrouver dans une chambre avec Alexis, étant donné qu'elle l'attirait fortement. C'était juste que cela ne *pouvait pas* se produire. Elle était enceinte ; elle était hors d'atteinte. Ce n'était pas l'une de ses aventures de passage.

Et soudain, l'idée d'avoir une de ces passades lui souleva étrangement le cœur. Cela ne le tentait plus du tout.

— Nous faisons un tour et nous déjeunons ? suggéra-t-il. Toi, Chase, qu'est-ce que tu vas faire ?

— Je vais prendre le ferry pour St. John. Je n'aime pas laisser Pepper seule trop longtemps, et Jonas est bien soigné ici. Mais je suis content qu'il rentre bientôt à la maison !

— Fais attention à toi, dit Marcus en étreignant son ami.

— Merci encore, vous deux.

Chase donna une accolade à Alexis, puis héla un taxi.

Ils étaient seuls, maintenant. Et Marcus n'avait pas envie de rester devant un hôpital, à tuer le temps.

— Qu'aimerais-tu faire ? demanda-t-il à Alexis.

— Je ne sais pas. Depuis mon arrivée ici, je n'ai guère eu le temps de visiter. J'ai été prise par le travail et les nausées matinales.

Elle toucha doucement son ventre, et Marcus combattit l'envie de la toucher à son tour. Il n'aurait pas su dire ce qui lui prenait. Ce n'était pas comme s'il allait faire partie de la vie de cet enfant.

— La plupart des lieux historiques et touristiques vont grouiller de monde, avec ces grands bateaux de croisière. Voudrais-tu qu'on loue une voiture et qu'on aille faire un tour ? Les services de l'immigration sont fermés l'après-midi, et nous avons du temps devant nous.

Alexis hocha la tête.

— Oui, cela me plairait beaucoup, mais laisse-moi payer. Tu m'as déjà invitée à dîner et amenée ici.

— C'est moi qui ai un permis de conduire valide pour les îles Vierges, et ici on roule à droite.

Elle sourit.

— Bon. Mais la prochaine fois…

— La prochaine fois ?

Alexis rougit.

— Tu sais bien, si nous avons une visite des services de l'immigration ou quelque chose comme ça. Il va falloir que nous présentions un front uni, pendant quelque temps.

— Comment ça ? C'est un faux mariage.

— Oui, mais si quelqu'un vient vérifier ma situation, nous devrons…

— Feindre d'être ensemble.

— Exactement.

Marcus se racla la gorge.

— Tu as raison. Eh bien, commençons par faire un peu de tourisme. Attends-moi ici. Il y a une location de voitures pas loin.

Il fallait que Marcus mette de la distance entre eux. Ne fût-ce que pour un petit moment. Son pouls battait très vite et il s'était senti excité, quand elle avait mentionné une prochaine fois. Il se comportait comme s'il était redevenu un jeune homme énamouré, et pas comme le play-boy blasé qu'il était encore récemment.

Alexis n'eut pas longtemps à attendre. Marcus arriva bientôt dans un petit coupé rouge, à la capote baissée. Elle ne put contenir son excitation devant la décapotable : c'était le genre de voiture qu'il fallait pour visiter une île paradisiaque.

Marcus se gara et sortit pour lui ouvrir sa portière. Elle ne se souvenait pas d'un homme faisant cela pour elle, et ces manières de gentleman la firent légèrement défaillir.

Lorsqu'elle fut installée, il retourna se mettre au volant.

— Tu as mis ta ceinture ?

— Oui.

Elle était plus que prête à partir à l'aventure. Peu importait où ils iraient.

Marcus prit une route qui allait vers le nord-est. Beaucoup de monde roulait dans la même direction, et Alexis se souvint d'avoir lu que pas mal de gens choisissaient de se marier sur les plages qui longeaient Magens Bay.

Un mariage sur une plage, ça devait être super.

Mais ils parleraient sans doute longtemps de leur propre mariage au tribunal, étrange et surréaliste, avec le juge qui avait fait une attaque.

Longtemps ?

Elle ne resterait pas longtemps avec Marcus. Pourquoi lui était-il si facile de l'oublier ?

Alors que la petite décapotable rouge grimpait le long d'une colline, Marcus tourna dans un parking bordé par une rambarde. Alexis poussa une exclamation étouffée lorsqu'ils purent voir Charlotte Amalie qui s'étendait au-dessous d'eux, avec la mer, les nuages et les bateaux dans le port.

Cela ressemblait à une carte postale. C'était ce qu'elle s'était toujours représenté en rêvant des îles. Elle avait l'impression de mettre le pied dans ce rêve.

— Waouh ! C'est fantastique !

— C'est chouette, hein ?

Elle défit sa ceinture et sortit sans attendre. Elle alla jusqu'à la rambarde et se gorgea de cette vision de paradis. Marcus vint la rejoindre et s'accouda près d'elle.

Ils ne dirent rien pendant un moment, se contentant de contempler la ville au-dessous d'eux.

— Tu sais, nous n'avons pas scellé l'accord, déclara soudain Marcus.

— Scellé l'accord ? répéta-t-elle sans comprendre.

— Le juge n'est pas parvenu au moment où il aurait dû dire que nous pouvions nous embrasser.

L'estomac d'Alexis se retourna.

— Mais il a signé le certificat. Nous sommes légalement mariés.

— Oui, mais les nouveaux mariés s'embrassent toujours à la fin de la cérémonie, et nous ne l'avons pas fait.

Elle y avait pensé aussi. En songeant à cette partie du mariage, elle s'était sentie si nerveuse, se demandant comment elle gérerait la situation. Si elle n'embrassait pas Marcus, cela paraîtrait suspect, s'était-elle dit, mais l'idée de sentir ses lèvres sur les siennes la faisait défaillir.

Et même en y pensant maintenant, elle avait la bouche sèche et son pouls s'emballait. Elle avait bien eu envie de l'embrasser, à l'instant, mais à présent il était trop tard. Le moment était passé.

Elle se racla la gorge et s'écarta de la rambarde.

Et de lui. Elle avait besoin de mettre de la distance entre eux.

— J'espère vraiment que le juge s'en sortira, dit-elle pour briser la tension qu'elle éprouvait.

Et pour rompre le charme, afin de pouvoir s'éloigner.

— Moi aussi, dit Marcus en se redressant. Bon, nous devrions continuer.

— Pour aller où ? Je croyais que c'était le but de l'excursion.

Il lui lança un regard narquois.

— Un beau point de vue sur le bord de la route ne suffit pas pour tuer le temps. Ne me crois-tu pas capable de mieux ?

— Désolée.

Elle rit nerveusement.

— Je ne voulais pas mettre en doute tes honorables intentions. Et il nous reste en effet du temps à tuer avant notre embarrassant dîner avec ton jumeau et sa femme.

Ce fut au tour de Marcus de rire.

— C’est une façon de présenter les choses.

— Je me sens très mal d’avoir mis ton frère au courant, sans le vouloir. C’était à toi de le faire, dit Alexis en remontant dans la voiture.

— J’allais le lui dire. Et franchement, j’aurais bien aimé voir sa tête. Je me sens frustré d’avoir manqué ça.

Il eut un sourire espiègle et démarra.

— Il a été vraiment surpris, dit-elle.

— J’imagine ! Cette idée me met en joie.

Son sourire s’élargit et Alexis rit.

— Voilà qui paraît méchant.

— Non. Plus maintenant. Nous avons passé tant d’années à ne pas nous entendre que nous avons en quelque sorte oublié d’être frères, pendant un moment. Je suppose que les taquineries font partie du jeu, désormais.

— Je ne sais pas, je n’ai pas de frères et sœurs. Mon enfance a été très solitaire, en vérité.

Alexis se surprit à toucher son ventre. Son enfant n’éprouverait jamais la même solitude qu’elle. Ce sentiment ne venait pas de ce qu’elle était fille unique. Il avait plus à voir avec le côté distant de ses parents. Ce qui la terrifiait, car parfois elle se demandait si elle était génétiquement capable d’émotion.

D’amour.

On ne lui avait pas appris ces choses-là. Cela avait été l’un des problèmes de Bruce, dans leur relation. Il trouvait qu’elle n’était pas assez aimante. Il était toujours contrarié qu’elle ne se pâme pas devant lui, qu’elle ne s’accroche pas à lui.

Ce qu’il voulait, en fait, c’était une damoiselle en détresse, ce qu’elle n’était pas du tout. Mais elle avait peur de ne pas pouvoir être aussi démonstrative qu’elle souhaitait l’être, et que son enfant ait l’impression de manquer d’amour.

Elle avait tellement désiré cet enfant. Elle était transportée d’être enceinte, même si cela l’effrayait de vivre sa grossesse seule, sans soutien.

Elle avait aspiré tant de fois à un geste tendre de ses parents, en vain. Sa mère était égocentrique et son père travaillait tout le temps. Alexis ne pouvait compter sur personne, mais elle serait là pour son enfant. Il ne se sentirait jamais seul. Ils ne seraient peut-être que tous les deux, toutefois elle s'assurerait que cela suffise.

— J'en suis désolé, dit Marcus, intervenant dans ses pensées.

Elle haussa les épaules.

— J'ai eu de la chance dans d'autres domaines. J'ai été éduquée, nourrie et protégée.

— Et aimée ? demanda-t-il doucement.

— J'aimerais le penser, mais mes parents… ne montrent pas leurs sentiments. Ils sont assez directifs. Assez froids.

Et, bien sûr, sa mère pensait que satisfaire un mari était suffisant dans la vie. Cela semblait si triste, de ne vivre que pour contenter une autre personne. Mais c'était son choix.

Pas celui d'Alexis.

— Bon, je connais un très bel endroit où nous pourrons nous promener et nous changer les idées, proposa Marcus avec entrain.

Il ralentit près d'un portail ouvert sur un chemin de terre. Une pancarte annonçait un jardin botanique et un salon de thé. Par-dessus les haies, Alexis aperçut le sommet de serres.

— Oh ! s'exclama-t-elle. J'adorerais voir ça !

— Je pensais que ça pourrait te plaire. C'est tranquille, on peut se mettre à l'ombre et il y a un charmant salon de thé où nous pouvons déjeuner.

— Bon choix.

— Je suis content que tu approuves. Ma défunte belle-sœur aimait beaucoup venir ici.

Alexis nota qu'il disait cela avec une pointe de tristesse.

— Ta défunte belle-sœur ? Tu as un autre frère ?

Il secoua la tête.

— Non. Matthew a déjà été marié et sa femme, Kirsten, est morte jeune d'un cancer. Quand il travaillait et qu'elle n'avait pas le moral, je l'amenais ici. Elle adorait contempler les orchidées et observer les oiseaux.

— Apparemment, tu l'aimais beaucoup.

Marcus hocha la tête.

— Victoria est formidable aussi. Elle a ramené mon frère à la vie et elle a sauvé la mienne pendant l'opération en domino. Un caillot s'était formé et je lui dois d'être ici.

Il était d'une telle gentillesse, pensa Alexis. Elle ne comprenait pas pourquoi il était toujours célibataire. Comment une femme pouvait-elle laisser partir un homme comme lui ?

N'est-ce pas ce que tu prévois de faire ?

Elle chassa cette pensée tandis que Marcus se garait. Cette fois, elle paya les entrées et ils traversèrent le jardin pour se rendre à l'orangerie où se trouvait le salon de thé. Elle en fut contente, car elle était fatiguée et assoiffée.

Ils trouvèrent une table dans un coin, près d'une petite cascade qui glougloutait, et commandèrent simplement du thé et de petits sandwichs. Alexis s'adossa à sa chaise et contempla l'eau qui tombait sur les rochers. Un perroquet lissait ses plumes sur un perchoir tout proche. Son stress commença à disparaître tandis qu'elle écoutait les bruits de la nature.

— Alors, demain nous nous rendrons aux services de l'immigration ? demanda Marcus.

Elle acquiesça.

— Oui. Pour présenter le certificat de mariage.

— Pourquoi y a-t-il de nouveau de la gêne entre nous ?

— Je ne sais pas. Je veux dire, nous ne nous connaissons pas bien et maintenant nous sommes mariés. Et je suis enceinte. Nous n'en avons pas vraiment parlé.

Il prit une grande inspiration.

— Il va le falloir. Matthew et Victoria voudront savoir.

Elle mordilla sa lèvre inférieure.

— Je ne sais pas que dire.

— Je peux dire que cet enfant est de moi. Quand il naîtra, nous serons mariés depuis un certain temps et les gens supposeront…

Le souffle d'Alexis se coinça dans sa gorge. Bruce n'avait pas voulu de son propre enfant, et voilà qu'un homme qu'elle connaissait à peine offrait de le reconnaître. Secrètement, elle en était très heureuse, mais elle ne pouvait pas le laisser faire une chose pareille.

— Je ne peux pas te laisser faire ça. Quand nous divorcerons et que tu n'auras pas de droit de garde, que diras-tu à ton frère et à sa femme ?

— Je leur dirai la vérité.

Une boule se forma dans la gorge d'Alexis.

— Je déteste le fait que tu doives être impliqué dans cette imposture. Je ne peux pas te laisser faire, répéta-t-elle.

Elle était touchée que Marcus voie la solution aussi simplement, mais elle n'avait pas le même point de vue. Au fond, une part d'elle-même ne se fiait pas à lui. Elle ne voulait pas qu'à un moment donné il essaie de faire valoir des droits sur l'enfant.

Elle ne pensait pas qu'il le ferait, mais elle devait être prudente.

Elle avait été blessée une fois de trop, et elle n'accordait pas si facilement sa confiance – même si elle souhaitait pouvoir le faire.

— Cela ne me pose pas de problème, dit Marcus. Mon frère me rendrait fou avec ses questions, si je lui disais la vérité maintenant. Prétendre que le bébé est de moi est moins compliqué pour moi, mais si je dois signer quelque chose ou prêter serment comme quoi je ne réclame aucun droit, je le ferai volontiers. Il faut juste que nous présentions un front uni là-dessus, pour que les services de l'immigration n'aient pas de soupçons.

— C'est vrai.

— Alors sur ce point, je pense qu'il serait prudent que nous ayons la même adresse.

Marcus ne put croire ce qu'il disait quand les mots franchirent ses lèvres.

À quoi pensait-il ?

Le problème était là : il ne pensait pas. Apparemment, quand il était avec Alexis, il oubliait de réfléchir. Ceci n'était censé être qu'un mariage sur le papier.

Mais vivre ensemble, comme il venait de le proposer, était plus qu'un arrangement pour les apparences.

Il s'était laissé emporter par elle, ce qui ne lui était pas arrivé depuis Dawna. Il en était effrayé, mais d'un autre côté il découvrait que ce genre de connexion avec quelqu'un lui avait manqué. Il réalisait combien il avait été seul pendant très longtemps.

Il ne se rendait pas encore vraiment compte qu'il venait de demander à Alexis de s'installer avec lui.

Le *Tryphine* était un grand voilier, mais c'était tout de même un espace confiné pour y vivre avec une femme qui était taboue et qui l'attirait fortement. Par-dessus tout ça, elle était enceinte d'un autre homme. Un idiot qui avait renoncé à son enfant.

— Pardon, est-ce que je t'ai bien entendu ? Tu veux que je m'installe avec toi ? demanda-t-elle, sous le choc.

— Eh bien, nous sommes mariés, et nous devons sauvegarder les apparences.

Alexis, les yeux élargis, battit des cils plusieurs fois.

— Oui, mais…

— Mais quoi ? Nous mettons tous les deux beaucoup de choses en jeu, dans cette histoire, alors il tombe sous le sens que nous vivions ensemble pour qu'elle ait l'air vrai.

— Je suppose.

— Et tu vis dans un logement temporaire, alors je ne peux pas m'installer avec toi.

— Non. Je n'ai qu'une petite chambre.

— Il y en a deux sur le *Tryphine*. J'ai de la place pour toi.

Elle hocha la tête.

— D'accord… oui, tu as raison.

La serveuse leur apporta leur thé et leur léger déjeuner. Mais quand Marcus mordit dans un sandwich au concombre, il eut un goût de sciure dans la bouche. Ses papilles se rebellaient contre son idée complètement dingue de la faire s'installer avec lui, mais il savait qu'au fond c'était sensé.

Et même si Alexis s'inquiétait de dire que l'enfant était le sien, même s'il lui avait affirmé que cela ne lui posait pas de problème, il se sentait mal de mentir à Matthew et Victoria. Il enviait aussi son frère. Peu de gens le savaient encore, mais Vic attendait leur premier enfant. Matthew avait ce que Marcus avait désiré des années plus tôt avec Dawna – une famille.

Ils terminèrent leur repas et se promenèrent dans le jardin. Marcus trouva cela un peu ennuyeux, mais c'était une façon de tuer le temps avant de rentrer à Charlotte Amalie pour le dîner.

Quelque chose qu'il redoutait.

— J'ai besoin de m'asseoir un moment, dit Alexis.

Elle avait le visage rouge, mais cela ne semblait pas être à cause de la chaleur. Aussitôt, Marcus fut en alerte.

Il la conduisit jusqu'à un banc et, par réflexe, toucha son front et prit son pouls, qui était lent.

— De combien es-tu enceinte ?

— Vingt-six semaines.

— Je sais que tu es sage-femme, mais as-tu été testée pour du diabète prénatal ? Vérifies-tu tes taux de cétones et de protéines ?

— Oui. Mes protéines ont été un peu élevées, mais j'ai eu beaucoup de travail et j'ai été stressée.

Elle ferma les yeux et inspira profondément. Il fronça les sourcils.

— Nous retournons au Ziese Memorial.

— Ce n'est qu'un coup de chaleur.

— On dit que les docteurs font de mauvais patients, mais c'est pareil pour toi. J'ai suivi des patientes enceintes avant qu'elles aillent consulter leur gynécologue, et je sais de quoi je parle. Nous rentrons à Charlotte Amalie pour faire quelques examens.

Marcus ne céderait pas. Alexis était stressée, mais il craignait que son stress l'ait affaiblie. Elle était terriblement mince pour son stade de grossesse. Dans cette situation, mieux valait prendre des précautions.

— D'accord, tu as raison. Allons-y, docteur Olesen. Et merci.

Il haussa les épaules et lui prit la main pour s'assurer qu'elle ne tombe pas en retournant à la voiture.

— C'est ce que font les bons maris.

6.

Matthew avait donné le feu vert à Marcus pour qu'il puisse prescrire les examens, puis il avait demandé à l'une de ses obstétriciennes d'intervenir : son frère ne pouvait pas agir en tant que médecin d'Alexis, étant donné qu'ils étaient mariés.

Cela contrariait Marcus, qui savait qu'il n'était pas réellement le mari d'Alexis. Et il appréhendait toujours la conversation qu'il devrait avoir avec son frère dans la soirée.

— Tu fais les cent pas, murmura Alexis, assise sur une table d'examen. Qu'est-ce qui te tracasse ?

Avant qu'il réponde, l'obstétricienne, le Dr Baxter, frappa et entra.

— J'ai vos résultats d'analyses. Je vais vous faire faire un examen de tolérance au glucose, et vous avez un taux de protéines élevé qui m'inquiète. Votre tension est un peu haute, aussi.

Alexis se mordilla la lèvre inférieure et Marcus, d'instinct, lui prit la main. Elle ne se dégagea pas et parut même s'appuyer sur lui, ce qu'il trouva agréable.

— Puis-je faire le test du glucose dans mon dispensaire de St. John ? demanda Alexis.

— Oui, mais je veux que vous ne forciez pas trop au travail et je veux vous suivre. J'aimerais que vous preniez votre tension chaque jour, parce que si elle continue à grimper, je devrai vous prescrire un repos complet.

— Je dois travailler pour rester dans le pays, dit vivement Alexis.

Le Dr Baxter parut perplexe.

— Vous ne venez pas de vous marier, tous les deux ? Votre visa n'a plus d'importance, maintenant.

Alexis devint cramoisie.

— Oui, c'est vrai.

Marcus retint son souffle. Il avait craint ce genre de petite étourderie. Par chance, l'obstétricienne se contenta de leur sourire gentiment.

— Ménagez-vous. Maintenant, que diriez-vous d'une échographie ? Vous n'êtes vraiment pas grosse.

Alexis acquiesça et Marcus l'aida à s'allonger. Il savait qu'elle était inquiète, et même s'il n'avait pas de relation avec le bébé, il se sentait concerné aussi.

Le Dr Baxter étala du gel sur le ventre d'Alexis et commença l'examen. Marcus fixait l'écran. Au bout d'un moment, il vit apparaître le petit fœtus en noir et blanc. Bien que ce ne soit pas son enfant, il ressentit immédiatement avec lui une connexion qui ressemblait à un coup de foudre. Il fut fasciné de voir qu'Alexis portait en elle une vie.

— Tout va bien, dit le médecin avec un sourire.

Alexis sourit à son tour.

— Je suis contente de l'entendre.

Le Dr Baxter prit quelques clichés, puis lui essuya le ventre avec une serviette.

— Je vais vous prendre un rendez-vous pour faire cet examen à St. John cette semaine, et ensuite je vous donnerai une photo de votre bébé.

Elle s'en alla et Alexis se redressa.

— Je me sens idiote, marmonna-t-elle. Je suis infirmière et sage-femme et je n'ai pas vu les signes. Si j'avais fait attention, j'aurais réalisé ce test plus tôt.

— Hé, comme je le disais, le personnel médical fait les pires patients, et tu avais beaucoup de choses à gérer.

Il tendit la main et lui toucha le menton, sa peau si douce sous ses doigts. Il lui semblait que ses mains étaient trop rudes, trop maladroites pour caresser cette peau délicate, mais il avait envie d'en sentir le contact.

Il était surprenant de voir à quel point il désirait la prendre dans ses bras et la protéger. Elle se pencha en avant et appuya son front sur le sien, les yeux fermés.

— Merci d'être là pour moi, murmura-t-elle.

Elle rouvrit les paupières et alors que leurs regards se soudaient, le pouls de Marcus se mit à tambouriner à ses oreilles. Elle se pencha encore et l'embrassa, un léger et bref baiser sur ses lèvres qui marqua son âme au fer rouge. Alors il l'embrassa en retour comme il avait souhaité le faire depuis qu'il l'avait rencontrée. Profondément. Prenant son visage entre les mains et se perdant dans la douceur de sa bouche.

Un coup frappé à la porte le fit interrompre ce baiser et reculer, mais son corps protesta ; il voulait davantage.

Alexis, toute rouge, ne le regardait pas.

Le Dr Baxter ne parut rien remarquer, ce qui était probablement une bonne chose. Marcus ne savait pas trop ce qui lui avait pris. Il s'était juste laissé emporter par la fièvre de l'instant – ce qui lui arrivait souvent quand il était avec Alexis.

Et maintenant elle allait s'installer avec lui.

— Le rendez-vous est pris, et voici une photo de votre bébé. Félicitations à tous les deux.

L'obstétricienne leur tendit l'ordonnance et le cliché, et s'en alla. Alexis glissa la photo dans son sac sans la regarder.

— Je vais t'attendre dans le couloir, dit Marcus.

Et il quitta la pièce. Il ne semblait pas pouvoir se contrôler quand il était près d'elle, ce qui l'emplissait de confusion. Ceci était censé n'être qu'un arrangement. Il n'aurait pas dû éprouver ce genre d'émotions. Il n'aurait pas dû la désirer à ce point. Mais il le faisait.

Ils ne dirent pas grand-chose quand ils quittèrent l'hôpital pour se rendre chez Matthew et Victoria. Marcus était inhabituellement silencieux, et Alexis sentait la tension revenir entre eux. Ce qui n'était pas étonnant.

Beaucoup de choses s'étaient produites. Il avait suggéré qu'ils s'installent ensemble. Puis il avait pris soin d'elle lorsqu'elle s'était sentie mal au jardin botanique, et il avait été là lorsqu'elle avait vu son bébé. Après quoi il l'avait embrassée alors qu'elle était éminemment vulnérable.

Elle était encore abasourdie par ce baiser. Elle ignorait ce qui lui avait pris de l'embrasser la première. Elle avait juste été submergée par tant d'émotions, et voir son bébé pour la première fois l'avait complètement tourneboulée. Elle avait bien failli pleurer. Mais sa mère lui avait enseigné qu'une dame ne pleure pas, alors elle avait ravalé ses larmes, avant de se mettre en colère contre elle-même.

Marcus avait bien raison de dire que les professionnels de la médecine faisaient les pires patients. Si une future mère s'était présentée au dispensaire avec ce genre de symptômes, Alexis aurait fait ce que le Dr Baxter avait fait pour elle. Et si elle n'avait pas été aussi préoccupée par son travail et son problème de visa, elle aurait vu plus tôt que quelque chose n'allait pas.

Quand elle avait embrassé Marcus, elle avait quêté du réconfort. Ce qui l'avait surprise, c'était qu'il lui avait rendu son baiser – avec une telle intensité que cela lui avait enflammé le sang. Elle n'avait encore jamais ressenti cette espèce de décharge électrique. Elle avait eu faim de lui, intensément.

Elle était contente que le Dr Baxter les ait interrompus, mais elle ne pouvait nier qu'une partie d'elle avait souhaité que ce baiser se poursuive. Elle avait eu envie de savoir à quoi il conduirait.

Alexis n'était pas le style de fille à avoir des aventures d'une nuit. Elle était, d'ordinaire, le genre de femme à ne pas prendre de risques avec les hommes. Elle n'avait connu que Bruce, mais la façon dont Marcus l'avait embrassée lui avait fait souhaiter être une de ces femmes fortes et courageuses qui n'hésitaient pas à courir après ce qu'elles voulaient et qui elles voulaient.

Et en cet instant, son corps voulait encore Marcus.

— On y est, dit Marcus, rompant le silence qui était tombé entre eux.

La demeure de Matthew et Victoria était une petite maison de guingois construite contre la colline, pas loin de l'hôpital. Elle avait un toit rouge vif et était nichée dans le vert des arbres.

— C'est une maison bizarre, dit Alexis, qui justement adorait les maisons bizarres.

Marcus sourit largement.

— Bizarre ? Attends de voir.

Elle haussa un sourcil.

— Qu'est-ce que tu veux dire par là ?

— Tu verras.

— Tu es frustrant, dit-elle en riant, soulagée que la tension se dissipe entre eux.

— Désolé, mais il est très drôle de voir la tête des gens quand ils découvrent l'intérieur.

La curiosité d'Alexis était vraiment piquée, à présent.

Marcus lui ouvrit sa portière et l'aida à sortir de la voiture. Lorsqu'elle glissa la main dans la sienne, une onde de chaleur la parcourut et elle espéra qu'elle ne rougissait pas. Puis il sonna à la porte d'entrée, et Matthew vint ouvrir.

— Marcus, dit-il.

— Matthew. Tu te souviens d'Alexis ?

Son frère sourit, les yeux pétillants.

— C'est un plaisir de vous revoir, Alexis. Je vous en prie, entrez.

Matthew s'écarta pour les laisser passer, et dès qu'Alexis franchit le seuil, elle resta bouche bée devant le magnifique et moderne espace ouvert. La maison était bien plus grande à l'intérieur qu'elle en avait l'air de l'extérieur.

Marcus rit doucement et se pencha pour murmurer :

— Tu vois ?

— Oui, répondit-elle à mi-voix. Votre maison est spectaculaire, Matthew.

Il eut un grand sourire.

— Merci. Nous sommes encore en chantier. Quelques rénovations à faire pour l'arrivée du bébé.

— Oh ! félicitations. Marcus ne me l'avait pas dit.

Matthew soupira.

— Ça ne m'étonne pas. Et bien sûr, il n'avait rien dit non plus à propos de vous et de votre bébé.

Les joues d'Alexis s'enflammèrent. Marcus, rassurant, passa un bras autour d'elle.

— Si tu te souviens, mon cher frère, nous n'étions pas en termes très amicaux jusqu'à récemment. Et là, tu étais légèrement préoccupé par ton nouveau travail, Vic et le domino.

Matthew rit.

— Gagné. Tu as raison.

— Êtes-vous encore en train de vous disputer ? demanda Victoria en arrivant de la terrasse.

— Non ! répondirent les deux frères à l'unisson.

Elle secoua la tête, puis sourit chaudement à Alexis. Grande, mince et brune, elle était très belle.

— Alexis, bienvenue.

— Merci de nous recevoir, répondit Alexis avec nervosité.

Elle était tendue, car elle se rappelait la façon dont Victoria avait semblé lire en elle à l'hôpital – un talent que les chirurgiens et les médecins vraiment bons avaient tous, d'après elle.

Elle aimait à penser qu'elle avait ce don, elle aussi, mais il était un peu perturbant de le voir dirigé contre soi.

— C'est un plaisir pour nous. J'ai été si contente quand Matthew m'a dit que Marcus s'était marié, même si c'était un peu choquant, vu que son opération ne remonte qu'à huit semaines.

Le regard de Victoria était à la fois sérieux et amical, mais Marcus n'en parut pas impressionné. Alexis espéra qu'elle ne rougissait pas de nouveau ; elle avait très chaud.

Victoria était apparemment dotée d'une perception très fine, et ils étaient pris dans un mensonge.

— J'ai lu des articles sur cette opération. Elle a été impressionnante, dit Alexis, essayant de détourner la conversation de son mariage.

Victoria rayonna.

— Oui, vous avez dû être inquiète pour Marcus. Mais je ne me souviens pas de vous avoir vue à l'hôpital.

— Qu'est-ce que c'est ? intervint Marcus. Une inquisition ?

— Non, désolée. C'est la chirurgienne qui parle. Je ne voulais pas me montrer indiscrète, Marcus, répondit Victoria. Je suis juste curieuse de rencontrer la femme qui t'a mis la main dessus.

— Nous avions rompu, à ce moment-là, dit vivement Alexis. Il ne savait pas que j'étais enceinte et j'ignorais qu'on devait lui enlever un rein. Un double secret, en quelque sorte.

Elle se raccrochait à des brindilles, et s'en voulait de mentir à deux grands chirurgiens qu'elle admirait, mais Victoria rit.

— Des choses plus étranges se sont produites. J'ai pensé que nous pourrions dîner sur la terrasse. Mettez-vous à l'aise, tous les deux. Matthew, j'ai besoin d'aide à la cuisine.

Marcus posa une main au creux du dos d'Alexis et la guida vers la terrasse. Son contact était rassurant et cela calma ses nerfs.

Elle s'assit à la table. Cette maison était au cœur de Charlotte Amalie, mais elle était si tranquille, si paisible.

— Grâce à toi, nous l'avons échappé belle, murmura Marcus en prenant place à côté d'elle.

— Je ne savais pas que nous serions interrogés d'une manière aussi pointilleuse.

— Moi non plus. Je savais qu'il y aurait des questions, mais pas comme ça. Je suis désolé.

— Non, ça va. Ils se soucient de toi. C'est bien.

Alexis souhaita que quelqu'un se soucie autant d'elle, aussi. Elle était un peu envieuse.

— Néanmoins…

— Chut ! fit-elle, et tous deux rirent nerveusement.

Matthew apparut avec du thé glacé sur un plateau.

— Il est sucré, dit-il. Je n'aime pas le thé froid pur et dur.

— C'est parfait, merci.

Alexis prit un verre et but une gorgée. La boisson la rafraîchit et ses nerfs à vif se détendirent un peu.

— Si ma question ne vous gêne pas, où en êtes-vous de votre grossesse, Alexis ? demanda Matthew.

— Elle nous gêne, répliqua Marcus, fusillant son frère du regard.

— Non, tout va bien, dit gentiment Alexis. Je suis à vingt-six semaines.

— Et vous ne saviez pas que vous portiez l'enfant de Marcus quand vous avez rompu ?

— En effet.

Les joues d'Alexis s'échauffèrent de nouveau.

— Le truc, intervint Marcus, c'est que je l'ai prise pour une étrangère de passage. Elle est anglaise et je n'avais aucune idée qu'elle travaillait ici comme sage-femme.

— Je t'avais bien dit qu'à force de jouer les play-boys ça te rattraperait un jour, dit Matthew, critique.

Marcus leva les yeux au ciel.

— Quoi qu'il en soit, tout va bien, maintenant. Alexis n'est pas une de mes passades habituelles ; elle est ma femme.

Les paroles de Marcus choquèrent Alexis. Elle n'avait aucune idée qu'il était un play-boy. Cela la surprenait, comme tout ce qu'elle découvrait sur lui.

Était-elle simplement une conquête de plus ?

Tu es enceinte et il t'a rencontrée par l'intermédiaire de Chase et Pepper. Tu n'es pas vraiment une conquête.

Toutefois, cela renforçait l'idée qu'elle savait bien peu de choses sur Marcus.

— Là, c'était différent, déclara-t-il, et elle s'avisa qu'elle avait manqué une partie de la conversation. Je suis tombé amoureux.

Il tendit la main pour prendre la sienne.

Son cœur manqua un battement et une partie d'elle souhaita qu'un homme comme Marcus l'aime vraiment, mais tout n'était que mensonge. Et mentir à Matthew et Victoria la rendait malade.

— Puis-je utiliser vos toilettes ? demanda-t-elle en enlevant vivement sa main à Marcus.

Matthew se leva, l'air soucieux.

— Bien sûr. Victoria va vous montrer.

Alexis hocha la tête et se rua à l'intérieur. Victoria, en la voyant, lui demanda si cela allait.

— Non. Je me sens un peu…

Nauséeuse. Décalée. Coupable.

— N'en dites pas plus. Troisième porte à gauche.

Alexis acquiesça et courut jusque-là. La porte refermée, elle s'y adossa et prit de profondes inspirations. Quand la vie était-elle devenue si compliquée ?

Probablement quand elle avait dit à Bruce qu'elle était enceinte et qu'il lui avait tourné le dos. C'était ce qui l'avait conduite ici, dans les îles Vierges américaines. Et maintenant elle ne voulait plus en partir.

Elle s'était fait des amis, ici. Elle avait commencé à vraiment vivre, libérée du spectre de ce que Bruce lui avait fait subir… Mais comment pouvait-elle faire confiance à Marcus, s'il allait de femme en femme ? Elle ne le pouvait pas. Dès que le mariage prendrait fin, elle ne devrait plus le revoir. Jamais.

— Alexis ? demanda Victoria en frappant doucement. Est-ce que vous allez bien ?

— Oui.

Alexis ouvrit la porte et découvrit son hôtesse qui l'attendait avec une tasse d'infusion qui sentait le gingembre.

— C'est une tisane, dit-elle. Ça m'aide quand j'ai la nausée.

Alexis prit la tasse.

— Merci. La journée a été longue.

— Désolée pour ces questions. Ce n'est pas exactement comme ça que vous prévoyiez de passer la soirée de vos noces, hein ?

Alexis sourit.

— C'est inattendu, c'est vrai. Où en êtes-vous de votre grossesse ?

— Huit semaines seulement. Je m'inquiète encore pour tout.

— Je suis sage-femme. Si vous avez des soucis, je serai plus qu'heureuse de vous aider.

Victoria sourit ; ses yeux étaient chaleureux et amicaux.

— Il paraît que vous êtes une sage-femme fantastique.

— Qui vous a dit ça ?

— Chase et Pepper. J'ai opéré Jonas. Ils m'ont dit que vous connaissiez bien la drépanocytose ?

— Oui. Il n'y a pas si longtemps, c'était une maladie mortelle.

— Si vous êtes à vingt-six semaines, vous accoucherez bien

avant moi. Je vous appellerai si un jour je ne peux pas joindre le Dr Baxter, qui me suit.

— Quand vous voudrez.

— Ce sera super pour mon bébé d'avoir un cousin ou une cousine si proche en âge. J'ai grandi sans famille.

— Sans famille du tout ?

— Ma mère est morte quand j'avais dix ans. Je n'ai jamais connu mon père. Il n'y avait personne d'autre. J'étais seule et j'ai grandi dans des familles d'accueil.

Alexis déglutit, une boule dans la gorge. Elle se sentait encore plus mal de tromper Victoria et Matthew. Leurs bébés ne seraient pas des cousins.

— Bon, assez parlé de choses tristes. Allons profiter d'un dîner agréable, dit Victoria en prenant la tasse vide.

Alexis essaya de faire bonne figure, mais il lui en coûtait terriblement de mentir à des gens si gentils. Cela ne lui ressemblait pas ; elle n'était pas une menteuse. Et Victoria et Matthew étaient le genre de couple qu'elle aimerait avoir pour amis. Peut-être même comme famille.

Le dîner terminé, il était trop tard pour repartir sur le *Tryphine* à St. John, aussi décidèrent-ils d'essayer leur cohabitation à venir. Ce serait un bon test. Marcus espérait seulement qu'il pourrait mettre Alexis à l'aise.

Il avait été inquiet lorsqu'elle avait couru aux toilettes. Mais quand elle était revenue avec Victoria elle avait paru plus calme, et le repas s'était bien passé. Certes, Matthew les avait soumis à un feu roulant de questions, mais Marcus comprenait son frère : un mariage impromptu lui ressemblait si peu ! Surtout après qu'il avait passé des années à dire qu'il ne se caserait jamais.

C'est pour Pepper et Chase.

Chase lui devait une fière chandelle.

Alexis avait appuyé la tête contre la vitre de la voiture et somnolait. Elle semblait si paisible. Elle avait presque l'air d'un ange.

Contrôle-toi, mon gars.

Marcus se gara aux abords de la marina et la réveilla avec réticence.

— Pardon, murmura-t-elle.

— Ne t'excuse pas. La journée a été longue.

Il l'aida à sortir de la voiture et à descendre jusqu'au voilier. Il avait toujours une couchette prête pour un invité, ce qui était parfait.

— Tu peux prendre cette cabine, dit-il, une fois à bord.

— C'est adorable, merci, répondit Alexis en s'asseyant sur le bord de la couchette.

— Est-ce que tu te sens bien ?

— Oui, pourquoi ?

— Tu m'as inquiété, tout à l'heure.

— J'ai été prise d'un malaise, mais Victoria m'a donné une infusion au gingembre et s'est excusée pour les questions.

— Mon frère a remporté le pompon, maugréa Marcus.

— Ce n'était pas seulement ça, dit-elle doucement.

— Ah non ?

Il s'accroupit devant elle.

— Tu ne m'avais pas dit que tu étais un tel homme à femmes.

— Cela a-t-il de l'importance ?

— Je suppose que non.

Mais Marcus perçut à sa voix que cela en avait. Il soupira et se passa une main dans les cheveux.

— Quand ma fiancée m'a quitté, je ne voulais plus entendre parler de me fixer. Des histoires d'un soir avec des touristes étaient la solution la plus facile. Elles ne s'accrochaient pas et je ne m'attachais pas. C'était parfait, mais cela ne m'est pas arrivé depuis longtemps. Quand mon filleul, Jonas, est tombé malade, je me suis concentré uniquement sur lui. Il n'y a pas eu d'aventure de ce genre depuis près d'un an.

Alexis sourit.

— Je sais qu'en quelque sorte j'envahis ta vie.

Il lui sourit en retour.

— Ta compagnie me plaît.

Et c'était vrai. Non seulement il s'était consacré à Jonas, mais il s'était lassé de ces rendez-vous sans lendemain.

— Merci encore pour toute ton aide aujourd'hui, dit Alexis en faisant passer une mèche derrière son oreille.

— Je t'en prie. Repose-toi, maintenant. Ordre du médecin ! Nous devons nous rendre aux services de l'immigration de bonne heure, demain matin.

Elle hocha la tête.

— Bien, capitaine.

Sans réfléchir, Marcus se leva, posa un baiser sur le sommet de sa tête et quitta prestement la cabine. Pourquoi n'était-il plus lui-même lorsqu'il était avec elle ? Qu'est-ce que c'était que cette emprise qu'Alexis avait sur lui ? Il remarqua que son sac à main était resté sur le comptoir de la cambuse, et que l'échographie du bébé en avait glissé.

Il la prit pour la ranger et vit le nom imprimé sur l'image.

Bébé Olesen.

Son cœur s'arrêta un instant tandis que la peur le submergeait, suivie par de la tristesse, car le bébé n'était pas le sien. Tout ce qu'il souhaita alors, en fixant le cliché, ce fut d'être avec Alexis et d'être là pour l'enfant que son vrai père avait rejeté.

7.

Alexis fixait le plafond de sa cabine. Elle était épuisée, mais elle ne pouvait pas dormir. Elle pensait à l'endroit où elle se trouvait, et au fait que ceci n'avait jamais fait partie de son plan. Après sa rupture avec Bruce, elle n'aurait jamais pensé qu'elle se remarierait et vivrait de nouveau avec un homme.

Lorsqu'elle avait accepté ce mariage de complaisance, rien dans sa vie n'était censé changer. Et maintenant tout changeait.

Rejetant le drap, elle prit le peignoir que Marcus lui avait prêté et quitta la cabine. Elle avait besoin de prendre l'air et le bébé lui donnait des coups de pied, comme en réponse à son insomnie et à tout ce qui s'était passé durant ces vingt-quatre dernières heures.

Un verre d'eau l'aiderait à se calmer. Elle se rendit à la cambuse et alluma, sursautant quand elle vit Marcus assis à la table, les yeux rivés sur un hublot.

— Alexis, ça va ? demanda-t-il.

— Je ne peux pas dormir. Le bébé me donne des coups de pied. Pourquoi es-tu debout ?

— Je n'arrive pas à dormir non plus…

Alexis s'assit en face de lui et but son eau en regardant par le hublot. La ville de Charlotte Amalie était illuminée, et elle entendit au loin la corne d'un grand bateau.

— C'est toujours plus bruyant ici, à St. Thomas, observa Marcus. C'est pourquoi je préfère St. John. On m'a offert d'ouvrir un cabinet sur cette île, mais je n'aime pas l'agitation ambiante.

— J'aime le calme, moi aussi. Londres était toujours tellement sous pression. Je préfère la campagne.

— Je ne suis jamais allé à Londres, dit-il en se penchant en avant. Comment est la ville ?

— Pluvieuse, répondit-elle en riant, et il sourit. Non, sérieusement, c'est un endroit merveilleux. Plein d'histoire, mais aussi moderne. C'était juste trop… peuplé pour moi.

Et cela lui rappelait ses années de mariage avec Bruce, quand elle avait été si malheureuse.

— J'ai travaillé quelque temps à San Diego, dit Marcus. Il y avait trop de monde pour moi, aussi.

— Comment t'es-tu retrouvé en Californie ?

— Il n'y avait pas de fac de médecine ici, alors j'ai dû aller sur le continent. Matthew est allé à New York, mais j'ai préféré la vibration de la côte Ouest.

— Et qu'est-ce que la vibration de la côte Ouest ?

— Le surf ? Les avocats ? suggéra-t-il, malicieux.

Elle rit.

— C'est vraiment ainsi que tu résumes ta vie en Californie ?

— Faire du surf est génial. Tu devrais essayer.

— Je ne peux pas, dans mon état.

Il baissa les yeux sur son ventre et sourit avec chaleur.

— C'est vrai. Quand doit naître le bébé ?

— La date officielle est le 30 octobre.

— Presque Halloween. J'espère que tu ne vas pas l'appeler Ichabod, comme dans l'histoire du cavalier sans tête ?

Alexis fut prise d'un fou rire.

— Non, je ne suis pas obsédée à ce point par cette histoire.

— Bon. J'aime t'entendre rire, dit doucement Marcus.

— Il est facile de rire, avec toi.

Elle ne se souvenait pas d'avoir ri de cette façon avec Bruce. Pourquoi était-ce si facile avec un homme qu'elle connaissait à peine ?

— Viens, dit-il en se levant. Allons dehors. Peut-être que l'air vif nous aidera à dormir.

Il tendit la main. Alexis savait qu'elle aurait dû retourner dans sa cabine, mais elle ignora cette pensée et prit sa main pour le suivre sur le pont.

Il faisait nettement plus frais dehors et elle inspira une longue goulée d'air salé. Comme à St. John, les mâts des autres bateaux étaient éclairés. Avec les lumières de Charlotte Amalie sur le flanc de la colline, c'était magique. Ils restèrent là, à contempler en silence le clair ciel nocturne où quelques étoiles scintillaient. Mais Alexis ne s'intéressait pas aux étoiles, ce soir. Elle ne pouvait détacher les yeux de Marcus.

Son cœur se mit à battre plus vite et son corps s'échauffa de le sentir si proche. Son mari.

— C'est dommage, murmura-t-il. Les lumières de la ville font disparaître les étoiles. Parfois, je vais à St. Croix pour regarder le ciel, par une nuit claire comme celle-ci. Quand on est loin de toute pollution lumineuse, les étoiles sont en nombre infini et je me sens comme un ancien marin, naviguant d'après les constellations.

— J'aimerais voir ça, murmura Alexis.

— Vraiment ? demanda-t-il, ses yeux bleus pétillants, avec ce demi-sourire qui la faisait défaillir.

Elle rougit, heureuse qu'il ne puisse voir ses joues en feu dans l'obscurité.

— Oui.

Elle était en colère contre elle-même. Elle ne devait pas faire des plans avec un homme qui n'était pas à elle et ne le serait jamais. Son cœur pourrait peut-être encaisser une autre rupture, mais elle ne mettrait pas en danger celui de son enfant à naître. Elle ne voulait pas de ça pour lui.

Tandis que ses pensées la submergeaient, une larme roula sur sa joue.

— Alexis ? chuchota Marcus. Qu'est-ce qui ne va pas ?

— Je pensais juste à mon bébé et je m'inquiétais.

— À quel sujet ? demanda-t-il doucement.

— L'avenir.

Elle soupira.

— Je pensais que je pouvais faire ça toute seule, mais Victoria m'a raconté son histoire et… je suppose que je me laisse emporter par mon imagination.

Marcus essuya sa larme, et elle fut gênée de pleurer devant lui. C'était une marque de faiblesse, disait sa mère.

— Pardon, dit-elle en tentant de sourire. C'est idiot.

— Non, pas du tout.

Et il l'attira à lui, l'enveloppant de ses bras. Elle appuya la tête sur son épaule chaude puis ferma les yeux et sentit ses inquiétudes se dissiper. Être là lui semblait juste. Même si ça ne l'était pas. Même si son cœur était en danger. Même si ça ne pourrait pas durer et ne durerait pas.

Marcus ne dormait jamais particulièrement bien lorsqu'il était amarré dans le port de Charlotte Amalie. Mais ce qui avait ajouté à son insomnie, ce soir, c'était qu'Alexis se trouvait avec lui sur le *Tryphine*.

D'ordinaire, quand il avait amené une femme sur le voilier, il n'était pas question de dormir. Une fois la chose consommée, la femme retournait à son hôtel ou sur son bateau de croisière. Ses conquêtes ne dormaient pas chez lui. La seule femme avec qui il avait jamais dormi était Dawna. Elle était la seule à qui il s'était assez fié pour le faire, et il n'avait qu'à voir où cela l'avait conduit.

Il ne savait toujours pas très bien ce qui lui avait pris de demander à Alexis de vivre avec lui. Il s'était dit que, si elle était dans la cabine voisine, cela irait. Au lieu de ça, il ne pouvait cesser de penser à elle.

Il n'avait pas voulu passer la nuit à se tourner et à se retourner, alors il s'était levé. Et elle était arrivée, portant son grand peignoir en éponge bleu. Ses cheveux blonds étaient tout emmêlés et elle avait des cernes sous les yeux.

La façon dont elle avait attaché le peignoir accentuait la rondeur de son ventre, et il l'avait trouvée absolument délicieuse. Et maintenant, alors qu'il la tenait contre lui, il n'avait pas envie de la laisser partir.

Sauf qu'il le devait. Elle n'était pas à lui.

— Merci, murmura-t-elle en se dégageant de son étreinte.

Dès qu'elle quitta ses bras, Marcus se sentit seul.

— Je t'en prie. C'est à ça que servent les amis – ou les amis/maris.

Il sourit largement et elle lui rendit son sourire.

— Je suppose que nous sommes amis, n'est-ce pas ?

— Exactement. Ne parlons plus d'étrangers. Nous sommes de nouveaux amis. Il n'y a pas un proverbe, à ce sujet ?

— Si. « Faites-vous de nouveaux amis, mais gardez les anciens. Les uns sont d'argent et les autres d'or. »

Alexis se tut un instant, avant d'avouer :

— Je m'inquiète aussi pour demain.

— La visite aux services de l'immigration ? Oui, bien sûr. Mais nous suivrons toutes les règles, remplirons tous les papiers, et tout se passera bien. D'accord ?

— D'accord. Bon, je devrais essayer de dormir. Bonne nuit, Marcus.

Elle se pencha et l'embrassa rapidement sur la joue. Une onde de chaleur le parcourut et il l'attrapa avant qu'elle puisse s'en aller, lui releva le menton et l'embrassa légèrement sur les lèvres.

Il désirait plus, mais il résista.

Il la vit rosir lorsqu'elle ouvrit les yeux.

— Bonne nuit, Alexis.

Elle s'éclipsa en hâte.

Marcus se tourna pour regarder l'eau, son sang pulsant dans ses veines et son cœur risquant très fortement de s'éprendre d'une femme qu'il ne pouvait avoir.

8.

Ils se rendirent tôt aux services de l'immigration, mais eurent quand même à faire la queue. Marcus essayait de ne pas trop bâiller ; il avait mal dormi en sachant Alexis dans la cabine voisine. Si près, et pourtant si loin. Il ne pouvait penser qu'à elle, et à son désir d'avoir une vraie nuit de noces avec elle.

La soirée de la veille avait été formidable. C'était vraiment super d'être avec Alexis, Matthew et Victoria. Cela avait semblé naturel. Comme s'ils étaient destinés à former une vraie famille.

Il voulait plus, mais ce n'était pas possible. Si le père biologique du bébé revenait ? Il ignorait combien de temps Alexis et lui avaient été mariés, mais ils avaient été ensemble par choix. Il y avait eu de l'amour, entre eux. Il se remémora l'époque où il était amoureux de Dawna. Il avait été si heureux.

Il n'avait rien compris. Et il ne pouvait se permettre de tomber amoureux d'une autre femme qui pourrait le quitter pour un autre homme, parce que cela faisait trop mal. Il pensait que son cœur s'était endurci, depuis, mais quand il était avec Alexis, il avait l'impression qu'il se ramollissait. Ce qui le terrifiait.

La procédure se passa aussi bien que possible et ils ne se dirent pas grand-chose quand ils sortirent pour rejoindre le voilier et rentrer à St. John. Il y avait beaucoup de choses à faire, comme installer Alexis à bord du *Tryphine*.

Ce qui signifiait probablement pas mal d'autres nuits sans sommeil.

Alors qu'ils quittaient le bâtiment officiel, Marcus aperçut une femme enceinte qui semblait peiner pour gravir lourdement les marches. Il jeta un coup d'œil à Alexis, qui observait la femme avec attention.

— Elle semble souffrir, dit-il. Et j'ai l'impression que le bébé est descendu.

— Je reviens tout de suite, murmura Alexis.

Elle alla trouver la femme et lui demanda :

— Avez-vous besoin d'aide ?

La femme transpirait abondamment. Elle luttait pour prendre de grandes inspirations.

— Ça va. Je… Non, en fait, j'ai de terribles brûlures d'estomac, mais… je dois faire des papiers.

Alexis fit signe à Marcus de la rejoindre.

— Madame, je suis le Dr Olesen et voici Alexis, qui est sage-femme et infirmière praticienne. Je pense que nous devons vous conduire à l'intérieur.

La femme hocha la tête.

— Je m'appelle Jill.

— Jill, où en êtes-vous de votre grossesse ?

— Quarante-trois semaines. Je suis un peu en retard.

Alexis et Marcus échangèrent un regard. Elle était plus qu'en retard, et ce bébé allait à coup sûr naître sur place. Ils la firent entrer et s'adressèrent au garde de sécurité.

— Il nous faut une pièce, un kit d'urgence et une ambulance, déclara fermement Alexis.

L'homme hocha la tête.

— Vous pouvez utiliser le local de premier secours au bout du couloir. Il est vide.

Dès qu'ils eurent conduit Jill dans la pièce, elle perdit les eaux.

— Oh ! mon Dieu, dit-elle d'une voix tremblante.

— Je pense que votre bébé arrive, dit Alexis.

Marcus aida Jill à s'allonger sur la couchette, et à partir de là ils agirent de concert. Il trouva dans les placards ce dont Alexis avait besoin et le lui donna. Jill était prête à accoucher, mais elle avait le teint jaunâtre. Marcus lui prit sa tension, qui était élevée. Il vérifia ses yeux, qui étaient jaunes aussi. Elle avait manifestement un problème hépatique. Il l'ausculta, et lorsqu'il appuya sur sa vésicule biliaire, elle grimaça.

— Comment ça va, Marcus ? demanda Alexis.

— Je suspecte une cholestase.

— Qu'est-ce que c'est ? demanda Jill, paniquée.

— Vous devez avoir un calcul ou une infection de la vésicule biliaire. Cela explique vos douleurs.

— Et le bébé…

Alexis ne termina pas sa phrase.

— Qu'est-ce qui ne va pas ? demanda calmement Marcus en s'agenouillant à côté d'elle.

— Il se présente par le siège. Il faudra que tu m'aides quand elle poussera. Tu appuieras ici quand je le dirai.

Il posa une main sur le ventre de Jill.

— Qu'est-ce qui se passe ? s'écria-t-elle.

Alexis le lui expliqua.

— Nous allons essayer de l'aider à sortir. Ce sera un peu désagréable, mais cela ne durera pas longtemps.

— D'accord, gémit Jill.

Ils attendirent la prochaine contraction, et Alexis ordonna alors à Marcus d'appuyer.

— Poussez fort, Jill ! Allez, poussez !

Jill cria et mit au monde son bébé, une fille, par le siège. Le bébé poussa un cri perçant, mais la mère ne réagit pas. Marcus se tourna et vit qu'elle était inconsciente.

— Jill ? appela-t-il.

Pendant ce temps, Alexis coupait le cordon.

Marcus prit le pouls de Jill, qui était irrégulier. Il craignait une rupture de la vésicule. Et il était furieux contre les médecins qui l'avaient suivie et n'avaient pas vérifié ses symptômes quand elle se plaignait d'avoir mal. Maintenant, il allait falloir l'opérer.

Les secouristes arrivèrent sur ces entrefaites. Marcus leur expliqua la situation. Ils mirent une perfusion en place, puis une deuxième ambulance arriva avec un incubateur pour transporter le nouveau-né.

— Emmenez-les au Ziese Memorial Hospital, dit Alexis. Dites au Dr Baxter que le bébé est né par le siège à quarante-trois semaines.

Ils acquiescèrent, et Alexis et Marcus s'écartèrent pour les laisser faire leur travail. Lorsqu'ils emmenèrent Jill et sa fille, Alexis poussa un soupir de soulagement.

— Nous formons une bonne équipe, remarqua-t-elle. Jill était si faible que j'ai craint un moment de les perdre tous les deux. J'ignore ce qui se serait passé si tu n'avais pas été là pour aider.

— Je suis en colère que l'on ait pris ses douleurs pour celles du travail, déclara Marcus. Et il paraît que les calculs peuvent être aussi douloureux qu'un accouchement.

— C'est un homme qui t'a dit ça ? demanda Alexis.

— Non, une femme, répondit-il avec un grand sourire.

Ils se mirent à nettoyer et à ranger la pièce.

— Comment se fait-il que lorsque nous faisons une démarche pour rendre notre mariage officiel quelque chose de dramatique se produit ? observa Alexis. Est-ce que nous tentons le sort ?

— Nous sommes maudits, répondit Marcus en plaisantant. J'avais oublié de te le dire.

Un sourire se dessina sur les jolies lèvres roses, qu'il savait délectables.

— Peut-être.

Enfin, ils quittèrent le bâtiment pour de bon.

— Je suggère que nous rentrions à St. John, dit Marcus.

— Oui. Je dois voir Pepper et demain j'ai mon test de tolérance au glucose.

— Comment te sens-tu, aujourd'hui ?

— Claquée, mais autrement ça va. Je serai contente quand nous serons de retour à la maison.

Elle avait dit « à la maison » tout naturellement, mais cela emballa le pouls de Marcus. Elle allait vivre avec lui. Son toit serait également le sien et celui du bébé.

— Et il faut que nous transférions tes affaires sur le voilier. Ce sera plus sûr, si quelqu'un passe nous voir.

Ils rejoignirent la marina. Marcus n'eut aucun mal à larguer les amarres du *Tryphine*. Sa cicatrice le lançait beaucoup moins. Il espérait être guéri, car il lui tardait de reprendre le travail. La seule manière de s'ôter Alexis de la tête serait de retourner à son cabinet.

Elle s'assit à côté de lui sur le pont tandis qu'il se dirigeait vers le large. Elle souriait, et en la regardant il ne put s'empêcher de sourire aussi. Il avait toujours adoré naviguer, mais Dawna n'aimait pas être sur l'eau. Il aurait dû voir ça comme un signe qu'ils n'étaient pas compatibles, seulement il était aveuglé par l'amour.

Et franchement, maintenant, en étant avec Alexis, il commençait à se demander ce qu'il avait bien pu trouver à Dawna.

La traversée jusqu'à St. John était courte. Alors que Marcus amarrait le voilier à son emplacement, il découvrit que Chase l'attendait sur le quai. Alexis fronça les sourcils.

— J'espère que Pepper va bien.

— Sans doute. Il veut probablement juste nous demander pourquoi nous ne sommes pas rentrés hier soir.

Elle rit.

— Je suis sûre que Pepper meurt d'envie de savoir ce qui s'est passé !

— C'est certain. Elle a dû l'obliger à venir ici.

Ils rirent tous les deux, car ils connaissaient bien leur amie. Peu après, Chase les aida à mettre pied sur le quai.

— Alors ? demanda-t-il. Comment ça s'est passé ?

— Tout est bouclé et je m'installe, répondit joyeusement Alexis. Comment va Pepper ?

— Elle ne se sent pas bien.

— Je vais la recevoir au dispensaire.

Marcus hocha la tête.

— N'oublie pas de te ménager.

— Promis. Je te verrai plus tard.

Il la regarda s'éloigner, et relâcha le souffle qu'il avait retenu sans s'en rendre compte.

— Alors, pourquoi n'êtes-vous pas rentrés hier soir ? demanda Chase.

— Mon frère.

— Je vois, dit Chase en riant.

— Alexis va s'installer avec moi.

Son ami haussa les sourcils.

— Je dois dire que j'en suis surpris.

Marcus haussa les épaules.

— Qu'elle s'installe se tient. Nous sommes mariés. Et à ce propos, tu as une grosse dette envers moi.

— C'est vraiment si pénible ?

Non.

— Oui, fit Marcus avec un grand sourire.

Chase rit.

— Menteur ! J'ai su quand j'ai vu Alexis que cela marcherait entre vous. Elle est ton genre.

— Comment ça ? Elle n'est pas le genre de femme que je fréquente habituellement.

— Je sais. Tu évites les femmes comme Dawna.

— Alexis ne ressemble pas du tout à Dawna.

— Elle est belle, intelligente et courageuse, rétorqua Chase.

Il n'avait pas tort, mais il y avait une énorme différence entre Alexis et Dawna. Alexis n'était ni froide ni calculatrice. Or Dawna – même s'il ne l'avait pas remarqué quand il l'aimait – voulait faire carrière et gagner de l'argent, au point qu'elle ne se souciait pas de blesser des gens pour avoir ce qu'elle désirait. Alexis était tout le contraire. Elle était disposée à faire ce qu'il fallait pour prendre soin de ses patientes, y compris épouser un étranger.

Il y avait des similarités, bien sûr, mais Alexis valait tellement plus que Dawna.

— Tu sais que j'ai raison, ajouta Chase.

Marcus leva les yeux au ciel.

— Que cela ne te monte pas à la tête.

Alexis se changea et mangea quelque chose avant de se rendre au dispensaire pour voir Pepper. Elle était sûre que son amie aurait plein de questions à lui poser. En fait, elle savait que ce serait le cas de tout le monde. Ils voudraient tout savoir sur son soudain mariage avec le Dr Marcus Olesen.

Elle mit de l'ordre dans son sac et trouva la photo de l'échographie. Elle ne l'avait pas regardée depuis que le Dr Baxter la lui avait donnée, trop prise par tout ce qui avait suivi. Elle sourit en contemplant son petit bébé. Celui qu'elle avait rêvé d'avoir, pendant si longtemps.

Au moins, Bruce lui avait donné ça. Elle toucha le cliché, et remarqua alors le nom inscrit en haut en grosses lettres blanches.

Bébé Olesen.

Elle prit une grande inspiration, la main tremblante. Il était naturel que le Dr Baxter ait supposé que Marcus était le père. Néanmoins, cela la bouleversait de voir ce nom. Et elle ne voulait pas que Marcus se sente obligé de faire partie de la vie de son enfant.

Quel homme voudrait élever l'enfant d'un autre ? Elle secoua la tête, agacée d'avoir laissé la voix de sa mère s'insinuer dans sa tête. Alexis connaissait plein d'hommes qui répondraient présent. La famille n'était pas que le sang, après tout, mais elle ne pouvait nier que Marcus ne l'aimait pas et n'aimait pas son bébé.

Ils n'avaient pas une vraie relation. Leur mariage n'était pas réel. La seule raison pour laquelle Marcus était dans sa vie, ou sur l'échographie de son bébé, c'était Chase et Pepper.

On frappa à la porte et elle rangea la photo.

— Entrez ! lança-t-elle, en espérant que sa voix ne tremblerait pas.

Pepper entra, se dandinant, avec un grand sourire.

— Tu es rentrée ! s'écria-t-elle.

— Oui.

— Tout s'est bien passé ?

— Parfaitement. Mais j'aimerais surtout savoir comment tu te sens.

— Ça va. Mais j'ai les pieds et les chevilles enflés. Je ne sais pas si ça vient de ma maladie ou de ma grossesse.

— Laisse-moi voir.

Pepper s'assit sur la table d'examen et Alexis examina ses jambes. Puis elle prit la température de son amie.

— Tu as un peu de fièvre.

Pepper soupira.

— Oui. Le terme se rapproche, alors je pensais que le gonflement venait de là…

— Est-ce que tu bois assez d'eau ?

— Je me noie ! répondit Pepper, sarcastique.

Alexis sourit.

— Il faut que tu envisages une greffe de moelle osseuse, quand tu auras accouché. Pour ta drépanocytose.

Pepper hocha la tête.

— Je sais. Mais c'est tellement cher, et j'ai un groupe sanguin rare, comme mon fils. Ce sera difficile de trouver un donneur. Et puis nous payons encore pour l'opération de Jonas.

— D'après ce qu'on m'a dit, il y a à Charlotte Amalie une chirurgienne de classe internationale, spécialisée dans les transplantations, qui pourrait t'aider, rétorqua Alexis en souriant.

— J'ai toute confiance en Victoria. Elle ne nous a même pas facturé ses honoraires. Les frais recouvrent juste le séjour à l'hôpital.

— Bon, nous en discuterons de nouveau après la naissance. Pour l'instant, je vais te mesurer et écouter le cœur du bébé.

Pepper s'allongea. Elle n'était pas grosse, pour huit mois. Et l'une des complications de sa maladie, en cas de grossesse, était une naissance prématurée et un petit poids pour le bébé. Mais ces tuméfactions et cette fièvre étaient préoccupantes. C'était le genre d'ennui potentiel qui avait rendu Alexis si déterminée à rester pour suivre son amie.

Elle aida ensuite Pepper à se redresser.

— Tout va bien. Bois de l'eau et repose-toi, cela aidera pour les gonflements. Tu devrais aussi prendre de l'acétaminophène.

— Je le ferai. Alors, parle-moi du mariage.

Alexis rit.

— Qu'y a-t-il à dire ? Nous nous sommes bien habillés, nous sommes allés au tribunal, et après nous avoir mariés le juge a eu une attaque.

Pepper ouvrit de grands yeux.

— Non ! Et après ?

Alexis lui raconta la suite de la journée, y compris sa méprise quand elle avait pris Matthew pour Marcus. Pepper rit beaucoup. Puis elle lui parla de ses examens, et du fait qu'elle devait faire un test qu'elle avait négligé.

— Tu dois prendre soin de toi, dit Pepper d'un ton ferme. Après tout ce que tu as traversé…

Elle se leva et Alexis l'enlaça.

— Merci de m'avoir aidée à rester ici.

— Je t'en prie. J'ai besoin de toi, je te fais confiance et je me sens en sécurité avec toi.

Le cœur d'Alexis s'envola. C'était pour cela qu'elle adorait être sage-femme.

— Essaie de te reposer, Pepper.

— Toi aussi.

— Je dois faire mes cartons pour m'installer sur le bateau de Marcus.

— Quoi ? Tu t'installes avec Marcus ?

— Nous sommes mariés. Il faut bien sauvegarder les apparences.

Pepper eut un grand sourire.

— Mais oui, « sauvegarder les apparences ». C'est ça. Bon, je te laisse à tes paquets.

Son sourire disait qu'elle n'était pas dupe. Comme si elle savait qu'Alexis bataillait avec ses sentiments et son attirance pour Marcus.

En tout cas, Alexis n'était pas inquiète à l'idée de s'installer sur le *Tryphine*. Elle y avait dormi très confortablement la nuit dernière. En fait, cela faisait quelque temps qu'elle n'avait pas aussi bien dormi. C'était probablement parce qu'elle se sentait en sécurité avec Marcus. Cependant, se sentir aussi bien avec lui la perturbait.

9.

— Qu'est-ce que tu as comme bazar ! observa Marcus en transportant un autre carton de la petite chambre d'Alexis jusqu'à sa cabine sur le *Tryphine*.

— Hé, j'ai dû déménager ma vie entière ici, quand j'ai vendu mon appartement pour prendre ce poste, rétorqua Alexis.

Marcus posa le carton par terre.

— Je suis content qu'il n'y ait pas de meubles, mais est-ce que tu collectionnes des pierres ?

Elle lui donna une petite bourrade.

— Très drôle.

— C'est le dernier carton. Le transfert est terminé.

Alexis soupira et s'assit sur la couchette.

— Ça fait bizarre.

— Je n'ai pas vécu avec quelqu'un depuis très longtemps. Tu n'es pas la seule à être un peu effrayée par cette entreprise.

— Vivais-tu sur un bateau, en Californie ?

— Non. Mon ex-fiancée n'aimait pas la vie en mer. J'étais coincé à terre.

— Et tu envisagerais de vivre de nouveau à terre ?

Marcus haussa un sourcil.

— Tu te plains déjà de mon mode de vie ? Tu voudrais peut-être que ton mari t'achète un château !

— Pas du tout. J'étais juste curieuse. J'essaie de mieux te connaître.

Il eut ce demi-sourire qu'elle aimait tant et ses yeux pétillèrent.

— Eh bien, si un jour je décidais de m'installer pour de bon, je suppose que le *Tryphine* serait un peu petit.

— Peut-être, mais vivre à bord me plaît.

— Vraiment ?

— Bien sûr. J'envie ta liberté de pouvoir te déplacer entre ces îles.

— Je ne peux pas aller partout, tu sais. Il y a des criques, des bras de mer et des bancs de sable où le voilier ne peut pas s'aventurer. C'est pourquoi j'ai un petit canot qui me permet d'atteindre des endroits cachés.

— Des endroits cachés ?

Marcus hocha la tête.

— Maintenant que tes affaires sont toutes là, pourquoi n'irions-nous pas faire un tour de l'autre côté de l'île ? Je pourrais te montrer une cascade que j'ai trouvée. Elle se jette dans un bassin, puis dans un lagon. Tu es partante pour une petite aventure ?

Le cœur d'Alexis manqua un battement.

— Oh oui !

— Alors allons-y. Cale tes cartons et retrouve-moi sur le pont.

— À vos ordres, capitaine.

Il rit et disparut. Alexis était très excitée. Cette excursion les éloignerait de Cruz Bay et de tous les mensonges qu'ils devaient dire. En outre, elle adorerait voir une mystérieuse cascade tropicale.

Lorsqu'elle eut tout rangé et qu'elle monta sur le pont, Marcus était sur le quai, en train de parler à un homme. Il avait les bras croisés et le front plissé.

Le cœur d'Alexis sombra.

Oh ! non. Les services de l'immigration.

Ce fut sa première pensée, puis elle contrôla sa panique et resta hors de vue en attendant que Marcus ait fini sa conversation. Un moment plus tard, il donna une tape dans le dos de l'homme, hocha la tête et vint la rejoindre.

— Tout va bien ? demanda-t-elle.

— Un petit contretemps. C'était Jem, un des propriétaires de la marina. L'un de ses fils, Henry, s'est tailladé la main en nettoyant du poisson. Jem n'a pas envie de l'emmener à l'hôpital et il m'a demandé de le suturer.

— Tu as besoin de mon aide ?

— Évidemment ! répondit Marcus avec un grand sourire. Je prends ce qu'il me faut et on y va.

— D'accord.

Il revint peu après avec sa sacoche et un kit de suture. Il prit la main d'Alexis comme si c'était naturel et ils descendirent la passerelle pour se rendre à la petite maison où vivait Jem. Celui-ci les attendait près d'un hangar. En s'approchant, Alexis sentit un fort relent de poisson et son estomac se retourna.

— Ça va ? demanda Marcus. Tu es un peu verte.

— C'est l'odeur de poisson.

— Bon, eh bien, nous allons faire ça dehors, dit-il en posant sa sacoche sur une table de pique-nique. Jem, voici ma femme, Alexis. Elle est infirmière.

— Enchanté, dit Jem.

Marcus lui demanda d'amener son fils. Alexis s'assit de l'autre côté de la table, car elle savait qu'elle devrait tranquilliser le garçon. Quand Henry arriva avec son père, il était pâle, la main sommairement bandée. Marcus lui présenta Alexis, qui le fit asseoir à côté d'elle et lui frotta gentiment le dos. Puis ils se mirent au travail. Marcus fit une petite piqûre pour insensibiliser la plaie, la désinfecta et commença les points, à la fois gentil et attentif. Il parla à Henry durant toute l'opération, lui racontant des blagues et des histoires. Quand ce fut fini, Alexis banda la main de leur patient.

— Voilà, c'est terminé. Ce n'a pas été si terrible, hein ? demanda Marcus.

Henry ouvrit les yeux, l'air étonné.

— Non, docteur Olesen.

— Va te reposer, maintenant.

Henry courut dans la maison et Marcus rédigea une ordonnance pour des antibiotiques et des analgésiques. Il déclara qu'il examinerait les points dans une semaine. Jem le remercia avec chaleur.

— Combien vous dois-je, docteur ?

Marcus secoua la tête.

— Rien. Je ne suis pas censé travailler, en ce moment, et Henry et vous me fournissez en poisson frais. Nous sommes quittes.

— Merci, docteur Olesen.

— Tu t'es montré si doux avec ce garçon, dit Alexis, impressionnée, quand Marcus eut rangé ses affaires.

— C'est mon habitude. Désolé pour le retard.

Elle prit sa main libre.

— Ce n'est rien. Cela a été un plaisir de travailler de nouveau avec toi, même si je n'ai pas fait grand-chose.

— Tu as fait un très beau pansement et tu as soutenu Henry. Ça compte beaucoup pour moi.

Le cœur d'Alexis manqua un battement. Ils retournèrent au voilier main dans la main. En cet instant, elle souhaita être vraiment sa femme, et non une fausse épouse.

Même s'il préférait nettement naviguer à la voile, en particulier par une belle journée ensoleillée comme celle-là, Marcus dut se contenter du moteur de son bateau pour gagner la petite île qui se trouvait de l'autre côté de St. John. Le trajet n'était pas long.

Alexis était assise à côté de lui et se gorgeait de soleil et de vent.

Elle semblait aimer la mer autant que lui. Une autre chose à apprécier chez elle. Elle ne lui rendait pas la tâche facile, et il avait du mal à garder ses distances avec elle.

Il ne lui fallut pas longtemps pour rejoindre la petite crique. Il n'y avait jamais personne, car elle était proche de la frontière avec les îles Vierges britanniques. Il montra celles-ci à Alexis.

— Elles sont si près ! s'exclama-t-elle.

Il jeta l'ancre, puis installa l'échelle qui menait au canot. Après quoi il descendit le premier pour aider Alexis. Elle était encore agile pour ses six mois de grossesse. Et tandis qu'il l'attendait en bas, il ne put s'empêcher d'admirer la jolie rondeur de ses fesses.

— Tu es là ? demanda-t-elle anxieusement, en cherchant où poser le pied.

— Oui.

Il l'attrapa, savourant la sensation de la tenir dans ses bras.

— Fais-moi confiance. Je te tiens.

Elle lâcha le barreau de l'échelle et il l'aida à prendre pied dans le canot, continuant à la tenir pour qu'elle ne tombe pas. Elle riait, un peu essoufflée.

— Je ne sais pas comment je vais remonter là-haut.

— Oh ! je ne t'ai pas dit que j'allais te laisser ici ?

Ils plaisantèrent un moment, puis Marcus l'aida à s'asseoir. Ensuite, il détacha le canot et s'assit à côté du moteur hors-bord. Il guida l'embarcation depuis la crique dans le lagon, passant près d'une mangrove pour se glisser entre des arbres plus hauts. Le soleil filtrait à travers les feuilles et l'eau perdit sa teinte bleu-vert pour se changer en une claire eau de source.

Peu après, ils entendirent le grondement de la cascade qui tombait du haut de l'île. Marcus sauta dans l'eau, tira le canot sur la berge et aida Alexis à descendre.

— C'est fabuleux, murmura-t-elle.

— Ôte tes chaussures, nous pouvons marcher dans l'eau, elle est peu profonde.

Elle quitta ses tennis et il lui prit la main pour l'empêcher de tomber sur les rochers glissants. Elle s'accrocha à lui pour s'aventurer dans le bassin dont l'eau leur arrivait aux genoux. Il ne put se résoudre à la lâcher.

— C'est splendide. Comment as-tu trouvé cet endroit ?

— En explorant. Étant seul, j'avais du temps. C'était avant mon opération.

Il passa les bras autour d'elle, comme le soir où ils avaient regardé les étoiles à Charlotte Amalie. Son pouls battait la chamade. Il n'y avait qu'eux, les arbres et quelques oiseaux qui piaillaient dans le feuillage au-dessus d'eux.

— Je suis contente que tu m'aies amenée ici, murmura-t-elle. Ça me distrait agréablement du travail et des soucis.

— Tant mieux.

Il n'avait qu'une envie : l'embrasser.

Si elle avait été n'importe qui d'autre, il l'aurait fait, mais

Alexis n'était pas n'importe qui. Elle était une tentation à laquelle il devait résister. C'est alors qu'il sentit un coup. Il ouvrit de grands yeux et regarda plus bas.

— Ton bébé m'a donné un coup de pied !

Elle rit doucement.

— C'est bien possible. Tu es la première personne à le sentir comme ça, à part moi, bien sûr.

— Je peux ? demanda-t-il en désignant son ventre.

Elle hocha la tête.

Marcus tendit la main et la toucha délicatement. Il y eut un autre coup, et il ne put s'empêcher de sourire, ravi. Il était enchanté que cette petite vie à l'intérieur d'Alexis lui fasse savoir qu'elle était là.

— C'est stupéfiant, murmura-t-il.

— Oui.

Elle fit un pas en arrière, l'air un peu soucieux.

— Quoi ? demanda-t-il.

— Rien. Je suis contente que tu te sentes impliqué, mais…

— Je sais, Alexis. Le bébé n'est pas de moi et j'ai conscience que cet arrangement aura une durée limitée. Mais cela dit, nous pouvons être amis, n'est-ce pas ?

Elle sourit faiblement.

— Oui, bien sûr.

Elle s'éloigna de lui, pataugeant en direction de la cascade. Il prit une grande inspiration. Il s'aventurait en terrain dangereux.

Il fallait qu'il se montre plus prudent.

Il était en danger de perdre son cœur, non seulement au profit d'Alexis, mais aussi de la possibilité d'être un père pour un bébé qui n'était pas le sien.

10.

Alexis n'avait pas beaucoup vu Marcus depuis qu'elle s'était installée et qu'ils avaient fait cette excursion à la cascade. Lorsqu'il l'avait tenue dans ses bras et s'était extasié de sentir son bébé donner des coups de pied, elle avait été effrayée. Elle avait rêvé de partager un moment comme celui-là avec quelqu'un qu'elle aimait, mais Marcus n'était pas à elle.

Et bien qu'elle ait adoré chaque seconde de cet instant, elle devait protéger son bébé.

Ils avaient regagné le *Tryphine* et Cruz Bay en silence, mais dès qu'ils étaient rentrés à la marina, Marcus était redevenu semblable à lui-même. Il s'était comporté comme si rien ne s'était passé, et c'était probablement pour le mieux.

Vraiment ? Pour le mieux ?

Ils s'étaient adaptés à leur existence commune dans un petit espace. Victoria ayant autorisé Marcus à reprendre le travail, il retournait maintenant à son cabinet. Et après son test de tolérance au glucose, Alexis se ménageait en attendant les résultats. La plupart du temps, elle se couchait tôt après une journée bien occupée au travail.

Le temps qu'ils avaient passé ensemble après leur mariage avait été l'une des meilleures périodes de sa vie, mais Alexis appréciait aussi leur routine quotidienne. Il était agréable de parler à quelqu'un, de partager sa journée. Surtout avec quelqu'un qui s'intéressait à son travail. En outre, médicalement, elle trouvait qu'ils formaient une bonne équipe.

Marcus était un bon partenaire.

Il est aussi un play-boy, tu te souviens ?

D'après ce que Matthew avait dit, elle savait que Marcus

était le genre d'homme à aller de femme en femme. Et même s'il n'avait pas eu d'aventure depuis un an, elle trouvait difficile de croire qu'il ne reviendrait pas finalement à ce style de vie. Pourquoi tombait-elle toujours amoureuse du mauvais homme ? Marcus, avec son penchant pour les passades, ne lui convenait manifestement pas. Toutefois, son cœur et son esprit refusaient cette réalité.

Elle regarda par la fenêtre de son bureau. Le marché était bondé et le soleil brillait. Elle sourit en dépit de ses pensées moroses. Elle avait tant de chance de vivre dans un paradis !

Son téléphone sonna. Elle décrocha.

— Allô ?

— Alexis ? C'est le Dr Baxter. J'ai le résultat de votre test : il est négatif. Vous n'avez pas de diabète prénatal. Mais vous devez toujours vous ménager.

— Merci, docteur.

— J'aimerais vous voir dans deux ou trois semaines pour une échographie de suivi.

— Entendu. Fixez-moi un rendez-vous et j'y serai.

— Très bien. Prenez soin de vous, Alexis.

Alexis raccrocha, folle de joie. Elle décida d'aller se promener pour s'éclaircir la tête, comme elle n'avait pas de patientes cet après-midi.

Elle sortit du dispensaire et se dirigea vers le marché, savourant le soleil et la brise. Elle ne voulait pas partir d'ici. Pour la première fois depuis longtemps, elle était heureuse de sa vie.

Elle ne se souvenait pas d'avoir été aussi heureuse auparavant.

Soudain, dans le marché, elle aperçut Marcus, agenouillé près d'un petit garçon qui pleurait et se cramponnait à sa mère. Fascinée, elle le regarda soigner le genou de l'enfant et lui mettre un pansement. Il était si doux, si gentil. Quand il eut fini, il se releva et ébouriffa la tête du petit qui souriait, maintenant. Le cœur d'Alexis fondit. Peut-être n'était-il pas le butor qu'elle l'accusait d'être. Les gens pouvaient changer, non ?

Marcus leva les yeux et sourit avec chaleur lorsqu'il la vit. Son cœur manqua un battement.

— Salut, dit-il.

— Salut, répondit-elle gaiement.

— Que fais-tu ici ?

— Je n'ai pas de patientes, cet après-midi. J'ai décidé de me promener et peut-être d'acheter des fruits, pour célébrer une bonne nouvelle.

— Que veux-tu fêter ? demanda-t-il.

— Je n'ai pas de diabète prénatal. Mais je dois passer une autre échographie dans deux à trois semaines, et le Dr Baxter veut que je me ménage.

— Repose-toi, ce n'est pas compliqué. J'ai même une idée pour ça. Mes parents sont encore en croisière. Si nous allions passer l'après-midi dans leur maison de St. Croix ? Ils ont une piscine et une plage privée.

— Cela paraît très relaxant.

Et très tentant. Elle adorait nager.

— Eh bien, allons-y.

— Maintenant ?

— Pourquoi pas ? Le *Tryphine* est toujours prêt à aller faire un tour.

— D'accord, mais c'est loin ?

— À un peu plus d'une heure. Les gens y vont en avion ou par le ferry, en général, mais nous ne sommes pas pris par le temps. Si tu achetais quelques trucs pour le dîner ? Je m'occupe du reste. Rendez-vous à la marina dans une demi-heure.

Alexis hocha la tête.

— À tout à l'heure.

Elle le regarda s'éloigner, balançant sa sacoche. Elle ne devrait probablement pas aller à St. Croix avec lui, mais elle se réjouissait de cette sortie. Il n'y avait peut-être pas d'avenir pour eux, mais ils pouvaient être amis, non ?

Elle commençait à s'attacher à Marcus, toutefois le risque en valait la peine si cela lui permettait de rester dans ce paradis.

Elle acheta des fruits et des sandwichs et rejoignit le voilier. Marcus achevait de préparer le bateau.

— Tu as ce qu'il faut ? demanda-t-il.

— Oui.

— D'ordinaire, c'est Matthew qui s'occupe de surveiller la maison. Mais je l'ai prévenu que nous y allons et cela l'arrange.

Alexis monta à bord et mit les provisions dans la cambuse. Puis elle retourna sur le pont.

— Nous allons naviguer à la voile, annonça Marcus. Il y a un très bon vent, aujourd'hui.

— Tu as le droit ?

Il sourit, et ses yeux bleus pétillèrent.

— Je le prends. Je me sens bien. Et tu vas naviguer avec moi.

— Quoi ? Mais je ne sais pas faire ! protesta-t-elle avec un petit rire nerveux.

— Je vais t'apprendre.

— Je ne pense pas que ce soit très sage.

— Tu m'as dit que tu rêvais de naviguer à la voile et que tu aimais être en mer. Il suffit de t'y mettre.

— Si tu le dis…

— Pourquoi cette appréhension ? demanda Marcus en détachant les amarres.

— C'est que… je suis assez gauche.

— Tu n'as pas à t'inquiéter. J'utiliserai le moteur pour sortir de la marina, et ensuite nous mettrons les voiles.

Elle hocha la tête, toujours aussi nerveuse. Marcus démarra le moteur et le *Tryphine* glissa hors du port. La journée était splendide, et il y avait de petites crêtes blanches sur la mer turquoise. D'autres bateaux naviguaient.

Une fois qu'ils furent au large, Marcus s'écarta de la barre.

— Alexis, prends le gouvernail.

— Moi ?

— Oui, toi.

Elle s'avança, les mains tremblantes.

— Garde le cap à l'ouest.

Elle acquiesça et s'exécuta pendant que Marcus défaisait un nœud et que la voile blanche se déployait, claquant dans le vent. Alexis rit de joie. Marcus acheva ses manœuvres et la rejoignit à la barre.

— Tu vas au nord, vers le continent.

— Je croyais que j'allais à l'ouest.

Il se tenait si près d'elle qu'elle sentait la chaleur de son corps dans son dos. Son propre sang s'échauffa et elle s'appuya contre lui. Il passa les bras de chaque côté d'elle et posa les mains sur les siennes. Son souffle se coinça dans sa gorge et son pouls résonna dans ses oreilles tandis qu'il la guidait en douceur.

— L'ouest, c'est par là, lui chuchota-t-il à l'oreille, ce qui la troubla fortement.

Elle sentit un frisson lui parcourir l'échine et son sexe devint brûlant. Son corps réagissait à Marcus, et elle avait envie de lui donner ce qu'il désirait.

Elle voulait Marcus.

Ce sont les hormones. Cela arrive à plein de femmes.

Et maintenant, cela lui arrivait à elle. Ce qui n'était pas surprenant, étant donné que son faux mari était l'un des plus beaux hommes qu'elle ait jamais vus. Don Juan ou non, il l'attirait terriblement.

Elle avait envie de lui.

Et son corps la poussait à céder.

Alexis avait manqué à Marcus, mais il était content d'avoir retrouvé son cabinet. Et il avait espéré que le travail détournerait son esprit d'elle.

Ce qui n'avait pas été le cas.

Au contraire, son travail la lui avait rappelée. Elle était une sage-femme si talentueuse. Si sûre d'elle, et connaissant tant de choses. Lorsqu'il travaillait à son cabinet, il était seul. Il avait un service d'appel, pas de secrétaire. Il allait de dispensaire en dispensaire et n'avait généralement pas de bonne infirmière.

Travailler avec Alexis était comme une bouffée d'air frais. Ne pas le faire lui manquait et durant un instant il souhaita qu'ils aient un cabinet ensemble. Mais il désirait plus qu'une simple relation de travail. Même s'ils ne s'étaient vus qu'en passant ces deux dernières semaines, il avait eu l'impression de se retrouver chez lui chaque fois qu'il était avec elle. Comme ce qu'ils étaient supposés vivre.

Il était content qu'ils aient tous les deux l'après-midi libre. C'était l'occasion de retourner en mer et de passer du temps seul avec elle.

Sans autres distractions.

Alexis avait un peu de mal avec la barre. Il alla l'aider et, instinctivement, passa les bras de chaque côté d'elle. Cela semblait si juste d'être si près d'elle. Ses cheveux sentaient si bon. Son corps était si doux contre le sien. Il avait envie de rester là, avec elle appuyée contre lui.

Elle était si chaude.

Puis elle se raidit et il se rendit compte qu'il était allé trop loin. Il ne l'intéressait pas, conclut-il, alors qu'elle l'intéressait énormément. Il était attiré par elle.

Il la désirait.

Mesurer à quel point il avait envie d'elle l'effrayait. Cela faisait longtemps qu'il n'avait pas désiré une femme à ce point. Les aventures passagères étaient amusantes, mais elles ne le submergeaient pas. Elles suivaient leur cours, puis il passait à la conquête suivante.

Alexis était différente.

Et soudain, durant un instant fugace, il ne voulut pas que leur mariage se termine. Il souhaita qu'il soit vrai. Il souhaita que son cœur ne soit pas aussi fermé.

Il continua à former Alexis à la navigation à voile. Elle l'écouta avec attention alors qu'il lui montrait les différentes parties du bateau. Peu après, St. Croix apparut à l'horizon.

Il retourna à la barre.

— Je prends le relais. Mes parents ont un emplacement privé près de leur plage.

— Ils sont riches, non ?

— Assez.

— « Assez » me semble peu dire.

Marcus soupira.

— Attends de voir leur château.

— Leur château ?

— C'est ainsi que mon père aime appeler sa maison. Il lui faut toujours ce qu'il y a de plus grand, de plus beau.

— Ce qu'il y a de plus grand n'est pas toujours le mieux.

Il sourit.

— C'est vrai.

Lorsqu'ils arrivèrent au point d'amarrage, le yacht de son père, le *Freja,* était en cale sèche. Alexis le regarda, bouche bée.

— Pourquoi payer une croisière autour du monde quand on a ça ? demanda-t-elle.

Marcus rit.

— C'est tout mon père. Il n'a pas envie de se fatiguer à naviguer pendant un an. Il veut toujours le meilleur. Je pense qu'il compense pour une enfance difficile.

— Ils étaient pauvres ?

— Non, mais il avait un tas de frères et sœurs. C'est sans doute pourquoi deux enfants lui ont suffi.

Alors que Marcus s'approchait de la jetée, un employé arriva pour l'aider.

— Colin, le salua-t-il.

— Docteur Olesen, je suis content de vous voir. Je ne vous avais pas vu depuis le mariage de votre frère.

— Je me remettais d'une opération. Content de vous voir aussi, Colin.

Colin finit d'amarrer le voilier et Marcus aida Alexis à descendre. Elle fixait, impressionnée, la vaste demeure bâtie sur la falaise. Le « château ».

— Il va falloir grimper, dit-elle.

— Il y a des voiturettes de golf rien que pour ça.

Ils en trouvèrent une et montèrent dedans. La voiturette eut des ratés, ce qui fit rire Alexis, puis Marcus parvint à la conduire convenablement. Lorsqu'ils arrivèrent à proximité de la maison, Alexis s'exclama :

— C'est magnifique !

— Oui. C'est un endroit super pour passer des moments en famille. Matthew et Victoria se sont mariés ici.

— Je comprends pourquoi.

Marcus gara la voiturette et ouvrit le portail de derrière qui donnait sur une piscine à débordement flanquée d'un pavillon.

— C'est bien pour un après-midi de détente, non ?

— C'est parfait.

— Tu peux te changer dans le pool house. Je vais dans la maison.

Il entra et se dirigea droit vers son ancienne chambre. Les parents insistaient pour que les jumeaux gardent des vêtements sur place, par commodité, mais Marcus soupçonnait sa mère de redouter le syndrome du nid vide. Elle avait tendance à le materner, ce qu'il n'aimait pas, et il s'était rebellé quand il était un jeune homme. Il était parti en Californie, amoureux de Dawna et désirant une vie simple. Mais Dawna avait d'autres idées. Il réalisait maintenant combien il avait été malheureux. En étant avec Alexis, il comprenait qu'il avait regretté une existence qui ne lui convenait pas.

Il se changea et retourna à la piscine. Alexis était allongée sur un transat. Elle portait un maillot une-pièce noir qui faisait ressortir son ventre rond et les superbes courbes de son corps. Elle était radieuse et absolument splendide.

C'était probablement la plus belle femme qu'il ait jamais vue. Elle lui coupait le souffle, et il était en grave danger de tomber amoureux d'elle.

Une femme qui ne voulait pas de lui.

Quand Marcus arriva, Alexis s'efforça de ne pas fixer son large torse bronzé. Il avait une légère cicatrice rose sur le côté. Elle ne pouvait toujours pas croire qu'il avait donné un rein à une étrangère. C'était tellement généreux.

Il y avait tant de choses qu'elle admirait chez lui. Cela lui faisait flageoler les genoux. En le regardant nager, elle ne put penser qu'à ses bras autour d'elle. Comme elle se sentait en sécurité, comme elle était bien avec lui !

Puis elle songea à ses lèvres sur les siennes et aux baisers qu'ils avaient partagés. Son corps s'échauffa et son estomac se retourna. Elle ne se souvenait pas d'avoir désiré un homme à ce point.

Pourquoi ne pourrait-elle pas céder ? Toute sa vie, elle avait suivi des règles et jamais son cœur. Quel mal y aurait-il à craquer, juste cette fois ?

— Tu viens ? demanda Marcus, battant l'eau autour de lui.

Elle hocha la tête, se leva et entra lentement dans la piscine d'eau de mer. L'eau était chaude et elle n'hésita pas à s'y enfoncer. Marcus nagea jusqu'à elle, les yeux pétillants, et la prit dans ses bras pour la serrer contre lui.

— C'est assez relaxant ? demanda-t-il.

— Oui, très, murmura-t-elle, le cœur battant.

Elle passa les bras autour de son cou et, ne pouvant se retenir, l'embrassa légèrement sur les lèvres.

— Tu m'as manqué, avoua-t-elle. Je suis dans les îles Vierges depuis quelques mois et je ne m'étais pas rendu compte à quel point j'étais seule.

— Tu m'as manqué aussi, murmura Marcus d'une voix rauque. J'aime t'avoir près de moi.

Elle l'embrassa de nouveau, plus profondément, lui montrant à quel point elle avait envie de lui. Ce mariage était peut-être faux, mais ce qu'elle éprouvait pour Marcus était très réel. Et pour une fois dans sa vie, elle voulait agir selon ses instincts. Elle voulait ressentir de la passion avant l'arrivée du bébé.

Cela ne lui était jamais arrivé auparavant. Elle désirait Marcus comme elle n'avait jamais désiré un autre homme. Elle brûlait de l'avoir. Elle s'aventurait en terrain dangereux en l'embrassant, mais elle s'en moquait. Elle le voulait. Il lui caressa le dos, et elle sentit le picotement de l'anticipation.

— Tu es si belle, murmura-t-il en l'embrassant de nouveau, ce qui lui embrasa le sang.

— J'ai envie de toi, dit-elle, surprise de se voir aussi désinhibée quand elle était avec lui.

Il l'embrassa encore.

— Tu es sûre ?

Elle hocha la tête et lui donna un nouveau baiser.

— Absolument sûre. Je veux être avec toi, Marcus.

Il la souleva dans ses bras et la porta hors de la piscine. Ils prirent une douche dehors et le corps d'Alexis frémit tandis qu'il passait les mains sur elle et la touchait intimement. Puis ils ôtèrent leur maillot. Il n'y avait plus qu'eux deux, sans rien pour les séparer, et il la serra fort contre lui, l'embrassant dans le cou.

Une onde de chaleur se répandit dans ses veines quand il fit descendre ses lèvres jusqu'à sa poitrine. Elle cria à la sensation de sa langue sur la pointe d'un sein. C'était du pur plaisir. Son corps était si sensible à son contact. Il continua à passer les mains sur elle, puis la caressa entre les jambes, la portant au seuil de l'extase avant de retirer ses doigts, la laissant au désespoir de connaître davantage. Elle le voulait. Elle avait besoin de lui.

Il la souleva de nouveau pour la porter dans le pavillon et la chambre qui s'y trouvait. Il l'allongea sur le lit et l'embrassa de nouveau. Elle arqua le dos, le suppliant en silence de la prendre.

Elle voulait plus. Tellement plus.

Leurs regards se soudèrent, il pénétra en elle et s'arrêta. Les émotions la submergèrent et une larme lui échappa.

— Pardon, chuchota Marcus en l'essuyant. Je te fais mal.

— Non, ne t'arrête pas, murmura-t-elle. Continue.

Il lui toucha tendrement la joue.

— Je ne veux pas te faire souffrir.

— Tu ne me fais pas souffrir.

Elle l'embrassa encore. Si elle souffrait un jour, ce ne serait pas sa faute à lui. Ce serait la sienne, pour s'être permis de tomber amoureuse de lui.

Marcus lui taquina le cou et se mit à bouger lentement, en douceur. Tout ce qu'elle voulait, c'était qu'il la prenne. Qu'il la possède. Elle voulait qu'il vienne plus loin en elle et elle noua les jambes autour de sa taille, le suppliant de rester tout près, mais son ventre rendait la chose difficile.

— Attends, murmura-t-elle.

Il se retira et elle roula sur le côté, le dos contre son torse. Marcus glissa une main sous sa jambe et la fit passer sur la sienne, puis il lui caressa les seins en entrant de nouveau en elle. Le plaisir illumina le corps d'Alexis. Elle n'avait jamais rien ressenti de pareil.

Elle s'éprenait bel et bien de Marcus.

Elle écarta cette pensée. Il n'y avait pas de place dans sa vie pour un homme qui ne voulait pas d'elle. Elle n'allait pas mettre de nouveau son cœur en danger. Alors elle allait simplement savourer ce moment, et elle chérirait ce souvenir bien après la fin de leur mariage.

Marcus accrut son rythme et elle jouit, poussant un cri tandis qu'une onde brûlante la submergeait.

Le plaisir absolu.

Marcus jouit peu après, puis repoussa doucement sa jambe.

— Alexis, murmura-t-il en l'attirant contre lui.

— Je sais, répondit-elle en s'efforçant de reprendre son souffle, alors qu'elle flottait encore dans la volupté.

Elle avait envie de lui dire qu'elle était en train de tomber amoureuse de lui, qu'elle souhaitait que leur mariage soit réel, qu'elle aurait voulu le rencontrer bien avant, qu'elle aurait aimé ne pas avoir été aussi blessée, comme lui l'avait été. Ils ne s'étaient pas rencontrés au bon moment, mais au moins il était entré dans sa vie.

Ne fût-ce que brièvement.

Marcus tenait Alexis contre lui. Il la moulait par-derrière, et son délicieux postérieur était niché au creux de son ventre. Elle dormait. Il ne voulait pas la déranger, mais il ne pouvait pas non plus s'empêcher de la toucher. Il laissa sa main effleurer doucement son ventre.

Comme il souhaitait pouvoir les avoir dans sa vie, elle et le bébé ! Il avait beau s'y efforcer, il ne pouvait pas rester loin d'elle. Il s'éprenait d'elle, furieusement. S'il n'avait pas été aussi terrifié, il aurait pu tendre la main et cueillir ce bonheur qu'elle représentait. Mais il n'était pas sûr qu'elle le veuille.

Et cette pensée l'effrayait.

Comment pourrait-il la laisser entrer dans son cœur, si c'était pour qu'il soit de nouveau brisé si elle choisissait quelqu'un d'autre ? La réponse était simple, s'il s'en tenait à la partie logique de son cerveau : ce n'était pas possible. Et pourtant, son cœur le suppliait d'en prendre le risque.

Se réparer lui avait pris si longtemps, après Dawna. Alexis ne comprenait que trop bien cette souffrance. Son ex-mari l'avait quittée pour une autre. Mais elle s'était ressaisie et était partie pour un pays complètement différent, prenant un nouveau départ.

Néanmoins, si ce Bruce voulait la reprendre ?

Cette idée le mit en colère. Ce type ne méritait pas Alexis. Toutefois, lui-même ne se mettrait pas en travers de son chemin ; c'était le père biologique de l'enfant.

Ne pas savoir si Alexis voulait de lui, si son ex-mari risquait ou non de revenir dans sa vie, tout cela le rendait anxieux. Il se sentait impuissant ; il ne pouvait rien faire, sinon attendre. Et il ne blâmerait pas Alexis si elle décidait de retourner auprès de Bruce, car qu'avait-il à lui offrir, lui, à part une carte verte ?

11.

Quand Alexis s'éveilla, les bras de Marcus étaient autour d'elle. Leurs corps nus étaient emmêlés, les draps humides, mais la brise qui entrait par la porte-fenêtre ouverte était chaude. Le soleil était bas dans le ciel.

Comme son téléphone vibrait, elle l'attrapa dans son sac.

— Alexis ! C'est Chase !

La voix paniquée de son ami acheva de la réveiller.

— Chase, qu'est-ce qui ne va pas ?

— Le travail a commencé pour Pepper.

— De combien sont espacées les contractions ?

Dès qu'elle posa cette question, Marcus se leva d'un bond et quitta la chambre complètement nu pour aller s'habiller.

— Quinze minutes. Tu as le temps d'arriver.

— Je suis à St. Croix.

— Quoi ? Oh ! non !

— Je vais prendre un avion. Je serai là dès que possible.

— D'accord. Dépêche-toi.

Alexis raccrocha et attrapa ses vêtements, les enfilant n'importe comment. La dernière fois qu'elle avait examiné Pepper cette semaine, elle était stable, sans rien qui annonce un accouchement prématuré. C'était pourquoi Alexis avait pensé qu'elle pouvait quitter l'île sans risque.

Apparemment, le sort avait d'autres plans.

— C'est Pepper, hein ? fit Marcus.

— Oui. Il faut que je rentre à St. John en avion.

Il hocha la tête.

— J'ai un copain qui a un avion privé. Je l'ai contacté et

il va nous emmener. Nous devons le retrouver à l'aéroport de Christiansted.

— Allons-y !

Le vol prit moins d'une demi-heure. Marcus avait appelé Matthew, qui les attendait à l'aérodrome. Par chance, il s'était trouvé que Victoria et lui étaient chez les Fredrick pour voir Jonas quand le travail avait commencé.

— Dieu soit loué, dit-il, l'air soulagé, quand Marcus et Alexis sortirent du petit avion.

— Quel est son état ? demanda Alexis.

— Il y a des gonflements et elle a le teint jaune. Je pense que c'est une crise de sa drépanocytose, qui a déclenché le travail. Nous lui avons posé une perfusion, mais elle refuse de partir de chez elle. Elle ne veut que vous.

L'estomac d'Alexis se noua.

— Les ambulanciers sont-ils prévenus ?

Matthew fit signe que oui.

Ils montèrent dans sa voiture et foncèrent chez Chase et Pepper. Marcus sur les talons, Alexis se rendit tout de suite dans la chambre. En passant, elle aperçut Victoria et Jonas assis au salon, l'air très inquiet.

Chase se leva dès qu'elle entra.

— Dieu merci, dit-il.

— Désolée d'arriver tard.

Alexis se lava les mains et examina Pepper. Elle avait les pieds rouges et enflés, ainsi que les articulations de ses doigts, et elle avait une forte fièvre.

— Les contractions ? demanda-t-elle.

— Toutes les cinq minutes, répondit Chase.

Alexis tâta le ventre de Pepper. La tête du bébé n'était pas où elle aurait dû se trouver. Un examen interne lui indiqua qu'il s'agissait d'un siège. Comme le col n'était pas encore complètement dilaté, elle avait le temps de tourner le bébé. Si cela ne marchait pas, Pepper devrait se rendre au Ziese Memorial pour une césarienne. Mais il était peut-être déjà trop tard.

— Marcus, il faut tourner le bébé. Elle ne pourra pas accoucher par le siège, et il est trop tard pour la transférer à Charlotte Amalie. Chase, essaie de la calmer. Cela va lui faire mal.

Chase pâlit, l'air effrayé.

Alexis avait peur aussi. Elle avait déjà fait ça et ce n'était jamais agréable. Pepper criait de douleur et savoir que cela allait empirer lui brisait le cœur. Elle était contente que Marcus soit là. Elle avait confiance en son habileté et avait besoin de lui.

— Dis-moi quoi faire, dit-il.

— Tu vas faire comme moi, appuyer quand la prochaine contraction sera passée.

Le moment venu, ils essayèrent de bouger le bébé. Pepper cria de plus belle, tant elle avait mal, mais Alexis sentit que la manœuvre marchait : le bébé commençait à se tourner.

Ils recommencèrent, et cette fois ce fut la bonne. Pepper perdit les eaux et le bébé descendit.

— C'est bon, dit Alexis à Marcus.

Elle pouvait voir la tête de l'enfant.

— Ton bébé arrive, dit-elle à Pepper. Il va falloir que tu pousses à la prochaine contraction.

— D'accord, répondit faiblement Pepper.

Quelques poussées plus tard, une minuscule petite fille criait en arrivant dans le monde. Alexis sentit des larmes lui piquer les yeux tandis qu'elle tenait le beau bébé.

Les parents étaient fous de joie. Alexis coupa le cordon et attendit que le placenta soit expulsé. Mais Pepper saignait beaucoup. Elle parla aux ambulanciers qui étaient arrivés.

— Nous devons te conduire à Charlotte Amalie, dit-elle à la nouvelle maman. Avec le bébé.

— Pourquoi ? demanda Chase.

— À cause de ce saignement important, et il faut aussi traiter sa crise de drépanocytose. Votre fille va bien, mais elle est prématurée et je veux qu'on l'examine dans le service néonatal de soins intensifs.

— Tu vas venir ?

— Nous venons tous, répondit Marcus.

Alexis s'écarta pour laisser les ambulanciers emmener la maman et l'enfant. Lorsqu'elle passa au salon, Jonas se leva d'un bond.

— Comment va ma maman ?

— Bien. Tu as une petite sœur.

— C'est cool ! fit le garçon, tout sourires.

— Nous devons les conduire à l'hôpital pour des examens, mais ça va aller pour toutes les deux.

— D'accord.

— Nous allons emmener Jonas chez nous, dit Victoria. Marcus et toi pouvez loger à la maison, aussi. Nous avons de la place.

— Oui, dit Matthew. Je suppose que le *Tryphine* est toujours à St. Croix ?

— En effet, répondit Marcus. Merci à tous les deux.

Pepper, Chase et le bébé partis, Alexis et Marcus se rendirent à pied au ferry. Elle avait besoin de prendre l'air.

— Tu as été formidable, tu sais, dit Marcus.

Son compliment la fit rougir.

— Je n'ai fait que mon travail.

Ils échangèrent un sourire.

— Sacrée journée, ajouta Marcus en regardant le ciel.

— Et elle n'est pas finie.

Marcus était assis sur la terrasse de son frère. Le soleil s'était couché. La famille Fredrick était à l'hôpital avec la nouveau-née, Charlotte. Victoria et Matthew y étaient aussi, afin de préparer le terrain pour une greffe de moelle osseuse. Ils voulaient tout de suite commencer à chercher un donneur pour Pepper.

Alexis aurait voulu rester avec Pepper, mais elle était épuisée et Chase avait ordonné à Marcus de la ramener chez Matthew et Victoria pour qu'elle puisse prendre une douche et se reposer.

Il alla voir comment elle allait, et bien qu'il ait envie de s'allonger près d'elle, il résista et revint sur la terrasse. Il savait que s'il le faisait il la désirerait de nouveau. Il avait du mal à croire qu'ils aient fait l'amour, dans l'après-midi. Cela avait été extraordinaire.

Il s'était complètement perdu en elle. Elle avait été si douce, si chaude, si serrée autour de lui. Son sang s'embrasa et il but une gorgée de son scotch, puis il posa le verre.

Voir à quel point il la voulait l'effrayait. Il désirait s'enfouir en elle et la réclamer pour sienne. Sauf qu'il y avait une date d'expiration à leur mariage. Il avait toujours su qu'il se terminerait un jour, mais il n'avait pas considéré la possibilité qu'il s'achève plus tôt que prévu.

Il avait pris le courrier avant de partir pour St. Croix ; il y avait une lettre pour Alexis. Une lettre d'Angleterre, et il vit qu'elle était de son ex-mari. Il savait que ce n'était qu'une question de temps avant que cet homme veuille revenir dans sa vie. Ses craintes semblaient se réaliser.

Alexis était douée, intelligente, très belle. Quel genre d'homme voudrait renoncer à tout cela ?

Pas lui, en tout cas. Il était en train de s'éprendre d'elle. En vérité, il était déjà amoureux. Ce qui mettait son cœur en danger, de nouveau, car Alexis choisirait à coup sûr le père de son bébé plutôt qu'un faux mari.

Elle sortit à ce moment-là sur la terrasse, interrompant ses pensées.

— Je me suis endormie.

— C'est normal. Tu as eu une journée bien remplie.

— Où sont-ils tous ?

— À l'hôpital. Il n'y a que toi et moi, ce soir.

— Je devrais être avec Pepper.

— Pourquoi ? Charlotte et elle sont en bonnes mains. Tu as besoin de te reposer, Alexis.

— Oui, tu as raison. Je suis fatiguée.

Elle prit un siège à côté de Marcus.

— Tu as été incroyable, dit-il. Est-ce que je l'ai déjà mentionné ?

Alexis rit nerveusement.

— Il m'était déjà arrivé de tourner un bébé.

— Ce n'est pas ce dont je parlais.

Ses joues rosirent. Marcus s'agenouilla devant elle et lui

effleura la joue. Elle trembla sous sa caresse, le souffle court. Il avait encore envie d'elle. Une fois n'était pas assez.

Il ne l'aurait pas pour une vie entière. Alors il voulait ce court laps de temps avec elle.

— J'ai envie de t'embrasser, lui chuchota-t-il à l'oreille.

— Eh bien, embrasse-moi.

Elle l'attira à elle et il se noya dans sa bouche délicieuse. Il n'y avait rien à faire : quand il s'agissait d'elle, il était perdu. Et il était angoissé à l'idée de la laisser partir. Il voulait que ceci dure toujours, mais il ne savait pas comment s'y prendre.

— Marcus, murmura-t-elle, et il sentit ses larmes.

— Tu pleures ?

— Je suis accablée. Ma mère m'a toujours dit de ne pas pleurer devant les autres. Que c'était une faiblesse.

— Oh non, ce n'est pas une faiblesse, Alexis. Loin de là. Ne me cache jamais tes larmes.

La peau de ses joues était si douce sous ses doigts. Elle posa la tête sur son épaule et il se pénétra de son parfum, ce mélange sensuel de thé vert et de jasmin. Elle méritait mieux que lui.

— Marcus, merci d'être là avec moi.

— Je serai là chaque fois que tu le voudras.

Il se pencha pour l'embrasser de nouveau. Elle s'adaptait si naturellement à son monde. Il était content qu'elle soit là pour ses amis, Chase et Pepper.

— Marcus, chuchota-t-elle encore contre ses lèvres. J'ai envie de toi. J'ai tellement envie de toi.

Elle l'embrassa avidement.

Marcus voulait prendre son temps avec elle. Il ne voulait pas précipiter ce moment. C'était quelque chose à quoi il se raccrocherait durant le reste de sa vie.

Il la cueillit dans ses bras et l'emporta dans leur chambre. Il la mit doucement sur ses pieds, ne voulant pas rompre leur connexion. Ils eurent tôt fait de se déshabiller. Il ne voulait rien entre eux. Juste être peau contre peau avec elle, tandis qu'il lui faisait l'amour.

— J'adore la façon dont tu me touches, dit-il d'une voix rauque.

— J'adore te toucher.

Il la toucha à son tour, partout. Il embrassa chaque pouce de sa personne jusqu'à ce qu'elle soit humide de désir.

Ils gagnèrent le lit et s'allongèrent. Marcus se plaça derrière elle, comme la première fois, pour ne pas l'écraser. Sa peau était douce comme de la soie, tandis qu'il caressait ses courbes. Lorsqu'il entra en elle, son sang était en feu.

— S'il te plaît, gémit-elle en s'accrochant à lui.

Il lui caressa les seins tout en accroissant son rythme et elle jouit autour de lui, prenant son sexe en étau. Il ne tarda pas à la rejoindre dans la volupté.

Il n'avait jamais rien connu de pareil auparavant. C'était bouleversant.

Alexis s'endormit peu après et il resta là, à la tenir et à caresser sa peau. Comme sa main effleurait son ventre, il sentit que l'on poussait contre elle.

C'était un coup de pied du bébé.

Il sourit et garda sa main immobile, pour sentir de nouveau ce mouvement.

Un autre coup de pied se produisit.

Il voulait être dans la vie d'Alexis. Il voulait être un père pour son bébé. Mais il craignait de ne pas être celui qu'elle voulait. Et si l'homme qu'elle souhaitait retrouver, le père de son enfant, revenait dans son existence, il en aurait le cœur brisé.

Marcus était parti lorsque Alexis se réveilla. Il lui avait laissé un mot : il avait repris un avion pour St. Croix, afin de ramener le *Tryphine*.

Elle fut un peu déçue qu'il ne l'ait pas réveillée, car elle aurait aimé revenir à St. John en bateau avec lui. Elle se lava et s'habilla avant de se rendre à la cuisine pour manger quelque chose.

Victoria et Matthew s'y trouvaient.

— Bonjour, dit-elle.

Victoria sourit.

— Bonjour.

— Comment se présente la greffe de Pepper ? demanda Alexis.

— Nous avons établi notre plan. Maintenant, il faut le soumettre au conseil d'administration pour qu'il l'approuve, et trouver un donneur adéquat, répondit Victoria en se servant un verre de jus d'orange.

— Je doute qu'ils disent non à Victoria. Elle sait se faire obéir, ironisa Matthew en regardant sa femme avec amour.

Alexis leur enviait cet amour. Elle avait envie que Marcus la regarde de cette façon. Ce que Victoria et Matthew avaient était réel. Ce qu'elle et Marcus avaient, c'était du désir physique et un faux mariage. L'amour qu'elle avait cru avoir pour Bruce n'était pas aussi profond que le leur. Elle n'était pas sûre d'avoir connu le véritable amour, jusqu'à présent.

— C'est peut-être parce que j'ai effectué un domino en experte ? ironisa Victoria à son tour.

Elle se pencha par-dessus le comptoir pour embrasser son mari.

Alexis souhaitait avoir ce genre de connexion, mais elle se demandait si elle l'aurait un jour.

— Bon, je dois aller travailler, dit Matthew en embrassant de nouveau sa femme. Essaie de te ménager.

Il s'en alla, et Victoria servit du jus d'orange à Alexis.

— Vous allez bien, Alexis ? demanda-t-elle.

— Je suis juste fatiguée. J'en suis à vingt-huit semaines et j'ai l'impression d'avoir heurté un mur.

— Vous êtes un vrai petit soldat.

— Vous aussi. En tant que chirurgienne, vous devez rester debout pendant des heures.

— Plus maintenant, soupira Victoria. Ordre du Dr Baxter.

— Elle m'a dit de me reposer, à moi aussi.

Victoria sourit.

— Je suis contente de ne pas être la seule. Mais vous me paraissez un peu triste, ce matin.

Alexis se força à sourire.

— Non, je ne suis pas triste.

Ce qui était un mensonge. Un autre. Elle détestait mentir à Victoria. Elle avait envie de lui dire la vérité, mais en même temps elle avait honte que son mariage soit faux. D'avoir laissé Victoria et Matthew croire que son bébé était celui de Marcus. Ce qui avait semblé être une solution simple pour rester dans le pays devenait de plus en plus compliqué.

En particulier pour ce qui était de son cœur.

Elle aimait Marcus. Et alors qu'elle aurait dû lui dire non, la nuit dernière, elle n'avait pas pu s'empêcher de lui céder. Elle avait eu besoin d'être de nouveau avec lui. Même si c'était pour la dernière fois.

Cela avait été tellement bouleversant. Elle en avait été émue aux larmes. Elle était submergée par le stress de l'accouchement de Pepper, par sa propre grossesse et par le fait de tomber amoureuse d'un étranger. Elle s'en voulait d'être trop vulnérable avec Marcus.

De l'avoir laissé entrer dans son cœur.

Qu'y a-t-il de mal à être vulnérable ?

Alexis but une gorgée de jus d'orange, mais elle eut du mal à l'avaler et cela lui pesa sur l'estomac. Elle en avait assez de mentir. Il fallait qu'elle leur dise la vérité, à tous, même si cela signifiait qu'elle devrait retourner en Angleterre.

Même si cela signifiait qu'elle perdrait Marcus.

Victoria laissa échapper un petit gémissement. Levant les yeux, Alexis vit qu'elle était blanche comme un linge et qu'elle s'agrippait au comptoir comme si sa vie en dépendait. Elle chancelait d'avant en arrière, et il y avait de la sueur sur son front.

— Victoria ? demanda Alexis.

— Je ne…

Victoria ferma les yeux et elle devint toute molle. Alexis eut juste le temps de bondir pour amortir sa chute, alors qu'elle s'évanouissait devant elle.

12.

Alexis faisait les cent pas devant la chambre de Victoria. Le Dr Baxter était avec sa belle-sœur. Lorsque celle-ci était revenue à elle, elle l'avait conduite en voiture à l'hôpital et avait demandé à l'obstétricienne de venir immédiatement.

Matthew opérait et Marcus était encore en mer. Alexis était donc la parente la plus proche, même si elle ne se considérait pas exactement ainsi.

Elle attendait le diagnostic du Dr Baxter. Elle avait son idée sur ce qui avait pu causer l'évanouissement, mais elle ne connaissait pas le passé médical de Victoria, aussi ne pouvait-elle que spéculer.

Et comme elle était déjà soucieuse et anxieuse, son esprit allait à d'horribles conclusions, ce qui ne lui ressemblait pas du tout.

Quand le médecin sortit enfin de la chambre, Alexis se précipita sur elle.

— Comment va-t-elle ?

— Bien. Je pense que comme la grossesse provoque une augmentation des hormones, qui provoque à son tour une augmentation du flux sanguin, les vaisseaux se sont dilatés, ce qui a conduit à une syncope.

Alexis poussa un soupir de soulagement.

— Je suis contente que ce ne soit pas plus grave.

— Néanmoins, je vais la garder en observation. Elle n'en est pas enchantée.

Alexis eut un bref sourire.

— On ne cesse de me répéter que les professionnels de la médecine font les pires patients.

— En effet. Et puisqu'on en parle, comment vous sentez-vous ? J'espère que vous vous ménagez.

— Oui. Je suis fatiguée, mais je fais de mon mieux pour me reposer.

— Et détendez-vous. Vous semblez stressée.

Alexis rit nerveusement.

— Les deux derniers jours ont été mouvementés, avec l'accouchement prématuré de Pepper Fredrick.

— On m'a dit que vous aviez fait un excellent travail en tournant le bébé, et que vous aviez étudié les effets de la drépanocytose durant votre formation.

Alexis hocha la tête.

— Oui.

— Je suis impressionnée, Alexis. Vraiment. Mais vous devez faire attention. Vous n'êtes pas diabétique, mais votre tension est plus élevée que je l'aimerais et je redoute une pré-éclampsie.

La nouvelle refroidit Alexis. Le seul moyen de soigner la pré-éclampsie avant qu'elle entraîne l'éclampsie fatale, c'était de faire naître le bébé. Elle n'était qu'à vingt-huit semaines ; c'était trop tôt pour accoucher.

— Je promets d'être prudente.

— Oui, s'il vous plaît.

Sur ce le Dr Baxter la laissa, et elle se passa une main sur le visage. Elle savait qu'une partie de son stress venait de ce faux mariage et de tous les mensonges qu'il impliquait, et il y avait une façon très simple de le réduire : en disant la vérité. Elle ne pouvait plus tromper son entourage. Ce n'était pas bien. Elle appréciait trop Victoria et Matthew.

Ils la traitaient comme si elle était de la famille, alors qu'il n'en était rien.

Elle frappa doucement et entra dans la chambre de Victoria. Celle-ci était adossée à ses oreillers et paraissait aller un peu mieux.

— Vous avez meilleure mine, dit Alexis d'un ton enjoué.

— Je me sens mieux. Je pense que la perfusion aide. J'étais aussi déshydratée.

— J'en suis contente.

Alexis s'assit sur le bord du lit. Victoria haussa un sourcil.

— Vous voulez me dire quelque chose.

— Oui.

— Et je pense que c'est quelque chose que vous vouliez me dire depuis un moment.

Leurs regards se soudèrent et Alexis vit dans les yeux de Victoria cette perception acérée qui la caractérisait. On ne trompait pas une chirurgienne de cette trempe.

— Vous savez, n'est-ce pas ?

Victoria sourit faiblement.

— J'avais des doutes. Je sais quelles idées complètement folles peut avoir Pepper.

Alexis rit doucement.

— Oui.

— Alors dites-moi. Je promets que je ne laisserai rien filtrer en dehors de cette chambre.

— Je ne veux pas vous y obliger. Mais je vais vous dire la vérité, car cela me ronge et je déteste mentir. Mon visa allait arriver à expiration, mais Pepper avait besoin de moi pour sa drépanocytose. Elle a eu l'idée farfelue que je devais faire un mariage de complaisance. Idée sortie tout droit d'un de ses romans.

Victoria sourit, les yeux pétillants.

— Et Marcus, l'éternel play-boy, a accepté ?

— Oui.

— Et le bébé ?

— Il est de mon ex-mari. Nous avons essayé pendant des années d'avoir un enfant, avec tout ce que cela implique. Quand j'ai découvert que j'étais enfin enceinte, j'ai cru qu'il serait ravi. Moi, je l'étais. C'était ce que j'avais toujours souhaité. Mais lui avait changé d'avis.

— C'est terrible, dit doucement Victoria. Je lui aurais mis mon poing dans la figure. Vous l'avez fait ?

Alexis sourit à demi et haussa les épaules.

— Non. Les choses étaient ce qu'elles étaient. Ma mère voulait que j'avorte, elle pensait que le bébé m'empêcherait de trouver un nouveau mari. Mes parents ne sont pas vraiment de bons soutiens. Moi, j'avais toujours voulu un bébé, malgré leur froideur. Mon ex-mari a renoncé à ses droits parentaux. Il ne voulait pas de mon enfant et c'était très bien ainsi. Je ne m'attendais pas à ce que Marcus revendique la paternité quand je vous ai rencontrés, mais il l'a fait et depuis cela me ronge. Vous avez été si gentils. Je n'essayais pas de profiter de Marcus. Je ne voulais pas que vous soyez blessés.

Victoria lui prit la main.

— Je sais. Je suis contente que vous m'ayez dit la vérité. Je ne suis pas en colère contre vous. Je comprends pourquoi vous avez agi ainsi, et je sais aussi que les choses ont changé.

— Changé ?

— Vous l'aimez.

Le souffle d'Alexis se coinça dans sa gorge et des larmes lui piquèrent les yeux. Était-elle si transparente ?

Sur ce, Matthew passa la tête par la porte.

— Victoria ? Ça va ?

— Je me suis évanouie. Les hormones, les vaisseaux sanguins dilatés et un peu de déshydratation. Je vais bien, maintenant.

Il traversa la chambre pour embrasser sa femme.

— Tu es sûre ?

— Demande toi-même au Dr Baxter. Heureusement, Alexis était avec moi quand c'est arrivé.

Matthew se tourna pour la regarder, de la gratitude sur son visage si semblable à celui de Marcus, et pourtant si différent.

— Merci.

— Je vous en prie.

Alexis s'éclipsa, laissant le couple seul. Elle avait un poids en moins sur les épaules, mais à présent il y avait un autre problème.

Oui, elle aimait Marcus, mais elle n'était pas sûre de ses sentiments à lui.

Demande-lui.

Le faire la terrifiait. Elle avait si peur qu'il la repousse, comme Bruce l'avait fait. Quel homme, ayant reconnu qu'il était un play-boy et ne voulant pas se marier réellement, serait intéressé par une femme enceinte d'un autre ? Qui voudrait se charger de ce genre de fardeau ?

Elle n'allait pas imposer cela à Marcus. Elle ne pouvait pas lui faire ça, justement parce qu'elle l'aimait. Elle souhaitait que son mariage ne soit pas faux. Elle souhaitait ne pas avoir à attendre aussi longtemps pour sa carte verte, afin que cette comédie puisse prendre fin. Pour lui.

Alors, il serait libre. Mais l'idée d'être libérée de lui la déchirait.

Tandis qu'elle longeait le couloir, elle vit Marcus qui venait vers elle.

— J'ai eu ton message, dit-il. Victoria va bien ?

— Oui.

Il poussa un soupir soulagé.

— Tant mieux.

L'estomac d'Alexis se noua.

— Marcus, je dois t'avouer quelque chose.

— Quoi ? demanda-t-il gentiment.

— J'ai tout dit à Victoria.

— Tu lui as dit quoi ?

— Que notre mariage est un mariage de complaisance et que le bébé n'est pas de toi, murmura-t-elle.

— Pourquoi lui as-tu dit ça ? demanda Marcus, furieux, en l'entraînant dans une pièce vide et en fermant la porte pour qu'ils ne soient pas dérangés.

— Il fallait qu'ils sachent. La culpabilité était trop forte.

— Oui, mais à présent tu les as impliqués dans cette histoire. Je ne voulais pas qu'ils soient au courant. Qu'ils deviennent les complices de notre fraude.

Elle mordilla sa lèvre inférieure.

— Je suis désolée. Ils ont été si gentils, comme si j'étais de la famille. Il fallait qu'ils sachent la vérité sur le bébé et moi.

— Oui, mais ils ne sont pas *ta* famille. Ils sont la mienne, et tu les as mis en danger en leur disant la vérité.

Pour Alexis, ce fut comme une gifle. C'était cuisant, et cela faisait encore plus mal que Bruce lui disant qu'il ne voulait pas de leur enfant. Elle avait cru Marcus différent.

Visiblement, il ne l'était pas, et elle s'en voulait d'avoir donné son cœur à un autre homme qui ne voulait pas d'elle.

Visiblement, il la voyait juste comme une conquête de plus. Comment avait-elle pu être aussi aveugle ?

— Ce n'était pas mon intention, se défendit-elle.

— Pourtant, c'est ce que tu as fait. Tu n'étais pas la seule à prendre un risque en contractant ce mariage. C'était un arrangement entre nous deux.

— C'est toi qui as impliqué ta famille là-dedans en ne me disant pas que tu avais un vrai jumeau, et en réclamant mon enfant comme le tien !

Alexis n'avait pas tort. En fin de compte, c'était sa faute si Matthew et Victoria étaient maintenant en danger.

Elle ne s'était mariée avec lui que pour obtenir sa carte verte, mais une part de lui avait espéré tellement plus ! Cependant il était clair qu'elle ne voulait pas de lui dans sa vie, qu'elle ne voulait pas qu'il réclame son bébé comme le sien. Si elle l'avait voulu, n'aurait-elle pas souhaité prolonger ce subterfuge ?

Il l'aimait, mais il avait si peur de mettre son cœur en jeu pour quelqu'un qui ne resterait pas dans sa vie. Il valait mieux qu'il s'en tienne à son statut de célibataire.

Même si c'était douloureux, la repousser était beaucoup plus facile que de la voir rester et le faire souffrir, finalement.

Marcus sortit l'enveloppe.

— Ceci est arrivé pour toi hier.

Elle plissa les paupières et prit la lettre.

— C'est de Bruce.

Il hocha la tête.

— Oui.

— Pourquoi ne me l'as-tu pas donnée plus tôt ?

Il haussa les épaules.

— J'ai oublié. Les choses ont été assez bousculées.

— Tu savais que cette lettre était de mon ex-mari et tu l'as gardée pour toi ?

— Je ne pensais pas qu'une lettre de ton ex-mari était si importante, rétorqua-t-il froidement.

— Eh bien, si. C'est son enfant que je porte.

— Je suis désolé.

Et il l'était. Pour tant de choses. Il détestait lui faire mal, mais c'était mieux ainsi. Non ?

Alexis ouvrit la lettre et la lut. Son expression resta indéchiffrable.

— Il veut me reprendre. Avec le bébé.

— Alors notre mariage est terminé.

Elle leva les yeux vers lui.

— Non. Je perdrais ma carte verte.

— Alors quoi ? Nous restons mariés ?

— Nous ne pouvons pas divorcer.

Marcus hocha la tête.

— Je vois. Rien n'a changé. Tu ne t'es mariée avec moi que pour avoir ta carte verte. Et moi, je ne veux toujours pas d'un vrai mariage et d'une famille. Mais ton ex le veut, lui.

— Pourquoi ? demanda-t-elle calmement.

— Pourquoi quoi ?

— Pourquoi ne veux-tu pas d'une famille ? Que t'a fait cette Dawna pour t'endurcir autant le cœur contre cette idée ? Tu fuis toute relation durable. Tu acceptes uniquement celles qui sont limitées dans le temps.

La vérité heurta Marcus, mais il ne voulait pas l'entendre. Il ne pouvait pas l'entendre.

— Je ne suis pas le seul à fuir ! répliqua-t-il. Tu as fui l'Angleterre en séparant ton enfant de son père biologique, un homme à qui tu étais mariée. Tu disais qu'il ne reviendrait pas, mais le voilà, et il veut son enfant. Et qui est celle qui s'accroche à une fausse relation limitée dans le temps ? Tu es juste avec moi pour devenir citoyenne américaine, et ensuite tu retourneras en courant dans les bras de Bruce ! Rassure-toi, je ne serai pas un obstacle. Nous resterons mariés sur le papier jusqu'à ce que tu aies ta carte verte, mais je ne veux plus faire partie de ta vie d'ici là.

Les yeux d'Alexis s'emplirent de larmes. Elle replia soigneusement la lettre et la remit dans l'enveloppe.

— Tu as absolument raison. Ceci était un arrangement et tu as respecté tes engagements. Alors le moment venu, je t'accorderai le divorce rapidement. Et j'enlèverai mes affaires de chez toi ce soir. Tu auras de mes nouvelles par mon avocat.

Elle passa près de lui en le bousculant.

Le cœur de Marcus lui faisait mal. Il ne pouvait pas croire qu'il se soit de nouveau laissé blesser ainsi.

Laisser partir Alexis était dur, mais ce mariage n'était pas réel. Même s'il rêvait qu'il le soit. Il ne voulait pas faillir vis-à-vis d'elle. Il ne voulait pas la décevoir, et il ne voulait pas faire souffrir son enfant.

C'était un risque trop important pour tout le monde.

Il était plus simple de la laisser partir, même s'il était déchiré intérieurement et s'il avait l'impression que son cœur allait se briser. Il prit une grande inspiration et s'assit, se prenant la tête entre les mains. Il ne désirait rien d'autre qu'Alexis et son bébé, mais ils étaient tabous.

S'il les perdait, il ne pourrait pas continuer à vivre.

Sauf qu'il les avait déjà perdus, s'il les avait jamais vraiment eus.

Il les avait repoussés, mais c'était pour le mieux. Alexis était venue ici pour prendre soin d'elle et de son enfant. Elle n'avait pas besoin d'être liée à un lâche qui n'était pas sûr de pouvoir donner son cœur complètement, parce qu'il avait trop peur de ce que l'avenir pourrait réserver.

Parce qu'il avait trop peur de perdre le bonheur qu'il pourrait trouver.

13.

Cela faisait deux semaines que Marcus avait renvoyé Alexis. Deux horribles semaines solitaires.

Était-ce vraiment la meilleure façon de s'y prendre ?

Il finit de nouer le nœud sur lequel il travaillait et se rendit compte qu'il était complètement raté. Il n'avait pas la tête à ce qu'il faisait. Il ne pensait qu'à Alexis. Lorsqu'il était revenu sur le *Tryphine*, à son emplacement de Charlotte Amalie, sa cabine avait été vidée. Elle était partie.

Une fois rentré à St. John, il avait découvert qu'elle n'était pas retournée à son ancien logement. C'était comme si elle s'était évaporée. Il s'inquiétait pour elle. Il craignait qu'elle ne prenne pas soin d'elle-même, qu'elle ne se détende pas. Il craignait aussi de l'avoir blessée trop profondément. Et il ne pouvait s'empêcher de se demander si son ex-mari était revenu dans sa vie. Il ne supportait pas l'idée que cet homme, qui l'avait rejetée, la touche de nouveau.

Mais il l'avait rejetée aussi. Il l'avait même poussée dehors. Et maintenant, il se sentait comme un imbécile.

— Tu es un idiot, tu sais ça ?

Marcus leva les yeux et vit Matthew debout sur le quai.

— Ce nœud est raté, ajouta son frère.

— Qu'est-ce que tu en sais ? Tu détestes naviguer à la voile.

— D'accord, dit Matthew en montant sur le *Tryphine*. Mais tu restes un idiot quand même. Pourquoi as-tu laissé partir Alexis ?

Marcus jeta le cordage avec irritation.

— Qu'est-ce que tu veux dire ?

— Tu l'aimes, mais tu l'as congédiée.

Marcus fronça les sourcils.

— Notre mariage n'était pas un vrai mariage.

— Cela a peut-être commencé comme ça, mais tu es tombé amoureux d'elle.

— Qu'est-ce que ça peut faire ? Son ex-mari est le père du bébé, et il veut la reprendre.

Matthew haussa les épaules.

— Et alors ? Sais-tu au moins ce qu'elle veut, elle ?

Marcus soupira.

— Je suis juste le second choix. L'homme qu'elle a épousé pour pouvoir rester dans le pays.

— Elle n'est pas Dawna, dit doucement Matthew.

— Pourquoi m'embêtes-tu avec ça ? le coupa Marcus.

— Parce que je veux te voir heureux, imbécile !

Matthew se pencha en avant.

— Écoute, mon vieux, reprit-il. Je vais te dire ce que tu m'as dit alors que tu te remettais du domino. Tu m'as dit que Victoria m'aimait et que je l'avais toujours aimée, depuis la liaison que nous avions eue des années avant mon premier mariage. Tu m'as aussi traité de poule mouillée pour ne pas être resté à New York, à l'époque. Tu m'as également accusé d'essayer de te tuer en mettant de la morphine dans ton goutte-à-goutte, mais c'est une autre histoire.

Marcus rit.

— Ce n'est pas juste, j'étais drogué à mort.

Matthew sourit largement.

— Tu l'aimes, et j'ose dire qu'elle t'aime aussi.

— Elle te l'a dit ?

— Non, mais ses actions indiquent qu'elle tient à toi. Pourquoi, sinon, aurait-elle dit la vérité à Victoria ? En fait, elle se soucie assez de toi et de ta famille pour ne pas vouloir nous mentir. Elle t'aime, et tu es trop buté pour le voir.

Le cœur de Marcus était douloureux. Son frère avait raison. Il avait été trop entêté ; trop aveugle.

Il était tombé amoureux d'Alexis. Il voulait faire partie de sa vie et de celle de son bébé. Il pensait encore à ce qu'il avait éprouvé en sentant ce petit coup de pied contre sa paume.

Il était las d'être seul derrière le mur qu'il avait édifié pour protéger son cœur.

— Je suis un idiot.

Matthew eut un grand sourire.

— Je le dis depuis des années.

Marcus leva les yeux au ciel.

— Merci de me rappeler qui je suis, Matthew.

Matthew posa une main sur l'épaule de son frère.

— Et merci de faire la même chose pour moi.

— Je t'en prie, frère. Il y a juste un problème : je ne sais pas où elle est.

Cela faisait deux semaines que Marcus avait cruellement blessé Alexis, mais elle ne pensait toujours pas qu'il avait eu l'intention de lui faire du mal.

De quoi avait-il si peur ? De quoi avait-elle si peur, elle ?

Elle ressassait ces pensées en suivant les couloirs du Ziese Memorial Hospital. Marcus lui manquait. Elle l'aimait, et à voir combien elle souffrait, elle réalisait que son amour pour Bruce n'avait jamais été aussi intense.

C'était tellement plus fort avec Marcus.

Il avait peut-être été un don Juan par le passé, mais il était différent, maintenant, et ce qu'ils avaient partagé était profond. Dès qu'elle l'avait rencontré – et alors qu'il était un parfait étranger – elle avait eu l'impression de le connaître depuis longtemps. Mais elle avait beau souhaiter le retrouver, elle ne voulait pas remettre son cœur en jeu.

C'était trop dur.

En outre, il n'y avait pas que son cœur qui était en danger, mais aussi celui de son enfant. Elle posa une main sur son ventre et sentit son bébé donner un coup de pied. Tout ce qui comptait, c'était de le protéger, lui.

Arrivée à la porte de Pepper, Alexis frappa.

— Entrez !

Elle entra dans la chambre. Pepper tenait la petite Charlotte dans ses bras.

— Comment vas-tu ? lui demanda Alexis avec entrain.

— Super bien ! J'ai hâte de rentrer à la maison. Et toi, comment vas-tu ?

— J'ai été mieux.

Alexis s'assit sur le lit et regarda le bébé avec envie.

— Il paraît que Marcus et toi avez rompu ?

— Rompu ? Notre arrangement se serait terminé dans un peu plus de deux ans, de toute façon.

— Votre arrangement ? Allons, Alexis, j'ai vu la façon dont vous vous regardez. Tu l'aimes et il t'aime.

Alexis sentit des larmes lui piquer les yeux.

— Non. Il n'est pas amoureux de moi. Il m'a chassée.

— Pourquoi crois-tu qu'il ne veut pas de toi ?

— Je suis enceinte d'un autre homme.

Pepper haussa les épaules.

— Et alors ?

— Mon ex-mari veut que je revienne.

— As-tu envie de revenir avec Bruce ?

— Non. Mais Marcus pense que je vais retourner à lui.

— Tu lui as dit que tu n'allais pas le faire ?

— Non, répondit Alexis avec un soupir. Ma mère disait qu'aucun homme ne voudrait élever l'enfant d'un autre. Pour mon enfant, je ne veux pas risquer que Marcus nous quitte un jour.

— Excuse-moi, mais ta mère a des vues plutôt dépassées. Et elle ne t'a pas exactement aimée comme elle l'aurait dû.

Alexis rit doucement.

— C'est vrai.

— Et tu sais comment je sais qu'elle a tort ? demanda Pepper.

Alexis essuya ses larmes.

— Comment ?

— Jonas n'est pas le fils biologique de Chase. J'étais enceinte de lui quand j'ai rencontré Chase, et ce dernier s'en est moqué. Il est devenu le père de Jonas et nous sommes devenus une famille. Je connais Marcus depuis longtemps. Il a eu des aventures de passage, mais il n'était pas heureux. Avec toi, il était heureux. Avec toi, il a trouvé l'amour.

Alexis se mit à pleurer et étreignit son amie.

— Merci, dit-elle.

— De quoi ?

— De cette idée farfelue de mariage blanc.

Pepper eut un grand sourire.

— Tu vois, les histoires d'amour peuvent bien se terminer.

— Tu as raison, mais je ne suis pas sûre d'avoir droit à une fin heureuse. Si j'ai blessé Marcus trop profondément ? S'il ne veut pas me reprendre ?

— Tu dois prendre le risque. Cela en vaut la peine, Alexis. Cela en vaut tellement la peine.

Alexis quitta la chambre de Pepper et se retrouva dans le couloir. Il fallait qu'elle aille voir Marcus et arrange les choses. Elle devait lui dire ce qu'elle ressentait pour lui. Elle était terrifiée qu'il la rejette, mais il fallait qu'elle sache avec certitude ce qu'il éprouvait.

Elle longea le couloir, le pouls battant la chamade, et tourna à un angle. Elle se figea sur place lorsqu'elle aperçut Marcus. Il était vêtu d'un smoking, ce qui était très étrange.

— Marcus ? appela-t-elle.

— Tu as déménagé, dit-il.

— Oui, répondit-elle, le souffle court.

Elle s'avança vers lui.

— Où es-tu allée ?

— Chez Pepper et Chase. Ils me prêtent une chambre en attendant que je trouve un logement.

— J'y suis allé. Tu n'y étais pas, dit-il doucement.

— Je ne voulais pas te voir.

— Je sais, et c'est ma faute. Je t'ai chassée. J'étais jaloux que ton ex-mari t'ait envoyé cette lettre. Je pensais que tu allais le choisir, comme Dawna m'avait préféré quelqu'un d'autre.

— Je ne t'en ai pas vraiment empêché non plus. Je t'ai rejeté aussi, parce que j'étais terrifiée que tu m'en veuilles. Ou que tu sois contrarié d'être lié à moi et à l'enfant d'un autre homme.

Marcus sourit.

— Je sais et je ne t'en blâme pas. Je t'ai blessée et j'ai trahi ta confiance en ne te donnant pas cette lettre tout de suite.

— Je t'ai fait du mal aussi.

— Alexis, je t'aime.

Son cœur tressauta et elle ne put s'empêcher de sourire.

— Je t'aime aussi.

Il passa les bras autour d'elle.

— Peu m'importe que le bébé ne soit pas biologiquement le mien. Il fait partie de toi et je t'aime. Je vous veux tous les deux dans ma vie. Je veux que nous formions une famille. Est-ce que tu le veux aussi ?

Des larmes ruisselaient sur le visage d'Alexis.

— Oui, je le veux. Plus que n'importe quoi.

— Alors, que faisons-nous à propos de ton ex et du bébé ?

— Je lui ai dit que je ne reviendrais pas. Il était en colère, mais il ne veut pas assumer la responsabilité d'un enfant sans moi. Il se moque de nous, au fond, et nous dirons la vérité sur ses origines à notre enfant lorsqu'elle sera assez grande pour ça. Je ne pense pas que le sang importe.

— *Notre* enfant ? releva Marcus.

Elle sourit.

— Oui. Notre enfant.

— Et tu as dit « elle » ?

— Oui. Pardon. Je ne voulais pas gâcher la surprise. Tu m'en veux ?

Marcus sourit et lui releva le menton.

— Je vais embrasser la mariée, maintenant, convenablement, comme j'aurais dû le faire pour notre mariage il y a un mois.

Les joues d'Alexis s'échauffèrent.

— J'en serais ravie.

Elle passa les bras autour de lui et le laissa l'embrasser. Puis elle appuya son front contre celui de son mari, comme elle l'avait fait dans le cabinet du Dr Baxter, lorsqu'ils avaient vu leur bébé pour la première fois.

— Tu sais, je me suis fait du souci, quand j'ai vu la photo

de ma première échographie. Il y avait ton nom dessus, et je craignais que tu partes en courant.

— J'ai un aveu à te faire. J'ai vu cette photo. Elle avait glissé de ton sac.

— Qu'est-ce que tu as ressenti, en la voyant ?

— De la fierté. J'ai toujours désiré avoir une famille, et peu m'importe de qui cette famille est composée. J'ai appris il y a longtemps, quand j'ai rencontré Chase, que la famille n'a rien à voir avec le sang et tout à voir avec l'amour. Et quand le bébé m'a donné un coup de pied, le soir où nous avons fait l'amour, j'ai désiré être son père. Je le veux toujours plus que tout.

— Et tu es l'homme que je veux. Tu es celui que nous voulons tous les deux.

Il l'embrassa de nouveau.

— J'en suis heureux. Mais nous avons un petit problème.

— Lequel ?

— Cela m'ennuie de le dire, mais le *Tryphine* n'est pas un endroit pour élever un enfant.

— Tu as raison. Alors, que faisons-nous ? Où allons-nous ? Mon contrat au dispensaire est terminé, et franchement j'aime travailler avec toi. Je pense que nous formons une bonne équipe.

— J'adorerais avoir une infirmière et une sage-femme dans mon cabinet. Tu es d'accord pour rester sur l'île de St. John ?

— Il n'y a pas d'endroit où je préférerais être.

Marcus l'embrassa encore, et ils quittèrent l'hôpital main dans la main.

Ils étaient une famille. Enfin. Et pour toujours.

Épilogue

Une année plus tard, St. Croix, Halloween

— Tiens Lucy plus haut, Marcus, je ne veux pas voir ton visage. Je veux juste voir ma délicieuse petite-fille dans sa robe d'anniversaire.

— Merci, papa !

Marcus hissa sa fille, qui avait un an ce jour-là, sur ses épaules pour que son père puisse prendre une photo.

Ses parents étaient rentrés de leur croisière autour du monde juste à temps pour la naissance de leur première petite-fille. Quatre mois plus tard, Victoria avait mis au monde leur deuxième petit-enfant.

Une fille aussi.

Lucy et Ava Olesen n'étaient pas vraiment jumelles, mais tout le monde aimait à dire qu'elles l'étaient, avec leurs cheveux bruns et leurs yeux si bleus.

Peu importait aux parents de Marcus que Lucy ne soit pas leur petite-fille génétique. Ils l'aimaient tout autant.

Dès l'instant où Alexis avait donné naissance à leur enfant – le moment le plus ébranlant pour les nerfs que Marcus avait jamais vécu – il s'était épris de cette magnifique petite fille que l'on avait placée dans ses bras. Le bébé qui lui avait donné des coups de pied pendant des semaines.

Matthew avait été effaré quand il avait vu l'expression hagarde de Marcus après la naissance, à l'idée que la même chose lui arrive. Et la même chose lui était arrivée.

Quand Victoria avait accouché de leur fille, Ava, il avait lui aussi été complètement captivé par son bébé.

Leur père avait vu cela comme une bénédiction, et il était le grand-père le plus gâteux à avoir jamais mis le pied sur l'île de St. Croix. Il se vantait constamment de ses petites-filles, et il avait insisté pour organiser une somptueuse fête d'anniversaire pour Lucy dans le château familial. La même fête était prévue pour Ava dans quatre mois.

— Donne-la à ton papa.

Marcus tendit sa fille à son père, et l'enfant, tout heureuse, sema des baisers sur le visage de son grand-père.

Freja, la mère de Marcus, arriva sur la pelouse avec le gâteau aux fraises rose et blanc. Alexis la suivait, marchant avec précaution. Elle était de nouveau enceinte, et cette fois c'étaient des jumeaux. Trois enfants, c'était suffisant pour Marcus qui se noyait déjà dans les couches.

Matthew aimait le mettre en boîte, disant que le supermarché avait remplacé le *Tryphine*, puisqu'il s'y rendait sans arrêt pour acheter des produits pour bébé.

Victoria berçait Ava qui dormait, son petit chapeau d'anniversaire de travers sur la tête.

— C'est vraiment un grand-père formidable, murmura-t-elle. Nos enfants ont tellement de chance de les avoir, lui et Freja. D'avoir cette famille.

Alexis s'assit près d'elle.

— Je suis d'accord.

Marcus leur sourit à toutes les deux, puis échangea un sourire complice avec son frère.

— Je n'aurais jamais pensé que nous en serions là un jour, chuchota Matthew.

— Moi non plus.

— Mais j'en suis content.

— Moi aussi.

Et il l'était. Pendant des années, il avait rêvé d'avoir une vie comme celle-ci. Il voulait de grandes réunions de famille, de l'amour et du bonheur. Matthew et lui avaient passé trop de temps à être en compétition et à s'asticoter. Il était heureux qu'ils soient de nouveau si proches. Cette proximité lui avait manqué pendant trop d'années.

Et maintenant il l'avait. Il n'avait fallu que l'amour de deux femmes remarquables pour que cela arrive.

Marcus avait transféré son cabinet avec Alexis au Ziese Memorial Hospital, après la naissance de Lucy. Il aimait travailler non loin des siens.

Ils avaient acheté une petite maison proche de celle de Matthew et Victoria à Charlotte Amalie, mais ils avaient toujours le *Tryphine* pour s'échapper quand ils le voulaient. Et Marcus le prêtait à son frère, aussi.

C'était ainsi qu'il voyait la vie.

La famille, et l'amour d'une femme remarquable.

Marcus s'assit à côté d'Alexis.

— Comment te sens-tu ?

— Boursouflée, murmura-t-elle. Je pense que c'est peut-être la dernière fois que je viens à St. Croix pour un bon moment. Le Dr Baxter ne veut plus que je quitte la ville.

— Je sais. Mes parents vont bientôt s'installer dans le nouvel appartement qu'ils ont acheté à Frenchtown.

— Impossible de séparer papy et mamy des filles, dit Victoria.

— Vous venez voir l'héroïne du jour souffler ses bougies ? appela Freja.

— Nous arrivons.

Marcus aida Alexis à se lever.

Victoria se mit debout avec précaution, pour ne pas réveiller Ava qui ronflait doucement.

Ils allèrent tous jusqu'à la table où Freja allumait les bougies. Lucy regarda Marcus et tendit ses petits bras potelés.

— Papa. Je veux papa.

— Désolé, papa, dit Marcus. Je te détrône.

Son père sourit largement.

— C'est normal.

Marcus prit sa fille dans ses bras pour souffler les bougies.

Bien qu'elle n'ait que un an, sa grand-mère en avait mis plusieurs pour leur porter chance.

Alexis passa un bras autour de la taille de son mari et s'appuya contre lui.

— Fais un souhait, Lucy, dit Marcus. Et ensuite, souffle les bougies.

— Non, papa. Toi.

Alexis rit doucement.

— Qu'est-ce que tu vas souhaiter, papa ?

Marcus posa un baiser sur le sommet de sa tête, puis sur celle de sa fille.

— J'ai tout ce que j'aurais jamais souhaité. Allez, Lucy, soufflons les bougies ensemble !

Il se pencha, et souffla avec sa petite fille.

Son cœur était totalement plein.

Il était complet.

Son frère était complet.

Sa famille n'était plus désunie.

Et il y avait de l'amour dans le château sur la colline.

BLANCHE

Une si tendre attache, de Charlotte Hawkes - N°1623

Chirurgien passionné, Bas Jansen a une seule règle : éviter toute forme d'attachement ! Après une enfance difficile, il refuse d'accorder sa confiance à qui que ce soit. Alors pourquoi ne parvient-il pas à oublier sa dernière conquête ? Tandis qu'il s'interroge sur la façon de la chasser de ses pensées, voilà que Naomi réapparaît dans sa vie. Elle est non seulement sa nouvelle collègue, mais aussi la mère de son futur enfant !

Le rêve d'un enfant, d'Allie Kincheloe

Sept ans plus tôt, l'infirmière Jess a été abandonnée, enceinte, par le père de son fils. Depuis, c'est sa famille contre le reste du monde ! Bien que son garçon rêve d'avoir un papa comme Beckett, cet homme formidable que la vie a placé sur leur route, elle craint de s'attacher à lui. Seulement, quand à la faveur d'une tempête tous deux sont amenés à travailler ensemble, Jess n'a d'autre choix que de faire face aux sentiments troublants que Beckett lui inspire…

Un bébé pour Maddie, de Marion Lennox - N°1624

SÉRIE : WILDFIRE, URGENCES MÉDICALES - 3/6

Enceinte… et piégée au fond d'une mine, où elle a été envoyée pour secourir des blessés. Maddie le sait : Joshua, son ex-mari, est le seul à pouvoir la tirer de cette dangereuse situation. Bien sûr, faire appel à lui n'est pas sans risque car, une fois sur place, il découvrira qu'elle attend un enfant. Mais au moins Maddie pourra lui avouer qu'elle l'aime toujours, et que cet enfant qu'elle a eu seule elle désire l'élever avec lui…

Retrouvailles à Wildfire, de Meredith Webber

SÉRIE : WILDFIRE, URGENCES MÉDICALES - 4/6

Rahman al-Taraq, cheikh et chirurgien illustre. Lorsque Sarah le croise sur l'une des plages de Wildfire, elle se retrouve plongée quatre ans en arrière : ce soir-là, à Londres, elle avait rencontré Rahman lors d'un gala. C'était juste avant qu'un terrible accident lui arrache son mari et son enfant à naître, faisant voler sa vie en éclats. Bouleversée de le revoir aujourd'hui, elle se sent mystérieusement attirée vers lui…

HARLEQUIN

Leur mission : sauver des vies.
Leur destin : trouver l'amour.

HARLEQUIN
www.harlequin.fr

BLANCHE

Une nouvelle chance à tes côtés, de Janice Lynn - N°1625

Quand, au cours d'une soirée romantique, Charlie lui annonce qu'il la quitte et déménage le lendemain, Savannah est sous le choc. Et dire qu'elle avait prévu d'annoncer ce soir au cardiologue qui partage sa vie qu'elle attend son enfant ! Comment Charlie ose-t-il l'abandonner ainsi ? Ne l'aime-t-il plus ? Convaincue qu'il lui cache quelque chose, Savannah décide de le suivre jusqu'au bout du monde…

Le retour d'un père, de Connie Cox

Venue encourager son fils, Adrian, lors d'une compétition sportive, Bella a un choc en reconnaissant le Dr Cole Lassiter parmi les spectateurs. Cole, son premier amour, qu'elle n'a pas revu depuis quinze ans. Cole, qui ignore encore l'existence d'Adrian, leur enfant… Aujourd'hui qu'elle est heureuse avec son fils, Bella n'a qu'une crainte : voir Cole briser leur bonheur comme leur cœur…

HARLEQUIN

Leur mission : sauver des vies.
Leur destin : trouver l'amour.

HARLEQUIN
www.harlequin.fr